Querverlag

Stephan Niederwieser

Zumindest manchmal

Roman

Karmapa chenno

Erste Auflage September 2005

Umschlag und grafische Realisierung von Sergio Vitale unter Verwendung eines Fotos von getty images.
Gesamtherstellung: Druckhaus Köthen
ISBN 3-89656-122-7
Printed in Germany.

Bitte fordern Sie unser Gesamtverzeichnis an:
Querverlag GmbH, Akazienstraße 25, D-10823 Berlin
http://www.querverlag.de

Mehr über den Autor und seine Bücher unter: www.Stephan-Niederwieser.de.

Für Sven-Erik

„Wenn einer eine Schrift liest, deren Sinn er suchen will, so verachtet er nicht die Zeichen und Buchstaben und nennt sie Täuschung, Zufall und wertlose Schale, sondern er liest sie, er studiert und liebt sie, Buchstabe um Buchstabe. Ich aber, der ich das Buch der Welt und das Buch meines eigenen Wesens lesen wollte, ich habe, einem im Voraus vermuteten Sinn zuliebe, die Zeichen und Buchstaben verachtet, ich nannte die Welt der Erscheinungen Täuschung, nannte meine Augen und meine Zunge zufällige und wertlose Erscheinungen. Nein, dies ist vorüber, ich bin erwacht, ich bin in der Tat erwacht und heute erst geboren."
Hermann Hesse, *Siddhartha*

Jeder Augenblick ist ein Abbild unseres ganzen Lebens.
Nur selten sind wir fähig,
und noch viel seltener haben wir den Mut
und die Kraft,
uns dies einzugestehen.
Unbekannt

Prolog

Hätte ich gewusst, wie nah ich ihm kommen würde, hätte mich die Sehnsucht getrieben. Hätte ich gewusst, was ich dadurch erkenne, hätte ich mich niemals auch nur auf den ersten Kuss eingelassen. Ich hätte Angst gehabt. Und nur zu Recht.

1.

känna [ˈçɛna] 1. fühlen, empfinden; (ver)spüren; 2. kennen

Es passiert mir wieder.

Ich stehe am Fenster und schaue hinaus auf den Öresund. Wie so oft. Als ich gewartet habe, dass er nach Hause kommt. Gehorcht habe auf den Motor, den man schon hört, noch bevor sein roter Volvo in Sichtweite kommt. Jede Minute eine Pein.

Starr stehe ich vor dem Fenster. Wie das Kaninchen vor der Schlange. Als müsste ich nur lange genug stillhalten, und die Zeit würde an mir vorüberschlängeln. Als könnte ich sie mit bloßer Willenskraft zurückzwingen, dorthin, wo sie hergekommen ist.

Ich stehe da, dabei hätte ich längst gehen müssen. Das Flugzeug wartet nicht, und am Friedhof muss ich noch vorbei. Aber ich kann nicht gehen, denn nach einem Jahr passiert es mir wieder. Ich sehe, wie die Grashalme vor den Windböen zurückschrecken. Ich sehe die Blätter der greisen Birke sich in unregelmäßigen Abständen schütteln wie Waisenkinder auf dem Hof ihres Heims im Winter. Nun, im Mai. Ich höre meinen flachen Atem. Es müsste doch Beweis genug sein, dass ich lebe. Aber meine Welt steht still. Sie ist so leer ohne ihn.

Natürlich war es Wahnsinn, es überhaupt anzufangen.

Steve war der erste, dem ich gestand, dass ich mich in einen fünfundsechzig Jahre alten Mann verliebt hatte. Weil sein Freund zweiundfünfzig war und ich annahm, dass Steve mich verstehen würde. Aber er warnte mich: „Es wird dir auf die Nerven gehen. Alte Menschen sind langsam. Anziehen, Schuhe zubinden, und hör mir auf, Treppen steigen! Manchmal würde ich ihm am liebsten in den Hintern treten."

„Zweiunddreißig Jahre älter?" Tim war außer sich. „Du willst doch nicht jeden Abend wie eine Schlangenbeschwörerin vor ihm Flöte spielen, damit er einen hochkriegt."

Und Sophie hielt mir eine Predigt. „Schweden? Schon wieder eine Fernbeziehung? Also, ich erinnere mich an den Blumenhändler aus München. Wie hieß er noch?"

Sie wusste genau, dass er Ben hieß. Eigentlich Benedikt. Aber uns klang der Name zu bayrisch.

Und sie zählte die anderen auf: Michael, Marcus, Luc. Alle. Wie eine Mutter, die ihrem Sohn all die zerbrochenen Spielsachen vor die Nase hält.

„Wie viele waren das bisher?"

Schreckliche, geliebte Sophie.

„Zehn." Sie hatte jeden Spielzug verfolgt. Wie eine Zuschauerin ein Fußballspiel. Ich war Reporter. Und Gegner. Der immer verlor.

„Zehn, und kein einziger aus Berlin. Der elfte muss nun ein Schwede sein, ja? Du willst dein Giancarlo-Syndrom also weiter durchziehen."

Giancarlo, Giancarlo. Würde sie mich nicht ständig an ihn erinnern, hätte ich ihn längst vergessen.

Als meine Freunde mitkriegten, dass ich „Papa" zu ihm sagte, schwiegen sie. Alle. Nur ihre Blicke nicht: „Suchst du jetzt einen Vaterersatz?", „Väter geben schlechte Liebhaber für ihre Söhne ab", „René, bei aller Liebe, aber das ist krank." Sie verstanden die tiefere Bedeutung nicht. Zumindest nicht am Anfang. Später, als alles aus dem Ruder lief, vielleicht. Aber ich bin mir nicht sicher.

Sie hatten viele Vorurteile. Ich hörte sie mir an und sammelte Gegenargumente. Für mich, nicht für sie. Den Tod verdrängte ich. Bis es nicht mehr ging.

Gegen die Sehnsucht verlieren alle Argumente.

Es war Wahnsinn, das überhaupt anzufangen, aber ich hatte keine Wahl. Etwas zog mich in diese Beziehung hinein. Ich habe selbst nicht verstanden, was.

Kühle an meiner Hand. Eine Zunge. Lurvar. Ich bewege mich. Die Angst zu zerbrechen.

Am liebsten würde ich mit ihm in seinen Korb kriechen. Er ist warm. An seinem Bauch kurzer, dichter Pelz. Haare sind mir immer ein Graus gewesen. Ich musste mich am Anfang überwinden, Kjell anzufassen.

„'schuligunn", hauchte er direkt in mein Ohr. Er hatte sich ausgerechnet dort platziert, wo die Kneipe am engsten war. Als ich mich an ihm vorbeidrücken wollte, bewegte er die Hand in seiner Hosentasche und berührte mich im Schritt. „'schuligunn!"

Mein Blick erfasste zuerst den dichten Bart auf Augenhöhe und wanderte dann über die auffällige Nase hinauf zu seinen Augen, die sich im Schatten buschiger Brauen versteckten.

„Hab ich dir erlaubt, mich anzumachen?" Ich ließ Männer nicht so einfach an mich ran. Nicht mehr.

Er grinste ein wenig, sagte „Schellooke" und hielt mir die Hand hin. Das *Sch* klang so weich wie das Meer, dessen Rauschen den Tag über meine Sinne getränkt hatte. Nur unsicherer und fremd.

„Seltsame Begrüßung." Schon konnte ich nicht mehr so hart sein.

„Mitt namn." Er schrieb Buchstaben in die Luft. K J E L L – Å K E. Mit diesem wunderbaren, gekrümmten Zeigefinger. „Schellooke" sprach man das also aus. Wie seltsam man das buchstabierte.

Dass er ein unglaublicher Verführer war, das hab ich erst später gemerkt. Mit Fremden. Mit Freunden. Er brauchte nur jemandem die Haare glatt zu streichen oder die Hand auf den Arm zu legen. Er bannte. Aber das war nicht, was mich hielt.

Das mögliche Sexabenteuer bestimmt noch weniger. Ich hatte in diesem Urlaub schon viel Sex gehabt. In den Dünen. Auf einer Schaumparty. Im Kino. Im Hotel. Das kann auf Gran Canaria jeder.

Und dennoch ließ ich mich von ihm an der Hand über die Treppe hinaufziehen. Ein zweiunddreißig Jahre älterer Herr zog mich im Yumbo-Center aus einer Bar. Ein großer, bulliger Schwede einen kleinen Wohlgekämmten in Feinripp-Unterhemd und weiter Jeans. Hätte nur noch gefehlt, dass er mir Geld zusteckte. Das kam erst später.

Er schob mich in das Apartment. Auf der Kommode lagen sein Mobiltelefon, eine aufgerissene Packung Kaugummis und ein Stapel selbst ausgedruckter und mit unsicherer Hand ausgeschnittener Visitenkarten. Am Fensterkreuz hing eine Badehose. Mittendrin stand eine Kühltasche, alt und missachtet. Wäsche auf dem Sofa. Und Sand. Sand, Sand, wo ich ging und saß und lag.

Tagsüber hatten Tim und ich uns noch über die Alten lustig gemacht, die den Winter auf warmen Inseln verbringen. „Wegen dem Rheuma“, hatte Tim gelästert.

„Wie halten die Jungs das an der Seite von so einem nur aus?“, hatte ich gefragt. Weil ich mir das für mich nicht vorstellen konnte.

„Das sind keine Jungs, Penelope, Liebes“, erwiderte Tim, „das sind Handtaschen, die mit Geld gefüttert werden. Ich gäbe ja eine perfekte *Kelly Bag* ab, aber von diesen Rentnern hier“, er deutete im *Wiener Café* in die Runde und legte die Hand zum Colliergriff an die Brust, „kann sich das keiner leisten.“

Damals spielten wir noch *Sex and the City*, wollten Samantha sein, dabei konnten wir höchstens bei den Cocktails mit ihr mithalten. Im Herzen waren wir Charlottes.

Tim war Single wie ich. Er suchte immer, aber fand nie. Wir kannten uns seit der fünften Klasse, landeten bei der Einschulung ins Gymnasium auf derselben Bank. Damals war er noch pummelig und trug eine zu große, fast rechteckige Brille, die er beim Reden mit dem Knöchel seines linken Zeigefingers immer und immer wieder nach oben schieben musste. Halblanges, dichtes, dunkelblondes Haar mit Seitenscheitel, das ein wenig zu sehr glänzte.

Uns verband, dass wir ausgegrenzt wurden. Wir waren zu gut für die anderen. Fast nur Einsen, das musste Ablehnung hervorrufen. „Denk dir nichts, Renéchen", sagte meine Mutter immer. „Mit denen solltest du dich ohnehin nicht abgeben."

„Schwulis" nannten sie uns. Ich war der „kleine Schwuli", Tim der „Brillenschwuli". Weil wir aneinander klebten und uns ohne Worte verständigen konnten. In der Turnhalle zum Beispiel, deren abgestandene Luft vermischt mit dem süßlichen Plastikduft der Matten Tim den Angstschweiß auf die Stirn trieb. Oft musste er sich übergeben. Selbst auf zehn Meter Entfernung spürte ich seine Angst.

Sexuelle Gefühle kannte ich damals nicht. Ich wusste nie, wovon die anderen sprachen oder warum sie in diesen Heften blätterten. Mit Fotos. Und Katalogen von Beate Uhse. Dass Tim in mich verliebt war, erfuhr ich erst später. Viel später.

Als ich nach Italien ging – als ich weggeschickt wurde mit sechzehn. Damals, nach dem Diebstahl, verlor unsere Freundschaft ihre Magie. Ich hatte Angst zu gehen.

Zwei, vielleicht drei Briefe, dann war Tim nur noch Tim, den ich in den Ferien traf. Meine Geheimnisse teilte ich dann nur noch mit Giancarlo.

Ein Mal hatten Tim und ich Sex miteinander. Im Dunklen. Mit zweiundzwanzig. Der kleine Schwuli hatte den Brillenschwuli nicht erkannt, weil der nicht mehr pummelig, sondern schlank und tätowiert war, Kontaktlinsen trug und alle Scham abgelegt hatte.

Oben im Hellen, im Lauten schrie er es hinaus. „Ich hab dich immer total angehimmelt, René. Dass du das nicht mitgekriegt hast." Und ich wünschte, dass sich die Erde auftäte, damit ich darin versinken konnte.

Kjell stand zwar kurz vor der Rente, aber er litt kein bisschen unter Rheuma. Erektionsprobleme hatten ihn auch keine geplagt, und was er mit mir im Bett anstellte, ging weit über die Standardkür hinaus. Natürlich. Sonst wäre mir niemals in den Sinn gekommen, ihn in Schweden zu besuchen. Auf die Idee, dass genau der Sex einmal zu unserem Problem werden würde, kam ich nicht. Wer denkt schon an so was?

Seit Tim und ich wieder beste Freunde waren, erzählten wir uns immer von den Abenteuern. Bis ins letzte Detail. Vor allem wenn wir, wie so oft, gemeinsam verreisten. Seltsamerweise ging mir nicht mal das leicht von den Lippen, mit dem man gemeinhin gerne prahlt: Anzahl der Orgasmen, Sexpraktiken, Spermamengen und dergleichen. Über Kjells Alter zu sprechen, verbot sich von selbst.

„Au! Lurvar!“

Der Hund macht zwei Schritte zurück und tanzt von einem Bein auf das andere. Er muss pinkeln. Dreizehn Uhr dreißig.

„Gleich. Ich muss nur noch packen.“

Ich mache mich auf den Weg ins Schlafzimmer, aber ich muss das Klavier noch mal hören. Eine Taste drücken. Den Schall in meinem Körper spüren. Über den geschmeidigen Schellack streichen. Über die Fingerabdrücke darauf. Könnte ich sie nur bewahren.

So oft hat er hier für mich gespielt. Wie eine Musikbox die Lieder, die ich durch ihn kennen und lieben gelernt habe. Von Puccini, Schubert, Satie. Bald wird es abgeholt. Damit ein junges Mädchen darauf spielen kann. Üben. Mit dreizehn. Sie hat keine Ahnung, was dieses Klavier, was die Musik, die Kjell darauf gespielt hat, mit mir angestellt hat. Um fünf bleibt davon nur noch ein heller Flecken auf dem Boden.

Die Dielen knarren. Wie in den Nächten. Erst schaukelte die Matratze, dann knarrten die Dielen, ich hörte die Spülung der Toilette, dann knarrten die Dielen noch einmal. Schaukeln der Matratze, der kühle Wind, wenn Kjell die Decke über uns schlug, ein Tröpfchen an meinem Hintern. Ich wachte auf. Jedes Mal. Und war glücklich.

Ich muss jetzt endlich meine Sachen packen. Es fällt mir so schwer, die Tür zum Schrank zu öffnen. „Kommst du mich im Sommer mal besuchen?", fragte Kjell mich morgens auf Gran Canaria, bevor er aus der Tür ging. Und noch bevor ich antworten konnte, drückte er mir eine dieser selbstgemachten Visitenkarten in die Hand.

Ich nahm sie. Aus Freundlichkeit. Weil er ein alter Mann war. Ich wollte noch sagen: „Klar, mach ich." Aber da hatte er die Tür schon zugemacht.

„Kommst du mich im Sommer mal besuchen?" Damit fing alles an.

Ich war bei Kjell geblieben. Die ganze Nacht.

Am Abend davor mit dem Flugzeugingenieur aus Frankfurt hatte ich es kaum erwarten können, wieder an die Luft zu kommen. Unter den freien Himmel. In mein eigenes Zimmer. Auch in der Umarmung des Griechen, der mir so herrlich schmutzige Dinge ins Ohr geflüstert hatte, wurde es mir zu eng. Ich rannte zurück ins Yumbo-Center, in den Darkroom, und weil da nichts lief, in die Disko. Ich kam nicht mal auf die Idee, den warmen Mund, der meinen Körper in der Ecke der zweiten Etage großräumig beleckte, zu mir einzuladen. Antonio aus Mailand nahm ich die Fesseln ab, erwiderte seinen Dank mit „*prego*" und zog weiter.

Man steht auf und geht. So macht man das. Ich verbringe keine Nacht mehr mit Fremden. Das hatte ich mir schon Jahre zuvor abgeschworen. Von dem Schweden aber ließ ich mich halten. Auch morgens um halb zehn noch, als mein Magen schon knurrte und ich an die goldenen Pfannkuchen denken musste, die in meinem Hotel gerade gebacken wurden.

„Mein Flug geht erst um eins", sagte Kjell, „wir haben noch Zeit", zog meine Arme vor seiner Brust zusammen und schlief wieder ein. Natürlich hätte ich ihn wecken können oder einfach aufstehen, meine Kleider einsammeln und gehen. Aber ich blieb.

„Du warst schon verliebt“, behaupteten Freunde später, wenn wir ihnen Teile unserer Geschichte erzählten. Bruchstücke nur, weil vieles nicht erzählbar war. Der Mythos von der Liebe auf den ersten Blick ist so weit verbreitet.

Nein, verliebt war ich nicht. Sicher nicht. Solche Gefühle kamen bei mir nicht mehr so einfach. Fasziniert vielleicht. Von seinem Körper allemal. Beeindruckt war ich, ja. Aber verliebt ganz bestimmt nicht.

Kjell-Åke würde mir widersprechen. Was das anbelangt, hat er mir immer widersprochen. Ihm sei es auf Gran Canaria schon klar geworden. Noch vor dem Sex. Noch vor dem ersten Kuss. Noch bevor wir einander nackt gesehen hatten.

Weil er am nächsten Morgen zurückflog, hatte er nichts mehr im Haus und konnte mir daher nur Leitungswasser anbieten. Und Kaugummis.

Ich lachte. Einfach, weil ich die Situation komisch fand.

„Du findest mich wohl seltsam, was?“, fragte er.

Kjell sprang hektisch um mich herum, um es mir bequem zu machen. Vielleicht war er ein wenig aufgeregt. Und chaotisch war er auch. Aber seltsam fand ich ihn nicht. Deshalb streckte ich die Hand nach ihm aus und sagte: „Du machst dir zu viele Gedanken.“

Er kam zu mir aufs Sofa, legte seinen Kopf in meinen Schoß.

Nein, es war nicht der Sex. Es war weder sein verführerischer Blick noch sein unglaublicher Körper, sondern die Selbstverständlichkeit, mit der ich mich von einem Wimpernschlag zum nächsten plötzlich mitten in seinem Leben befand.

Die Fenster sind geschlossen. Am besten stelle ich meine Sachen an die Tür, damit ich nichts vergesse. Dann drehe ich noch eine Runde.

Flecken auf dem Bett. Dieses Bett hat viele Flecken. Ich wollte immer ein neues. Kjells Rückenschmerzen waren ein perfekter Vorwand. Als wir noch glaubten, dass sie vom Bett herrührten. Um seine Schmerzen zu lindern. Und meine.

Als ich ihn zum ersten Mal besuchte, sagte er, dass ich mich zu Hause fühlen sollte. Ich konnte meine Wäsche auf dem Sessel im Schlafzimmer liegen lassen, ich konnte meine Notizen auf dem Wohnzimmertisch ausbreiten, ich konnte meinen Laptop auf dem Esstisch aufbauen. Er kritisierte mich nie. Er sagte höchstens: „Ach, so kann man das also auch machen. Gut, mein Junge. Gut. So machen wir das."

Er gab mir einen Wohnungsschlüssel. Und den Autoschlüssel. Zeigte mir den PIN-Code für sein Mobiltelefon, und als er Geld abheben wollte, seine Brille aber vergessen hatte, sagte er mir den Zahlencode. Das war während meines zweiten oder dritten Besuchs. Wir kannten uns kaum. Ich wehrte mich redlich.

Der Frühling, als ich zum ersten Mal nach Schweden fuhr, trug ein neblig graues Kleid. Längst hätten die Tage versöhnlicher, der Frost weniger hungrig sein sollen. Noch am Morgen meiner ersten Schwedenreise aber herrschte eine seltsam zwielichtige Stimmung.

Der Bus fuhr nach Rostock, setzte mit der Fähre über die Ostsee nach Gedser über, dann Kopenhagen, Malmö. Und mit jedem Kilometer schob sich das Wolkendach, das die Tage davor Berlin zu Katakomben gemacht hatte, weiter auseinander.

Es wäre so einfach gewesen, diese Öffnung des Himmels zu mythologisieren. Viele meiner Freunde praktizieren diese Technik mit Erfolg: „Eigentlich hatte ich ja gar keine Lust auf diese Sexparty. Aber ich bin trotzdem hingegangen. In der U-Bahn saß mir dann Thorsten gegenüber." „Seit zehn Jahren fliege ich im August nach Sitges. Aber in dem Jahr musste ich wegen einer Kollegin den Urlaub verschieben. Da lernte ich Paul am Teufelssee kennen." „In der Bibliothek überkam mich dieser unerklärliche Wunsch, im *Berio* einen Kaffee zu trinken. Fast alle Tische waren besetzt, nur an einem war noch Platz. Die zwei anderen unterhielten sich über einen Bekannten, der auf Europareise war und in Berlin für eine Woche ein Zimmer suchte. Ich lebte davon, Bed & Breakfast-Gäste aufzunehmen. Als Howard zur Tür reinkam, wusste ich sofort: Das ist der Beginn einer wunderbaren Freundschaft." Eingebildete Vorsehung ist eine willkommene Ausrede, um sich in einer Beziehung Halt zu geben, den man in sich selbst nicht findet.

Der sich öffnende Himmel wäre als „Zeichen“ sicher ein wenig dünn gewesen. Aber hatten Tim und ich uns etwa nicht holterdiepolter für den Urlaub entschieden? Warum hatte sich Kjell genau zu dem Zeitpunkt in der Kneipe in Position gebracht, als ich beim Pinkeln war? Warum bin ich mitgegangen, obwohl ich weder auf Ältere noch auf grauhaarige oder bärtige Typen stehe?

Es ist so einfach zu mythologisieren. Aber selbst später, als sich die seltsamen Zufälle häuften, die Übereinstimmungen in unserem Leben und die fast schon gespenstischen Ergänzungen eine Schicksalhaftigkeit unserer Begegnung aufzwangen, wehrte ich mich noch. Im Laufe der Zeit stellten Kjell und ich fest, dass wir uns schon mehrmals über den Weg gelaufen waren. Als er mir von dem Chorfestival im Sommer drei Jahre zuvor erzählte, erinnerte ich mich. An die Bühne. An sein Solo. Einmal waren wir sogar im selben Zug gesessen. Ich von Trient kommend und in München in den Zug nach Berlin umsteigend, Kjell von München nach Hamburg reisend. Sechzehn Jahre zuvor. Und ziemlich präzise neun Monate vor meiner Geburt hatte Kjell in Berlin gesungen. Auf einer Art „Protestantischer Kirchentag“. Er hätte meiner Mutter gut begegnen können. Als wäre das nicht schon seltsam genug, wurde ich in der Fremde oft gefragt, ob ich Schwede sei.

Aber ich wollte keinen Mythos. Mit dreiunddreißig wollte ich endlich eine wahre, echte, aufrechte Beziehung.

Der Brokatsessel. Aus der Kopenhagener Inszenierung von *Das Rheingold*. Mit Kjell als Wotan. Ausgerechnet Wotan.

Könnte ich mich einfach nur hineinsetzen, damit die Geschichte noch einmal dort begänne. Mit *Claire de lune*, Der Mondschein, von Debussy. Und seinem Gesang. An Wagner-Arien kann ich mich erinnern.

Kjell zog schon bei meinem ersten Besuch alle Register. Auf der Konsole über dem zweiten Waschbecken lagen ein neuer Nassrasierer, eine noch verpackte Zahnbürste, eine frische Dose Rasierschaum und Zahnpasta. Auf der Wanne ein Stapel Handtücher.

Mit dem Nachschlüssel ließ er uns nachts in die Pfarrkirche und erklomm mit mir im Dunklen die Empore, spielte *Toccata* und *Fuge* von Bach. Seine linke Hand streichelte die unteren Tasten, die rechte im anderen Rhythmus die oberen, seine Beine tänzelten über die Pedale.

Klassik war mir fremd. Orgelmusik verband mich mit einer Vergangenheit, die ich zu vergessen suchte. Aber da war ich froh, dass ich hinter ihm stand, dass er nicht sehen konnte, was er mit seinem Spiel bei mir anrichtete. Es hätte allem viel zu viel Gewicht verliehen.

Er fuhr mit mir nach Helsingborg. Der Wind war schneidend, die Luft klar, das Meer wie zusammengeschobene Glasscherben. Mit dem Sundbus, einer kleinen Fähre, setzten wir nach Dänemark über. Kjell führte mich durch die alten Gassen von Helsingör, fütterte mich mit *Wienerbröd*, einer Art Plunderteilchen aus Blätterteig, und lud mich in ein irisches Pub ein zum *Rödspätta*-Essen.

Subtil war sein Werben nicht. Als ich ihn im Supermarkt fragte, ob wir eine große oder eine kleine Packung Reis kaufen sollten, fragte er zurück: „Wie lange bleibst du?"

„Bis Montag." Das waren vier Tage.

„Ich hatte gehofft, du bleibst für immer."

Es schien mir, als würde er alles nur tun, um mich zu halten. Nur um jemanden zu haben. Wenn er schon mal einen in die Finger kriegte. Man hörte ja ständig, dass man mit fünfzig keine Chancen mehr hatte. Aber ich wollte keine Handtasche sein. Nicht mal eine *Kelly Bag*.

Der dritte Tag war um. „Morgen werde ich wieder fahren", sagte ich.

Kjell saß auf der Couch und hatte gerade die Lautstärke höher gestellt. Karajan dirigierte die Wiener Philharmoniker auf DVD.

„Weißt du, was Karajan so berühmt gemacht hat?"

Ich drehte mich um, weil ich dachte, dass er mich nicht gehört hatte. „Wie komme ich zum Bus nach Malmö?"

„Er hat auch die Pausen dirigiert." Dann legte er sich auf dem Sofa zurück und zog den Reißverschluss seiner Jeans auf. „Komm her!"

Ich sah, dass er eine Erektion hatte.

Wir hatten Sex. Zügellos. Unterbrochen nur von kurzen Phasen des Schlafs. Die ganze Nacht. Wie auf Gran Canaria.

„Wir sollten noch eine Flasche Leitungswasser für dich mitnehmen, Lurvar." Die Küche ist schon ausgeräumt. Haben wir etwa alle Flaschen weggeschmissen?

Die Linde vor dem Küchenfenster. Raschelnde, süßliche Blüte. „Auf keinen Fall will ich miterleben, wenn dieser Baum im nächsten Jahr blüht", sagte Kjell im letzten Herbst, als er den Umzugstermin zum zweiten Mal verschob und ich den Glauben verlor, dass er Schweden je hinter sich lassen würde. Gebete sind starke Werkzeuge. Er hat bekommen, was er sich gewünscht hatte.

Das Wasser. Ich stecke die Flasche in eine Plastiktüte. „Komm, Lurvar! Wir gehen." Es ist höchste Zeit. „Ja, mein Junge. Du freust dich, was? Wo hast du deinen Ball?"

Der Wohnungsschlüssel hängt noch. Ein ganzer Lebensabschnitt überbrückt vom Klirren eines Schlüsselbundes. Kjell-Åke ging aus der Tür und die Treppe hinunter. Als wäre es selbstverständlich, dass ich abschließe. Er vertraute mir von Anfang an.

Der Hund stellt sich auf die Hinterbeine und legt mir die Pfoten sanft auf die Brust. „Da ist der Ball." Ich nehme ihn ihm aus dem Maul und streichle Lurvar über den Kopf. Er folgt meiner Hand und leckt sie ab. Mit diesem immer traurigen Blick. Als ob er ahnen würde, wie es mir geht. Dann wirft er den Kopf zurück wie ein wieherndes Pferd und stupst mit dem Maul gegen die Tür. Er ist intelligent genug, sie aufzustoßen, aber er tut es nicht. Er wartet, bis ich sie öffne.

Habe ich den Filzstift eingesteckt? Ich taste in meiner Jackentasche. Ja, er ist da. Und der Brief? Auch. Nun kann ich gehen.

Ein satter Schlag, gefolgt von einem dumpfen Schnappen. Ich hab dieses Geräusch immer geschätzt. Es klang so sicher. Wie ein Panzerwagen. Dunkles Holz, silberner Griff, an dem man die Tür nach außen öffnet. Wie an Bord eines Kreuzfahrtschiffes. Oder eines alten Dampfers. Bemalt mit einer Blumenborte, passend zur Wand. Typisch schwedisch.

Ich drehe den Schlüssel im Schloss herum. Nachdem ich das laute, metallische Schließen vernommen habe, öffne ich noch einmal. Ich will spüren, wie es sich anfühlt. Ich will es noch einmal hören. Mir dieses Geräusch einprägen. Für den Notfall. Wenn es mir wieder passiert. Wenn die Welt wieder stillsteht. Es wird nun wieder passieren.

Ein Druck gegen mein Bein. Lurvar ist die Treppe wieder heraufgekommen, es hat ihm wohl zu lange gedauert. Er legt den Kopf schräg. Für ihn ist das nur die Tür, durch die er in sein warmes Heim gelangt.

Malmquist, Sandgren, Lekland, Esbjörnsson, Lundberg ... Die Namen an den Briefkästen ließen mich an Enid Blyton denken. Damals, als ich zum ersten Mal an ihnen vorbei die oberste Etage erklomm. An die Abenteuer der *Fünf Freunde.* Ich fühlte mich in meine Kindheit zurückversetzt. Dabei war das nur der Anfang.

Am Morgen nahm ich die Hafergrütze aus der Mikrowelle und stellte sie vor Kjell auf den Tisch. „Wie komme ich denn nun zum Bus nach Malmö?“

Er hob den Kopf aus der Zeitung. „Um zwei habe ich Chorprobe.“ Dann holte er den Fahrplan, blätterte und rechnete. Mit dem Bus sollte ich zum Bahnhof fahren, dann mit dem Zug nach Malmö. Er schrieb mir alles auf, aber dann fuhr er mich doch zum Bahnhof. Ohne Erklärung. Er stieg aus, löste ein Billet für mich und streckte mir die Hand zum Abschied entgegen. „Ruf an! Falls du willst.“

Abschiede sind gefährlich. Vor allem die ersten. So viel wird gesagt, was gar nicht gemeint ist. Und missverstanden. Aber in den Arm genommen hätte ich ihn gern.

Kjell wehrte aber ab und deutete auf seinen Wagen. Dass er sich nicht geoutet hatte, in dieser kleinen Stadt, in seinem Alter, hätte ich mir ausrechnen können.

Als wir ins Auto stiegen und er mich umarmte, spürte ich etwas Heißes an meiner Wange. Ich schob ihn von mir und sah, dass seine Augen gerötet waren. Das veränderte alles.

Mit Gefühlen konnte ich nie gut umgehen. Meine Mutter hatte ich nur ein einziges Mal weinen sehen. Bei Uwe, meinem Vater, kann ich mich an keine Regung erinnern. Von mir selbst kannte ich nur Zorn, der manchmal in mir aufstieg, heiß, als hätte ich etwas Schlechtes gegessen und müsste mich gleich übergeben. Zorn überkam mich mit so einer Heftigkeit, dass mir alles verschwamm. Wenn wir, die beiden Schwulis, ausgelacht wurden, zum Beispiel. Oder wenn sie Tim die Brille klauten und sein nach Hilfe schreiender Blick mich erreichte.

Die Vielfalt der Gefühle lernte ich eigentlich erst in Italien kennen. Am Tisch dieser seltsamen Familie. Drei Mädchen, zwei Jungen, Vater, Mutter, und alle sprachen gleichzeitig. Schüsseln mit Essen wanderten vor meiner Nase hin und her, ständig hatte jemand die Hände in der Luft oder in den Töpfen. Lachen, ein Schrei. Haare wurden gezogen, eine klatschende Ohrfeige vom Vater, die sirenenartiges Aufheulen hervorrief und das Chaos nicht minderte.

Grande casino. Weinen, lachen, schmatzen. Gefühle, Gefühle im Überfluss. Es war eine andere Welt. „Katholiken!“, spuckte meine Mutter später verächtlich. Als die Wahrheit ans Licht kam. Als die Polizei mich nach Hause brachte. Nach dem Brief von Giancarlo.

Sie dachten, ich würde in dieses Vakuum zurückfinden. Sie hofften es. Aber ich flüchtete. In eine andere Welt voller Gefühle. Gefühle, die sich nur durch niedergeschlagene Blicke offenbarten, durch Schulterklopfen, Kopfnicken oder einen Geldschein, der über das Vereinbarte hinausging. Staubwolken von Gefühlen, die das Atmen in den stickigen Kabinen manchmal unmöglich machten, so dass man die Türen aufreißen und rennen musste, wie aus einem brennenden Tunnel an die frische Luft.

Ich hatte nie gelernt, mit Gefühlen umzugehen. Die Therapie half mir kein bisschen. Ich haute immer ab, wenn ich Tränen sah. Beim ersten lauten Wort war ich weg. Flüchtete. Wieder und wieder. Und wenn mein Zorn kam, hielt ich die Luft an, bis er verschwand. Wie schon als Kind. Aber wenn jemand von der Liebe sprach, war ich verloren. Ich konnte Wunsch und Wahrheit nicht voneinander unterscheiden.

Als ich Kjells gerötete Augen erblickte, dort beim Abschied im Wagen, wirbelten meine Gedanken wie Teeblätter auf, die mit kochend heißem Wasser übergossen wurden. Es dauerte die ganze Zugfahrt bis nach Malmö, bis sie sich wieder setzten.

Schweden machte mir kein Kopfzerbrechen; ich liebte Berlin, aber ich hätte es verlassen. Schwedisch hatten schon andere vor mir gelernt. Auch Kjells Alter irritierte mich nicht. Weder roch er, wie man das alten Männern nachsagte, noch kämmte er sich die Haare mit einem feuchten Kamm, und in Kleidung oder Ansichten zeigte er sich nicht konservativer als jüngere.

Ich wollte keine Beziehung mehr, das war der Grund. Seitdem meine letzte mit Ben ein so furchtbares Ende genommen hatte, wollte ich niemanden mehr an mich ranlassen.

Sophie behauptete, es läge an meinem Freiheitsanspruch. Er sei zu überhöht. Dabei wollte ich einfach nur ich selbst sein dürfen und mich nicht ständig verbiegen müssen. Das hatte mit Freiheit nichts zu tun.

„Beziehung ist ein immer währender Kompromiss", sagte sie. Wir waren damals gerade mal dreißig. Sie schwanger mit dem zweiten Kind von einem Syrer, den sie hätte heiraten können, aber nicht heiraten wollte. Ich schwanger mit der ersten Krise, von Ben, dem Münchner, den ich so gerne geheiratet hätte, aber nicht heiraten konnte. Zwanzig Jahre lang war Sophie meine Vordenkerin gewesen. Zwanzig Jahre lang hatte ich zu ihr aufgeschaut. Und dann sagte sie so etwas. Kompromiss! Wie kann Liebe jemals ein Kompromiss sein?

Der Bus fuhr auf die große Brücke auf. Wie handgetriebenes Silber lag der Öresund unter uns. Im Süden Deutschland, im Norden das Ende der Welt. Und ich musste ständig zurückdenken. An Kjells Gesang. Die warmen Nächte. Mit welcher Selbstverständlichkeit er für alles bezahlt hatte. Seine Akzeptanz, die Selbstverständlichkeit, mit der er mich aufgenommen hatte. Keine Kritik. Es war ein unglaublicher Sog.

Önskad, älskad, sedd sollte auf Kjells Grabstein stehen. Worte aus einem schwedischen Psalm. Gewollt, geliebt, gesehen, das hatte er in seinem Testament verfügt. Drei Worte, die so viel über ihn sagten. Hätte ich das damals schon gewusst, hätte ich mich und uns vielleicht besser verstanden. So glaubte ich, dass es Liebe war, die uns miteinander verband. Dort auf der Brücke gestand ich mir, dass ich mich verliebt hatte, dann tauchte der Bus in den Tunnel ein, und um mich herum wurde es stockfinster.

Nun muss ich noch einmal nach Berlin reisen. Ein letztes Mal. Nur werde ich diesmal im Zug sitzen. Bis nach Dänemark. Zum Flughafen.

Fast vierzehn Uhr. Blumen! Ich hab noch keine Blumen. Ich werde mich auf dem Friedhof beeilen müssen. Dabei wollte ich gerade dort Zeit haben.

„Komm, Lurvar!" Ich öffne die Beifahrertür. Er steht konsterniert davor, weil er nicht gewöhnt ist, dass er vorne sitzen darf. Das ist immer Kjells Platz gewesen. „Na, los! Wir müssen fahren."

Dann lasse ich den Motor an.

„Wer ist Kjell?", schrie Sophie ins Telefon, im Hintergrund plärrte ihr Kleiner.

Tim musste geplaudert haben. „Guten Morgen, teuerste Freundin. Wie geht es dir? Habt ihr auch so schönes Wetter? Hier in Schöneberg scheint die Sonne. Ja, mir geht es gut. Auch wenn du nicht gefragt hast, sage ich dir das trotzdem, denn es sollte dich interessieren. Denn seit du dort oben im Wedding wohnst, scheinst du höfliche Kommunikation völlig verlernt zu haben."

Der Predigt entkam ich trotzdem nicht. Ich schloss einfach die Augen und wartete ab.

Sophie und ich waren im selben Gebäude groß geworden. Einem Gropiusbau im Südosten Berlins. Ob sie dort geboren wurde, so wie ich, weiß ich nicht. Meine Eltern und ich wohnten im sechsten Stock, Sophie mit ihrem Vater im siebten. Ihr Zimmer befand sich genau über meinem. In dem Hochhaus, das wie ein aufgeschlagenes Buch mitten auf einer Wiese steht, leben vierundachtzig Parteien. Sophie hatte ich natürlich schon gesehen, mich aber immer von ihr ferngehalten. Ihr Gesicht war seltsam blass, und vor ihrem Vater, ja ... Eigentlich fand ich ihren Vater interessant. Er trug sein Haar ähnlich lang wie sie, rauchte filterlose, ziemlich stinkende Zigaretten, deren dicken weißen Rauch er ganz langsam aufsteigen ließ und mit der Nase wieder inhalierte. Manchmal, wenn er bei den Garagen versonnen auf dem Bürgersteig saß, stieß er perfekte Kringel aus.

Man könnte sagen, dass ich für ihn schwärmte, auch wenn es mit keiner sexuellen Erregung einherging.

Er bastelte immer an irgendwelchen Autos herum. Auf dem Parkplatz. Im speckigen Blaumann, mit schwarzen Fingernägeln. So ganz das Gegenteil von meinem Vater, der für jedes Loch, das in die Wand gebohrt werden musste, einen Handwerker bestellte.

Trotz meiner geheimen Bewunderung ging ich Sophies Vater immer aus dem Weg. Wie meine Mutter hingekriegt hatte, dass ich Angst vor ihm hatte, weiß ich nicht mehr. Sophie erinnerte mich, als wir erwachsen waren, daran, dass ihr Vater öfter mal Frauen zu Besuch gehabt hatte. Immer andere. Und den Sex genoss, was zumindest seine direkten Nachbarn hören konnten. Also auch wir. Und da fiel mir wieder ein, wie meine Mutter öfter durch die Wohnung gelaufen war und geschimpft hatte. Wegen des Lärms.

Ich hatte nicht gewagt zu sagen, dass ich die Geräusche gerne hörte, weil sie eine seltsame Art von Unruhe in mir auslösten. Erregung vermutlich, auch wenn das noch mit keiner körperlichen Reaktion verknüpft war. Das Grunzen von Sophies Vater und die unterdrückten Schreie seiner Gefährtinnen entfachten ein Feuer in meinem Körper.

Ich hatte Sophie also schon oft gesehen, Freunde wurden wir aber durch Zufall. Ich hatte vergessen, meine Luftpumpe vom Fahrrad zu nehmen. Nicht nur hatte man sie mir gestohlen, sondern auch die Luft aus den Reifen gelassen.

„Brauchste 'ne Pumpe?"

Tim und ich drehten uns um. Da stand sie. Ihrem lockigen Haar gab sie schon damals einen kleinen Henna-Stich. Langes, lilafarbenes Baumwollkleid. Schulbücher vor den Brüsten, kleinen, spitzen Dingern, über die sich unsere Mitschüler ständig unterhielten. Sophies Gesicht konnte ich nicht sehen, sie stand genau vor der Sonne, die Strahlen griffen in ihr Haar und ließen es glitzern. Aber ich bin mir sicher, dass sie weder lächelte noch hämisch grinste. Bestimmt hatte ihr Gesichtsausdruck etwas wissenschaftlich Forschendes.

Ich zwinkerte, um Zeit zu gewinnen. Warf Tim einen fragenden Blick zu, aber der zog nur den Kopf ein. Dann schaute ich mich um, ob ich Gefahr lief, gesehen zu werden. „Was willst 'n dafür haben?"

Weil ich meine Mutter nicht wissen lassen wollte, dass ich mit Sophie sprach, ließ sie die Luftpumpe an einer Schnur von ihrem Fenster herunter. Zum Dank band ich einen Fußballaufkleber dran. Einen, den ich dreifach hatte. Kein großer Verlust.

Kurz darauf baumelte ein Paket Räucherstäbchen vor meinem Fenster. Ich beugte mich hinaus und schaute zu ihr hinauf. „Was soll ich denn damit?", flüsterte ich.

Sie zuckte mit den Schultern. „Anzünden."

Sophie hatte schon damals einen Hang zum Ätherischen. Sie kannte die Sternbilder, beschäftigte sich mit Ufos und hegte in ihrem Gedankengarten seltsame Gewächse. Zum Beispiel, dass mit den Menschen zeitgleich noch andere Wesen die Erde bewohnen könnten. Nur in einer anderen Geschwindigkeit, weswegen wir sie nicht wahrnehmen würden. Später einmal regte sie sich darüber auf, weil eine Zeitung geschrieben hatte, dass man Wasser auf dem Mars vermutete und daraus schlussfolgerte, dass dort Leben möglich sei. „Wieso soll es keine Wesen geben, die ohne Wasser auskommen?"

„Wegen dem Zellstoffwechsel", erklärte ich, als hätte sie das nicht gewusst. „Ohne Wasser ist Leben eben nicht möglich."

„Ja, aber doch nur das Leben, das wir kennen, René. Wie engstirnig. Vielleicht gibt es Wesen, dir nur aus Licht bestehen. Hast du nicht die alten Folgen von *Raumschiff Enterprise* gesehen?"

Ich interessierte mich nicht für Außerirdische, aber ich hörte ihr gerne zu. Die Gelegenheit dafür bekam ich nur selten. Meine Mutter kannte meinen Stundenplan und wartete mit dem Mittagessen auf mich. Dann hatte ich mich eine Stunde hinzulegen, bevor sie mit mir an die Hausaufgaben ging.

Diese Stunde Mittagsruhe nutzten Sophie und ich für einen intensiven Briefwechsel. Ich klopfte an die Zimmerdecke, und kurz darauf ließ sie die Leine vom Fenster herunter. Oft begann das Spiel mit einem Brief.

Schon damals erfuhr Sophie alles, was ich erlebte. Die Anzahl der Briefe muss ihr klar gemacht haben, dass ich nicht viele Gesprächspartner hatte. Sie war die Schwester, die ich mir immer gewünscht hatte.

„Wer ist denn nun dieser Kjell?", fragte sie.

„Was soll ich dir sagen? Bevor er eine Telefonnummer wählt, schreibt er sie mit dem Zeigefinger auf die Tischplatte. Nachdem er die Unterhose ausgezogen hat, schießt er sie in die Luft, fängt sie auf und singt *Tataaaa*, als hätte er gerade ein Kunststück vollbracht. Und den Kaffee trinkt er stark und schwarz, dazu isst er einen Zuckerwürfel."

„Aha, er schreibt Telefonnummern auf die Tischplatte, schießt Unterhosen in die Luft und isst Zuckerwürfel. Lass mich raten. Ein Clown?"

„Sophie. Ich habe gerade mal vier Tage mit ihm verbracht, drei davon im Bett. Ich weiß nur, dass er Opernsänger ist und auf der halben Welt gesungen hat, jetzt aber eine ruhige Kugel schiebt und am liebsten in der Kirche Orgel spielt."

„Und wie alt ist er?“
„Weiß nich so genau.“

Als ich von meinem ersten Schwedenbesuch zurückkam, fanden alle, dass ich beneidenswert erholt aussah. Mir selbst fiel nur auf, dass mir die Männer hinterherliefen, wie allen, denen es gut geht.

Ich erinnere mich an den Abend im *SchwuZ*. Tim machte mich mit einem Stoß in die Rippen auf einen Marokkaner aufmerksam, der in einer Tour vor mir herumtanzte. Ein Ami steckte mir seine Telefonnummer zu. Jedenfalls glaubte ich, dass es ein Ami war, wegen des Namens. Und in der Lounge meinte einer besonders gewitzt zu sein, indem er mich mit Peter ansprach, um mir meinen Namen zu entlocken.

„Penelope, nu zick nicht rum!“, sagte Tim. „Pflücke die Früchte, die den Duft des Verlangens verströmen. Deine Tage sind gezählt. Im nächsten Monat wirst du ...“ und dann senkte er die Stimme, „vierunddreißig.“ Er nahm einen Schluck von seinem Wodka-Lemon und zog ihn durch die Zähne, als müsste er sich nach dem „schmutzigen Wort“ den Mund spülen.

Im Bus ließ mich ein türkisches Jüngelchen nicht mehr aus den Augen. Ein Bein über das andere geschlagen, lümmelte er im Sitz hinter der Tür; die Sohlen seiner Stiefel vielleicht zehn Zentimeter dick. Er trug eine Bomberjacke und eine Spange im schwarzen, gegelten Haar. Jung genug. Aber ich schaute, statt sein Lächeln zu erwidern, aus dem Fenster. Ein Afrikaner lief auf den Bus zu. Im langen hellbraunen Mantel. Als käme er von einem Opernbesuch. Er ging an mir vorüber und setzte sich weit hinten auf eine Bank. Ich roch ein sehr grünes, frisches Parfüm, das mich an den Frühling erinnerte, der sich im März angekündigt hatte und nun wie eine Diva auf sich warten ließ. Es hatte etwas tropisch Feuchtes, Nebliges.

Ich stieg aus, überquerte die Kolonnenstraße und steuerte auf den Naturkostladen zu. Da schallte mir das Klappern von Ledersohlen von der Hauswand entgegen. Fünf Uhr früh. Berlin kann so leer sein. Ich ging an den S-Bahn-Gleisen entlang, und das

Klappern folgte mir. Vor dem *Blauen Engel* blieb ich dann stehen und drehte mich um. Junge Augen leuchteten aus dem schwarzen Gesicht. Rundliche Wangen, ein fleischiger Körper.

Als um sieben Uhr früh das Telefon läutete, war ich Youssof gerade sehr nah. Wir schauten einander an, lachten. Nichts sollte uns stören. Ich schloss die Augen, spürte, drängte. Youssofs Finger krallten sich in meine Flanken. Heiß und feucht. Das Klingeln des Telefons. Sein schwerer Atem. Er atmete die Luft tief in sich ein, lauter und lauter. Ich spürte die Enge, den Schmerz in meinem Fleisch, Schweißtropfen, die meine Schenkel hinunterjagten. Das Klingeln. Ich schaute auf das Poster über meinem Bett. *Ich bin zu jung für die Monogamie*. Ein Spruch von Dorothy Parker. Ein Schrei, Spannung in meinem Körper.

Meine Handgelenke taten weh. Ich ließ mich auf ihn fallen, er hielt mich fest. Unsere Herzen kamen nur langsam zur Ruhe. Der tropisch neblige Duft. Ich glitt ganz von selbst aus ihm heraus. Das Kondom blieb zur Hälfte in ihm stecken. Ich ging damit ins Bad und hörte meine Mailbox ab.

„*God morgon*, Renéchen. Hast du gut slaf? Ich gehe Kirsche, spielt Orgel heut früh. Wir sprechen später, mein Liebschen. Schüs."

Dass Kjell ausgerechnet in diesem Moment angerufen hatte.

Youssof schlief. Er sah entspannt aus. Die helle Innenfläche seiner Hand neben seinem Gesicht. Als sammelte er den Schlaf, den er atmete.

„He, Youssof."

Er schreckte hoch.

„Du musst gehen. Meine Eltern kommen." Ich ließ niemanden mehr bei mir schlafen.

Er nickte still und schlug die Decke zurück, ohne mich anzuschauen. Er hatte schon wieder eine Erektion. Während er sich aus dem Bett rollte, ging ich zurück ins Bad und putzte mir die Zähne. Mein Gesicht sah verstört aus. Die Augen klein, als ob sie nicht sehen wollten, die Haut fahl.

An der Tür zögerte Youssof. Die Telefonnummernfrage begann sich im Raum-Zeit-Gefüge zu manifestieren. „Schönen Sonntag noch", sagte ich, dann schloss ich die Tür, ging zurück ins Bett und zog mir die Decke über den Kopf. Das tropisch Neblige hatte einen tierischen Beigeschmack hinterlassen. Von einem Geparden vielleicht. Darin konnte ich nicht schlafen. Ich wollte es nicht.

Kjell und ich telefonierten jeden Tag. Von Anfang an. Meist nur kurz. Und wir schickten uns Mails.

> *Renee. Guten- Nacht mit sussen shlaf und traume, ich kann nicht shlafen, ohne Dich, Du kommst in mein leben so snell und plötzlig. Eine tür in eine neue welt.*
> *Din KÅ.*

Ich sortierte meine Notizen. Seit meinem Roman, *Waisenkinder*, hatte ich nichts Längeres mehr geschrieben. Kurzgeschichten ja. Pornographie. Unter Pseudonym. Sonst nichts.

Nach so einem Erfolg Angst vor dem weißen Blatt zu haben, sei normal, hatte mir der Lektor wieder und wieder erklärt. Ich sollte einfach nur schreiben und nicht an die Veröffentlichung denken. Er hatte nicht verstanden, dass ich mich nicht als Schriftsteller fühlte. Dass der Roman zufällig entstanden war. Ich lebte in einer Traumwelt wie alle anderen. Der einzige Unterschied war, dass ich sie niedergeschrieben hatte.

Von meiner Begegnung mit Kjell konnte man zwei Monate später in einem Männermagazin eine erotische, fiktive Fassung lesen. In *Eins zu Null für Schweden* lässt sich Thomas angeblich aus Mitleid von dem dreißig Jahre älteren Håkan verführen. Mit den üblichen Vorurteilen über die Älteren trabt er in dieses Sexabenteuer hinein und erlebt sein blau-gelbes Sexwunder.

Ich brauchte diese Geschichte. Eine Entschuldigung. Vor der Welt. Vor mir selbst. Das kapierte ich erst, als Tim, der die Rahmenhandlung natürlich sofort wiedererkannte, mich ins Kreuzverhör nahm.

„Dreißig Jahre älter? Du spinnst! Warum hast du mir das nicht gleich erzählt?"

„Weil ich wusste, dass du so reagieren würdest."

„Uh, du bist ja gleich richtig angepisst. Nur weil mich dein neuerlicher Hang zur Nekrophilie überrascht. Wieviel nimmst du fürs Blasen? Ich werd's auch niemandem verraten."

Kjell hatte tatsächlich bezahlt. Für die Einkäufe, meine Zugfahrkarte, das Essengehen, Benzin, den Ausflug nach Dänemark. Dachte er etwa, mich bezahlen zu müssen? Glaubte er, dass das die Basis unserer Freundschaft sein würde? Eine Staubwolke schlechter Erinnerungen wirbelte auf.

„Was bedeute ich dir eigentlich?", fragte ich Kjell abends am Telefon.

„Ich liebe dich", antwortete er. *„Onegin, du kan inte ana/hur högt jag älskar min Tatjana."* Kjell sang Fürst Gremins Arie, in der er Eugen Onegin seine Liebe zu Tatjana gesteht.

Kjell liebte es zu zitieren. Arien, Lieder, Gedichte. Um das Gesagte zu unterstreichen, dachte ich anfangs, dabei tauchte er gänzlich in diese Welt ein. Auch das hätte ich sehen müssen. Eher verstehen können.

Für das Magazin hatte ich den Schwedenporno zu einem sinnigen Ende gebracht. Ein Orgasmus, Lächeln, ein Schulterklopfen und Adieu. Aber sie gab mehr her als ein bisschen Sex. Dass Thomas' Vorurteile auf den Kopf gestellt wurden, war banal. Wie der alternde Schwule den jungen quasi mit einem Fingerschnippen abschleppen konnte, machte mich sehr viel neugieriger. Das musste doch einen anderen Grund haben als guten Sex. Als einen muskulösen jugendlichen Körper.

Für die Fortsetzung der Geschichte legte ich Thomas an den Strand. In Selbstgesprächen zählt er immer wieder auf, warum es richtig war, mit dem Schweden keine Telefonnummer ausgetauscht zu haben. Der Altersunterschied. Sex bleibe ja nicht lange interessant, das sei bekannt, und dann müsste er sich mit einem alten Leib herumquälen, Håkan womöglich pflegen, wenn er alt und gebrechlich werden würde, und das aufregende Leben wäre dahin.

Indem Thomas sich das immer wieder vorbetet, versteht der Leser, wie sehr diese Begegnung ihn gefangen genommen hat. Am Abend sucht er dann unter einem Vorwand das Hotel des Schweden und muss feststellen, dass das Zimmer inzwischen von neuen Gästen bewohnt ist. Eine kleine moralische Strafe für seine Oberflächlichkeit.

Aber das erklärte noch nicht, worauf die Anziehung beruhte. Da fiel mir dieser Schlusssatz ein, mit dem die Geschichte erst richtig begann: Wer weiß, was mir damit erspart geblieben ist?

„Warum starrst du mich so an?", fragt Thomas einen von Håkans Freunden bei seinem ersten Besuch in Schweden.

„Ich frage mich, warum ausgerechnet du Håkan vor dem Selbstmord bewahren konntest."

„Selbstmord?"

„Hat er dir das nicht erzählt?"

Håkan braucht ein tragisches Schicksal. Eine verlorene Liebe. Unschuldig verloren. Durch Unfall, Krebs oder weiß der Kuckuck was.

Nur erklärte das immer noch nicht, warum Thomas sich mit dem Alten einließ.

Thomas war bis dahin nur eine Figur und kein Charakter. Wenn ich dem Alten eine selbst bemitleidende Verzagtheit über die nicht erreichten Lebensziele andichtete, könnte Thomas ihm mit einer „Es ist doch alles möglich"-Attitüde begegnen. Während er Håkan einen philosophischen Vortrag hält, wird dem Leser klar, dass Thomas selbst nur in Träumen lebt. Auch er wird eines Tages all das Versäumte betrauern. Erkennen tut Thomas das natürlich nicht.

Symbolisch für die Jugend ließ ich Thomas durch ein „Ich tue einem alten Mann einen Gefallen, wenn ich Sex mit ihm habe" seine eigene Eitelkeit entlarven, die so gänzlich leugnet, dass auch er, Thomas, mit etwas Glück alt werden wird.

Eitelkeit als Anziehungsgrund? Ich hatte mich verrannt. Das passierte mir zurzeit immer, wenn ich mich über das Sexuelle hinauswagte.

„Wie alt ist er?" Sophie schoss aus ihrem Liegestuhl. An einem lauen Frühsommerabend hatte sie kinderfrei bekommen. Wir saßen auf meinem Dach in Schöneberg, Tim und ich und sie zusammen.

„Zweiunddreißig Jahre älter!" Tim ließ sich die Worte auf der Zunge zergehen. Ich glaube, weil es ihn faszinierte. Der Mann, den er seit Jugendjahren anhimmelte, der immer so viele hatte und haben konnte, ließ sich nun von einem älteren Herrn aushalten.

„Ihr Schwulen sucht doch in euren Partnern immer den Vater", sagte Sophie und setzte sich wieder.

Nun sprang Tim auf. Empört. „Also hören Sie mal, Ms. Dr. Ruth Westheimer. Ich hatte nie auch nur das geringste Bedürfnis, mit meinem Vater ins Bett zu gehen."

Mir ging das ebenso. Sex mit Uwe war mir unvorstellbar. Nicht als Kind. Nicht als Heranwachsender. Und als Erwachsener schon gleich gar nicht. Er war ein völlig asexuelles Wesen für mich.

„Und warum echauffierst du dich dann jetzt so?", hakte Sophie nach und zündete sich eine Zigarette an.

Tim und ich schauten uns fragend an.

„Also ich", sagte sie und blies den Rauch aus, „ich hab mir das ja immer gewünscht. Sex mit meinem Daddy, das hätt ich geil gefunden."

„Ich bin so alt, ich könnte dein Vater sein." Kjell sagte das während des Sex. Ich musste innehalten, weil mir das Gespräch mit Sophie noch im Ohr war.

Es war mir unangenehm, dass Kjell sein Alter ansprach. Ja, es war mir nicht wohl dabei, Sex mit einem Mann zu haben, der fünf Jahre älter als mein leiblicher Vater war. Aber das ins Licht zu rücken machte es nicht gerade einfacher.

Wir schliefen ein. Wir erwachten. Hatten Sex. Ich schauderte, weil mir der Satz wieder einfiel, „Ich bin so alt, ich könnte dein Vater sein", und war erleichtert, dass Kjell nicht näher darauf eingegangen war, da fragte er: „Wie hat dich dein Vater genannt, als du klein warst?"

Spannung kroch unter meine Haut. Ich hatte schon so vieles ausprobiert. Im Dunklen, Anonymen, Fremden: Peitschen, Ketten, Stiefel, Nadeln, Spritzen, Wachs. Immer hatte die Neugier gesiegt. Mehr noch. Ich musste es tun. Wie ständig wachsende Mutproben für mich selbst. Und dann kam mit so einer harmlosen Frage die Angst.

„Söhnchen hat mich mein Vater genannt." Söhnchen. Als noch alles in Ordnung war. Bevor sie den Brief öffneten.

War denn je alles in Ordnung gewesen?

Uwe hatte in einer Druckerei gelernt und dort gearbeitet, bis ihn die Computer Ende der Achtziger wegrationalisierten. Er schulte um und wurde Hersteller bei einem Verlag, der PC-Zeitschriften herausgab, deren Verkaufszahlen schwindelerregend anstiegen. Der älteste Redakteur war fünfzehn Jahre jünger als er. Mein Vater litt darunter. Und schwieg.

Meine Mutter hatte tatsächlich noch auf einer Hauswirtschaftsschule gelernt. Den Begriff brachte ich immer mit dem Krieg in Verbindung, obwohl sie ja ein Nachkriegskind ist. Und den Abschluss gemacht, obwohl sie Uwe da schon kannte. Sex hatten sie wohl tatsächlich erst nach der Hochzeit. Woher sollte ich die Wahrheit kennen?

„Warum glaubst du, hast du keine Geschwister?", fragte der Therapeut. Therapie war eine meiner Bewährungsauflagen. „Deine Eltern sind seit fünfundzwanzig Jahren verheiratet. Sie sind jung, deine Mutter streng religiös. Und dann haben sie nur ein Kind gezeugt?"

Ich hatte ihm erzählt, dass ich mir eine Schwester gewünscht hatte, weil es immer viel zu still in unserer Wohnung gewesen war. Auch mit den Eltern im Haus. Sie gingen, als hätte sich der Boden unter ihren Füßen jederzeit auftun können. Dünnes Eis. Da war Angst.

„Eine Schwester", antwortete ich auf die Frage, was ich mir zu meinem fünften Geburtstag wünschte. Die Eltern schauten einander an, Uwe senkte den Kopf, und meine Mutter, deren Augen weit aufgerissen waren, legte die Hand vor den Mund, als hätte ich etwas Verbotenes gesagt. Ich erinnerte mich genau. Auch an die Antwort, ein stilles Auseinandergehen.

„Ich weiß nicht, warum ich keine Geschwister habe", antwortete ich und zuckte mit den Schultern.

„Ich habe den Eindruck", sagte der Therapeut, „dass du es gar nicht wissen willst."

„Hast du gut geschlafen, Söhnschen?", fragte mich Kjell-Åke am Morgen, legte seine behaarten Arme um mich und küsste meine Stirn. Keiner meiner Liebhaber hatte das je getan. Nicht so. Der Ältere war immer ich, der Stärkere, der, der die anderen in seinen Armen hielt. Nicht andersherum.

Wie hätte ich gut schlafen sollen? Immer wieder war ich aufgewacht und hatte über meine Eltern nachgedacht. Uwe war fünf Jahre jünger als Kjell. Ich hatte nie Papa zu ihm gesagt, sondern ihn bei seinem Vornamen gerufen. Und wenn ich vor anderen über ihn sprach, nannte ich ihn „meinen Vater", aber niemals „Papa".

Kjell stupste mich auf die Nase, er wartete auf Antwort. Es fühlte sich gut an, in seinen Armen zu liegen, unseren Schlaf noch in der Nase, das gebrochene Deutsch von seiner tragenden Stimme in meinen Ohren. „Söhnschen." Durch das *Sch* klang es noch viel weicher. Wie sein „'schuligunn" damals im Yumbo-Center von Gran Canaria. Ein Meeresrauschen. Etwas unsicher vielleicht, aber kein bisschen fremd. Als hätte man mich schon immer so genannt. „Söhnschen" schlug eine Brücke zu einer Zeit, in der noch nichts in Zweifel stand. In der es nichts Wichtigeres gab als Waldmeistereis und ein ferngesteuertes Boot. „Söhnschen" machte mir Angst.

„Ich habe gut geschlafen. Und du ... Papa?"

Schokolade war unser erstes Ritual. Seit ich ihm gesagt hatte, dass ich Nussschokolade liebte, versteckte Kjell immer einige Tafeln für mich. Entweder im Wagen, unter der Bettdecke auf meinem Kopfkissen, oder – später – in meinem Kleiderschrank.

Er pickte mir Krümel von der Wange, legte mir immer mehr Essen auf, „damit etwas aus dir wird“, und ab und zu strich er mir über den Kopf. Ich war ein ganzes Stück kleiner als er. Da fühlte ich mich noch jünger.

Ich redete mir ein, Papa und Söhnschen wären Kosenamen. Was ist schon der Unterschied, ob man den Partner Schatz, Hase oder Papa nennt?

„Willst du noch Kaffee, Papa?“ „Komm, ich binde dir die Schuhe zu, Papa!“ „Papa, liebst du mich wirklich?“ Papa mit lang gezogenem A, die Ps eher weich, das A am Ende wie ein Rückzieher. Als begänne ich zu rufen und überlegte es mir dann doch anders. Sehnsucht schwang darin. Und Hoffnungslosigkeit zugleich. Ich hätte das wahrnehmen können. Wenn ich mir selbst nur zugehört hätte.

Ich hätte zu gern mit jemandem über dieses „Papa“ gesprochen, wagte aber nicht, mit der Wahrheit herauszurücken. Zumindest musste ich Tim gestehen, dass Kjell für alles bezahlte.

Sein Blick verklärte sich. „Du hast es geschafft, teuerste Penni. Du bist eine Handtasche geworden.“ Dann hob er den Zeigefinger. „Ich hoffe nur, eine edle.“

„Tim, mal im Ernst. Kann so eine Beziehung auf Dauer funktionieren?“

„Papperlapapp, Liebes. Heirate ihn! Wir brauchen das Geld.“

Die Figuren meiner Geschichte, Thomas und Håkan, gingen mir nicht mehr aus dem Kopf. Ich machte allerlei Notizen, aber der Angelpunkt, wie der Ältere den Jüngeren an sich bindet, machte mir schwer zu schaffen.

Das Vater-Sohn-Spiel drängte sich geradezu auf. Vielleicht hat Thomas keinen Vater. Das wäre sehr einfach. Besser noch, sein Vater hat etwas angestellt, was moralisch nicht eindeutig verwerflich ist, aber die Liebe des Sohnes verhindert. Einen Autounfall verursacht, bei dem die Mutter ums Leben kommt. Und niemand weiß, ob vielleicht Alkohol im Spiel war. Thomas könnte auch ein

Scheidungskind sein, dem die Mutter verbietet, den Vater zu lieben. Auch das wäre denkbar.

Jedenfalls muss Thomas aus irgendeinem Grund in Håkan den Vater finden, den er sich immer gewünscht hat. Aber nach und nach schleichen sich Enttäuschungen ein: Ein Arbeitstermin ist wichtiger als das gemeinsame Abendessen, und schon läuft Thomas davon und schaltet sein Mobiltelefon ab, um nicht mehr erreichbar zu sein.

Nein, damit degradierte ich ihn zu einer hysterischen Kuh. Die Probleme müssen sich subtiler ankündigen. Håkan könnte von Thomas penetriert werden wollen. Die Vaterfigur, an die sich der Junge Wochen oder gar Monate angelehnt hatte, will plötzlich von dem Kleinen, Hilfsbedürftigen genommen werden. Das bringt das Kartenhaus zum Wackeln. Ein erstes Beben. Der Riss in der Fassade. Und dahinter entdeckt Thomas Unsicherheiten, Ängste, Zerbrechlichkeit. Die Enttäuschungen summieren sich über Monate hinweg zu Verbitterung. So kam ich auf den Titel *Killing My Daddy*.

„Warum lässt du mich eigentlich nie etwas bezahlen?", fragte ich Kjell, nachdem wir beim Supermarkt durch die Kasse waren.

Er trug die Tüten zum Wagen. So wie er immer alles trug. Weil er der Stärkere von uns beiden sei, wie er betonte. Da blieb er stehen und schaute mich an. „Weil es das Einzige ist, was ich für dich tun kann, Söhnschen. Eines Tages wirst du den Rollstuhl schieben, in dem Papa sitzt."

Da läuteten meine Alarmglocken. War ich etwa keineswegs die edle Handtasche, sondern eine billige Pflegeversicherung?

Die Beziehung hatte vieles für sich. Ich konnte mit Kjell gut reden. Dass er musizierte und für mich sang, war ein unglaubliches Geschenk. Wir guckten Fußball und brüllten, um es den anderen nachzutun, und wir unternahmen Fahrradtouren.

Wir konnten lachen. Gemeinsam. Über einander. Jeder über sich selbst. Kjell, der Schauspieler, untermalte seine Erzählungen oft mit Gesten und versuchte Geräusche zu imitieren. Wenn er über jemanden sprach, beschrieb er ihn nicht nur, sondern spielte ihn, indem er überzeichnete. Mit Mimik, mit Blick, mit Tonfall.

So machte er auch vor, wie ich ging. Auf den Fußballen. Wippend. „Du versuchst größer zu sein. Weil du so klein bist", analysierte er. Dabei war Größersein das Letzte, worauf ich aus war. Ich laufe so, damit man mich nicht hört.

„Als sollten die anderen nicht mitkriegen, dass es dich gibt", hatte mein Therapeut resümiert.

Waisenkinder verhalten sich still, wenn sie ein Zuhause gefunden haben, damit sie nicht wieder weggeschickt werden.

Im Gegenzug machte ich mich über Kjells südschwedischen Dialekt lustig. Später, als ich begann, die Sprache zu sprechen. Weil er einfache Vokale in Diphthonge verwandelte. Hallo wurde zu Halleo, Coca Cola zu Ceoca Ceola. Wenn ich ihn ohne Vorankündigung damit überraschte, kugelte er sich vor Lachen.

Die Selbstverständlichkeit, mich in sein Leben einzuschließen, setzte sich fort. Ich saß im Wohnzimmer und arbeitete an einer Übersetzung, er ging in die Küche und kam mit einem geviertelten Apfel, Weintrauben oder einem Stück Käse für mich zurück. Er nahm mich mit, sonntags in die Kirche, wenn er spielte. Platzierte mich neben sich an die Orgel, wo mich die ganze Gemeinde sehen konnte. Mich, den deutschen, jungen, unschwer als Schwulen Erkennbaren. Und wenn danach zur Vesper geladen wurde, schob er mich vor sich her ins Pfarrhaus. Da saß ich dann zwischen vielen, meist alten Menschen, deren Sprache ich nicht verstand, und fühlte mich von ihren Blicken geröntgt. Kjell war nicht out, trotzdem schien es ihm egal zu sein, was sie dachten.

Ich ahnte, dass ich viel von ihm lernen würde. Über Musik. Übers Altwerden. Über Demut, mit der er das Leben annahm, mit dem er es geschehen ließ. Aber ich lernte vor allem etwas ganz anderes. Noch viel Wertvolleres.

Und Schweden gefiel mir. Unsere Spaziergänge um die Zitadelle herum, eine dunkelrote Festung, von einem Burggraben umgeben, der von unzähligen kleiner Quallen bewohnt wird. Zum Hafen mit dem Freibad unter dem riesigen Wasserturm hindurch, den man bis weit ins Land hinein sehen kann. Durch die Laubenkolonie, wo ich eines dieser schwedischen Holzhäuschen *en miniature* kaufen wollte, um einen kleinen prachtvollen Garten anzulegen. Dort am Kärleksstigen, dem Liebessteig.

Oder unsere Ausflüge nach Järavallen, dem Wanderwald, in dem Kjell schon als junger Mann seine Runden gedreht hatte, als er noch rennen konnte. Beim Militär sei er der Schnellste gewesen, erzählte er mir stolz. Schnell weglaufen zu können, das passte gut zu ihm.

Das Meer hatte ich lieben gelernt. Das Dorf Borstahusen mit seinem Fischladen, der von einer Schweizerin geführt wird. Und den Wind, der dort immer bläst, den Geruch von Tang, der im Herbst am würzigsten duftet. Und die Möwen, die zu allen Jahreszeiten unter lautem Kreischen über unseren Köpfen bettelten. Unsere Spaziergänge zwischen Meer und Golfplatz hinauf durch den Hof des Bauern, wo wir Stachelbeeren und Rhabarber klauten. Dessen Garten jedes Mal den Wunsch in mir weckte, Gedichte schreiben zu können. Den Hof, wo Kjell unserer Zukunft zum ersten Mal Worte verlieh, die sie unerreichbar machte. „Hier möchte ich mit dir leben."

Ich liebte den kleinen Wald oben auf den Klippen, von wo aus man zur Insel Ven und weiter nach Dänemark hinüberschauen kann. Und „unsere" Bank. Hier war ich immer geblendet. Zu jeder Jahreszeit. Selbst im Regen musste ich die Augen zusammenkneifen.

Rollende Hügel, Weizen, Raps, weidende Kühe, Wälder. In manchen Augenblicken fühlte ich mich in die Schulferien zurückversetzt, in denen wir meine Großmutter in Niederbayern besuchten. Wenn ich auf dem Hof mit den Tieren spielte, auf dem Traktor mitfahren durfte, Birnen von den Bäumen stibitzte und im Wald herumjagte. Wo man katholisch laut und üppig sein durfte.

Konnte es sein, dass ich in dieser rauen schwedischen Fremde ein Zuhause gefunden hatte?

Ich hatte schon einmal im Ausland gelebt. Schon einmal war ich bereit gewesen, für die Liebe alles aufzugeben. Ich hätte es wieder getan.

Tim fiel fast vom Stuhl, als ich ihm das sagte.

„Du wirst doch nicht zu den Eskimos ziehen. Was meinst du, wie schnell deine Fesselriemchensandaletten beim Teufel sind, wenn er dich zur Robbenjagd aus dem Iglu stößt!"

Die Beziehung passte mir also in jeder Hinsicht, die ich mit Denken erfassen konnte. Trotzdem gedieh Unsicherheit. Nicht wie ein blütenreiches Gewächs, das über Nacht den englischen Rasen verschandelt, sondern mehr wie etwas sich unter der Erde Ausbreitendes, geheime Netzwerke Bildendes. Zuerst wundert man sich, dass die Rosen blasser sind als im Vorjahr und warum die Beerenbüsche keine Blüten treiben wollen. Wenn dann das erste saure Geschöpf aus der Erde treibt, ist bereits der gesamte Garten verdorben.

Wir spazierten durch den Wald, und der strenge Tannenduft stach mir in der Nase. Wir lagen am Strand, und ich spürte die Kraft der Sonne auf meinem nackten Bauch. Wir aßen in einem Restaurant am Meer, und der Wind kühlte das gebratene Fleisch. Es war wunderbar. Ich hätte es besser nicht treffen können, beteuerten mir meine inneren Stimmen. Mit Kjell. Mit Schweden. Mit der Landschaft. Dem Leben. Nicht, womit sich meine Gedanken beschäftigten, sondern dass sie ständig zugange waren. Alles in Geschichten verpackten, Thomas und Håkan analysierten. Sie kamen einfach nicht zur Ruhe.

Natürlich war ich mir des Altersunterschieds bewusst. Auch wenn es kein akutes Problem gab, so würde es doch zu einem werden. Noch kniete ich gern nieder und band Kjell die Schnürsenkel zu, wenn ihn der Rücken schmerzte. Ging vor ihm die Treppen hinunter, um ihn fangen zu können, falls er fiel. Oder rastete bei der Radtour, wenn ihm die Puste ausging.

Kjell konnte mit seinem Mobiltelefon zwar Anrufe entgegennehmen, aber er wusste nicht mal, dass es eine Mobilbox gab, geschweige denn, wie man sie abhörte. Beim Autofahren war er immer angespannt. Wenn sich ein Wagen von einer Seitenstraße näherte, hupte Kjell, auch wenn der andere keine Anstalten machte, einzubiegen. Und vor Konzerten war er kaum ansprechbar: Noten suchen, die er nie fand, als würde jemand sie ihm entwenden. „Was soll ich nur anziehen? Ich habe nichts." Wenn währenddessen dann noch das Telefon läutete, explodierte er. Er war einfach erschreckend schnell überfordert.

„Findest du das nicht ein wenig ungleich verteilt?", fragte Tim. „Das hört sich ja so an, als würdest du dich in einer Tour um ihn kümmern, liebste Penni. Was tut er eigentlich für dich?"

„Wie soll man das rechnen? Ich koche, chauffiere ihn rum und packe seine Aktentasche. Er umarmt mich nur, und deshalb schuldet er mir jetzt ein Eis?"

„Penni. Zweiunddreißig Jahre! Findest du nicht ..." Er sprach den Satz nicht zu Ende.

„Du meinst, dass er vor mir sterben wird?"

„Hast du daran noch nicht gedacht?"

„Ich könnte Krebs kriegen oder von einem Auto überfahren werden", verteidigte ich mich gegen Tims Einwände, aber natürlich war er nur der Lautsprecher für meine eigenen Ängste.

Steve rief ich an. Er hatte einen älteren Freund. Ich wollte die Meinung von einem hören, der schon seit fünfzehn Jahren in so was steckte.

Ich hatte ihn am Teufelssee kennen gelernt, und weil das bisschen Körperkontakt mehr versprach, hatten wir Nummern getauscht. Als ich ihn das erste Mal besuchte, öffnete mir ein älterer Herr, Gerbert, der sich als Steves Lebensgefährte vorstellte. Sie hatten wohl gehofft, dass ich mit ihnen beiden Sex haben würde. Aber ich aß meine Sahnetorte sehr langsam und ließ mir immer wieder Kaffee nachgießen. Schwarzwälder Kirsch. Innerlich schüttelte ich den Kopf. Siebzehn Jahre Altersunterschied! So ging das also aus. Der Junge holt das Frischfleisch nach Hause, damit der Alte auch mal zum Schuss kommt.

„Du wirst es nicht glauben, aber ich habe einen älteren Freund", sagte ich zu Steve am Telefon.

„Wie viel älter?"

„Zweiunddreißig Jahre."

„Nein!" Pause. Selbst er, für den ein Altersunterschied nichts Ungewöhnliches war, musste das erst einmal verdauen. „Kommst du denn sexuell mit ihm klar? Ich meine, geht da überhaupt noch was?"

Bei ihnen schien wohl gar nichts mehr zu laufen. „Es ist problematisch."

„Daran wirst du dich gewöhnen müssen, René. Mit dem Alter nimmt der Sextrieb ab, das ist biologisch begründet."

„Es ist umgekehrt, Steve. Ich komme nicht mit."

„Nein!"

Dann erzählte ich Steve von der ersten Nacht auf Gran Canaria. Dieser atemlosen, erschöpfenden ersten Nacht. Und wie Kjell jetzt immer über mich herfiel. Zwei-, dreimal am Abend. Und morgens vor dem Aufstehen. Dass er zudem manchmal mitten in der Nacht onanierte, verschwieg ich. „Sex macht mir keine Sorgen, aber das Alter im Allgemeinen."

Für Steve war das größte Problem, dass ihm sein Freund zu langsam war. Ansonsten war Gerbert noch zu jung, um von Altersproblemen zu sprechen.

„Und wie ist das mit Mobiltelefonen und so?"

„Da darfst du mich nicht fragen", antwortete Steve. „Ich kann maximal einen Anruf entgegennehmen. Beim Wählen wird es schon schwierig. Um elektronische Dinge kümmert sich Gerbert."

„Spielt das Alter sonst wie eine Rolle? Ich meine, bestimmt er mehr, weil er älter ist oder so?"

„Nicht die Bohne. Warum fragst du?"

Es dauerte lange, bis ich jemandem von unserem Vater-Sohn-Spiel erzählen konnte.

Natürlich erzählte ich Sophie von meinen Zweifeln. Dass Kjell-Åke behauptet hatte, den Organistenjob nur für Geld zu machen und mit der Kirche ansonsten nichts zu tun haben zu wollen. Aber dann war mir aufgefallen, dass er vor dem Essen unter dem Tisch die Hände faltet. „Wieso sagt er mir nicht, dass er betet?"

„Vielleicht hat er sich nur geschämt", antwortete Sophie. „Wenn man zugibt, dass man betet, rümpfen doch alle die Nase."

„Aber …" Dann erzählte ich ihr das mit dem Rollstuhl.

„René. Niemand lässt sich mit jemandem ein, nur weil der einen in zwanzig Jahren vielleicht mal im Rollstuhl rumschieben könnte. Wenn er nur ein bisschen Verstand hat, muss er damit rechnen, dass du bis dahin längst über alle Berge bist. Ganz gleich, wie viel er angezahlt hat."

Sie musterte mich eine Zeit lang still, rollte dabei die Zigarette zwischen ihren Fingern.

„Du stehst seit Jahren in der Kälte, mein Lieber. Nun legt jemand seine warmen Arme um dich. Ist doch klar, dass sich das seltsam anfühlt. Die Kälte, die sich an deinen Pyjama geklammert hat, drückt nun auf deine Haut."

Ich liebte diese Erklärung. Den Satz sagte ich mir immer wieder vor. Es war oft nötig.

Geholfen hat er nichts.

„Erzähl ihm doch einfach von deinen Zweifeln und hör dir an, was er sagt."

Sie hatte Recht.

Fragen und Zweifel waren fortan der schwerste Anteil meines Gepäcks, mit dem ich nach Schweden reiste. Aber wenn ich dann neben ihm ging im Wald oder am Meer, oder Kjell auf dem Kärleksstigen meine Hand nahm, da hatte ich keine Zweifel mehr. Da schienen die Antworten auf all meine Fragen völlig unwichtig.

Ich schenkte Kjell meinen Roman. Auf eine Widmung verzichtete ich. Ich hatte schon zu viele *Auf immer und ewig* in das Buch geschrieben.

„Ist das von dir?"

Seine Frage traf mich, denn ich hatte ihm längst erzählt, dass ich vom Erfolg meines erstes Buches lebte. Er stellte mir überhaupt zu wenig Fragen. Als ob ihn mein Leben nicht interessierte.

„Dann bist du also ein *författare*." Er hielt den Titel hoch. „Was bedeutet *Waisenkinder*?"

Ich schlug die Übersetzung im Wörterbuch nach. *„Föräldralösa barn"*, las ich.

„Ist das ein ...? Was ist das eigentlich?"

„Ein Roman."

„Jaså. Eine wahre Geschichte?"

„Romane sind immer wahre Geschichten. Es ist nur eine Frage der Perspektive."

Die Sache mit dem Rollstuhl tat ich bald als Scherz ab. Aber ich wunderte mich, warum er nicht nach Berlin kommen wollte. Er hatte seinen Job, ja. Drei Chöre unter der Woche, sonntags Messe, dazu Bereitschaftsdienst für Trauungen, Beerdigungen, Taufen. Von den privaten Konzerten bei Rotariertreffen, auf Geburtstagsjubiläen und in Altenheimen mal ganz abgesehen. Aber ich konnte nicht glauben, dass er sich keinen Urlaub nehmen konnte. Nach Gran Canaria war er schließlich auch geflogen.

Noch weniger gefiel mir, dass ich in all den Monaten noch keinen seiner Freunde kennen gelernt hatte. Die es aber gab. Geben musste. Denn sie riefen ihn ja ständig an.

„Wann soll ich das nächste Mal kommen?" Ich hatte mich mit meinem Kalender neben ihn auf die Couch gesetzt, wo er gerade die Nachrichten guckte, die ich noch nicht verstand. Es war ein sehr warmer Abend. Von der Tür blies ein salziger Wind herein, der kein bisschen Linderung verschaffte.

„Du sollst nicht so viel Geld ausgeben!", antwortete er, nahm meine Hand und guckte ungerührt in den Fernseher. Väterlich abwesend.

Als ob Geld eine Rolle gespielt hätte.

„Du klammerst", rügte mich Sophie. „Vor den anderen konntest du nie schnell genug weglaufen. Und jetzt klammerst du. Interessant, was?"

Ich fand das überhaupt nicht interessant. Und ich klammerte nicht. War es denn nach einigen „Ich liebe dich" nicht angebracht, sich mit dem künftigen Lebensgefährten abzustimmen?

„Als Kind kann man seine Eltern schlecht in Frage stellen", hatte der Therapeut erklärt. „Besonders als Einzelkind. Eltern sind eine Größe. Eine natürliche Macht. Wie das Wetter. Man kann sich allenfalls über sie ärgern. Aber nicht zu sehr, schließlich ist man abhängig. Was hast du zu deinem Vater für eine Beziehung gehabt, René?"

„Ich weiß nicht", antwortete ich. Und das war ehrlich. Indem sie meinen Brief geöffnet hatten, hatten sich die Eltern zu Fremden gemacht. Ich konnte ihre Fotos betrachten und verspürte nichts dabei. Nur wenn mein Vater anrief, Mutter wagte es nicht, dann geriet ich immer noch völlig aus der Spur.

„Willst du eine Traumreise machen?", fragte der Therapeut.

Ich hatte keine Ahnung, worauf ich mich einließ. Aber es war egal. Ich musste diese Therapie machen. Und ich musste sie durchstehen, wenn ich um den Jugendarrest herumkommen wollte.

Ich sollte die Augen schließen und mich in die Zeit zurückversetzen, als ich fünf Jahre alt war. „Wo befindest du dich, René?"

„Unten vorm Hochhaus, in dem wir wohnen."

„Geh jetzt nach oben ..."

Obwohl vor dem Haus noch die Sonne schien, war es in der Wohnung dunkel. Kühl. Milchig blau wie in einer Vollmondnacht. Und totenstill.

„Wen triffst du da?"

„Niemand. Es ist niemand da."

2.

besviken [beˈsviːkən] enttäuscht
svika [ˇsviːka] täuschen; im Stich lassen; **sviklig** betrügerisch

Thomas & Håkan. Der Alte und der Junge haben eine Vater-Sohn-Beziehung. Und das soll alles sein? Als ich diese Notiz ein paar Tage später in die Hand nahm, gähnte mich der Plot an. Er entsprach nur dem Klischee. Langweilig und uninteressant. Aber ich würde den Grund für die Anziehung zwischen den beiden schon noch finden.

„*WMF* oder *SchwuZ*?“ Tim stellte sich schon lange nicht mehr vor, wenn er anrief. Er setzte voraus, dass ich seine Stimme erkannte.

„Keine Lust“, erwiderte ich. Bald würde die Sonne untergehen. An einem dieser Tage müsste sie direkt im Gasometer versinken. Wie ein Ball im Basketballkorb. Das war ein Feiertag für mich. Seit Jahren.

„Haben wir wieder mal eine kleine Hormonstörung, meine Liebe?“

„Tim, manchmal gehst du mir mit deinem tuntigen Gehabe gehörig auf die Nerven.“

„Hoppla. Es ist wohl Ernst. Ich komme."

Als wir uns mit zweiundzwanzig wieder begegnet waren, lebte er immer noch bei seinen Eltern, in dem kleinen spießigen Reihenhaus, wo die Nachbarn Löcher in die mannshohe Hecke bohrten, um besser spionieren zu können, und sonntagnachmittags die Schlagermusik laut aufdrehten, damit die Unterhaltung schwerfiel. Der schlanke Tim, Bundweite 27, mit den ärmellosen, viel zu grellen T-Shirts und der eingefallenen Brust, der er die Haltung eines Models verdankte, passte in etwa so gut in diese Umgebung wie ein Gartenzwerg ins Museum of Modern Art. Man wusste nicht, ob ihn jemand zum Spaß dort abgestellt hatte oder ob er vielleicht doch ein Kunstwerk darstellen sollte.

Es dauerte nicht lange, bis er zu mir nach Kreuzberg „übersiedelte". Ein Umzug war das nicht. Eher eine Prozession.

„Das soll alles zu mir unters Dach?", fragte ich entsetzt. Mein Herz hatte einen Schlag ausgesetzt, als der Möbelwagen vor dem Haus hielt. Sich einen Wagen zu mieten und selbst mit anzupacken, darauf wäre Tim nie gekommen.

„Das ist nur das Nötigste, Penni", antwortete er. „Der Hausstand kommt erst noch."

Und weil die beiden bärigen Möbelpacker ihren Ohren nicht trauten, wies er sie zurecht: „Was gucken Sie denn so? Fangen Sie an zu arbeiten! Ich warte oben."

Oben, das war im fünften Stock. Hinterhaus. Ohne Aufzug! Selbst trug er nur den Prosecco. Eine Flasche. Gekühlt. Aus dem *KaDeWe*. Ich verzog mich aufs Dach.

Weil ich quasi keine Möbel besaß, nur eine Musikkommode aus den Sechzigern, deren Plattenspieler eierte, hatte die Wohnung einem bewohnten Abstellraum geglichen. Als ich am Abend wiederkam, war sie komplett und sehr häuslich eingerichtet. Sogar mit Vorhängen an den Fenstern.

Nachdem ich von zu Hause weggelaufen war, hatte ich mich bei Türken eingemietet. In ein Loch unter dem Dach. Urbanstraße, nahe Hermannplatz. Eine bessere Lage konnte ich mir mit dem Geld nicht finanzieren, das ich den Eltern vor meiner Flucht gestohlen hatte. Ich fand es nur fair, dass sie in dem Jahr auf einen Urlaub würden verzichten müssen.

Die Wohnung war im Winter kalt und feucht, im Sommer ein Brutkasten, aber sie barg ein kleines Geheimnis: Über die rostige Feuertreppe gelangte man direkt aufs Dach. Ein Flachdach mit geteerter Dachpappe ausgelegt, so breit wie eine Straße. Da die Häuser in dieser Gegend dicht an dicht stehen, ist das eine zweite Welt. Mit einer Parallelgesellschaft. Zu der ich mich zählte.

Tim hatte gerade das Physikum hinter sich gebracht, und mein Roman wurde an die Buchläden ausgeliefert. Geld verdiente ich mir als Barkeeper.

Tim und ich. Für ihn war das Zusammenziehen der Anfang einer Beziehung. Aber ich konnte ihn nicht lieben. Nicht als Lebensgefährten. Woran das lag, fanden wir nie heraus. Dabei hätten wir gut zusammengepasst. Überall, wo wir auftauchten, wurden wir für ein Paar gehalten. Später, als das mit den Talkshows anfing, reiste er mit, wenn er es mit dem Medizinstudium vereinbaren konnte. Dann erzählten wir Geschichten. Vom Waisenhaus, in dem wir aufgewachsen seien. Von körperlicher Züchtigung und sexuellem Missbrauch in der gefürchteten Besenkammer. Durch weibliches Personal. Es war die Zeit der Popliteraten. Man konnte sich alles erlauben. Sogar einen Zungenkuss im Fernsehen.

Auch nachdem ich, weil ich durch die Verfilmung der *Waisenkinder* ein paar Jahre später zu Geld gekommen war, nach Schöneberg übersiedelte, blieben wir füreinander da. Ich für seine Krisen, weil ohne Mann, er für meine Krisen, weil mit Mann. Als unumstößliche Größe hatte ich ihn angesehen und nicht geglaubt, dass uns etwas auseinander bringen könnte.

„So, *cherie*. Wo ist das Problem?" Tim nahm sich ein Bier aus der Kühltasche und ließ sich in einen Liegestuhl fallen, während das letzte Viertel der Sonne knapp neben dem Gasometer mit den Häuserdächern verschmolz.

Ich erzählte Tim von meinen Zweifeln. Dass ich glaubte, Kjell würde das mit uns nicht wirklich ernst meinen.

Statt Verständnis für meine Situation aufzubringen, fragte er: „Wieso läufst du eigentlich einem alten Mann hinterher?"

Ich konnte ihm nicht gestehen, dass ich darauf keine abschließende Antwort hatte. So zählte ich all die schönen Seiten der Beziehung auf. Vor allem, dass Kjell mich kein einziges Mal kritisiert, nicht mal Erwartungen an mich gestellt hatte. „Und irgendwie ist genau das der Punkt. Ist er wirklich supergroßzügig oder bin ich ihm vollkommen gleichgültig?"

Tim starrte in die Ferne. „Krass", sagte er und nippte an seinem Bier. Dann, nachdem der Schall eines von Tempelhof startenden Flugzeuges verklungen war, schaute er mich wieder an. „Echt krass. Ich versteh total, was du sagst. Aber was soll ich dir antworten? Du brauchst andere Kriterien für die Liebe als mangelnde Kritik oder Erwartungen."

Ja, aber welche? Ich hatte keine anderen kennen gelernt. Entweder hatte ich getan, was die Eltern von mir erwarteten, oder ich wurde bestraft. Mit Schweigen. Mit Nichtbeachtung. Meinen Liebhabern war ich verfallen, weil sie mich angehimmelt hatten. Anfänglich. Bis das losging mit „Was, du hörst keine klassische Musik?", „Warum willst du ausgehen? Ist doch schön zu Hause vor dem Fernseher." „Sex mit anderen? Nicht mit mir!"

Nun konnte ich sein, wer ich war. Sogar im sensibelsten aller Themen. Kjell und ich hatten es uns mit Büchern, Thermoskanne und *Wienerbröd* an diesem abgelegenen Strand bequem gemacht, wo man sich als schwuler Mann gerne herumtrieb. Die Sonne stand hoch über Dänemark. Nackte Männer überall mit dieser Ich-geh-doch-nur-spazieren-Gleichgültigkeit und Hälsen, so gespannt wie Gockel kurz vor dem Krähen.

Kjell schien von dem Pilgerstrom in den Wald völlig unberührt. Ich dagegen war elektrisiert; mein ganzer Körper kribbelte in Vorahnung.

Die Situation war neu. *Das* hatte zuvor keiner von uns angesprochen. Ich hatte es vermieden, denn in meinen früheren Beziehungen hatte es nur zu Komplikationen geführt.

„Ich geh mal pinkeln", sagte ich und ging schnell, weil mir das Blut beim bloßen Gedanken an das Bevorstehende ins Becken schoss.

Als ich eine halbe Stunde später zurückkam, schaute Kjell auf. „Alles gut?"

Erinnerungssoldaten stürmten auf meinen Beziehungshof. Forderte er etwa einen Bericht? Oder war das ein Mitleid heischender „Bitte verlass mich nicht"-Blick?

„Ich habe nichts gemacht!", sagte ich. Als müsste ich mich verteidigen. Alle waren verschreckt zwischen den Bäumen herumgeirrt und hatten Versteck gespielt. Das war mir zu anstrengend gewesen. Ohne Schuhe hatten die Tannennadeln schrecklich gepiekt. Also hatte ich tatsächlich nichts gemacht.

„Das war mir klar", erwiderte Kjell und steckte den Kopf wieder in sein Buch. „Du bist nicht interessiert."

Trotzig öffnete ich mein Buch. Meine Augen folgten den Worten, aber meine Gedanken tobten. „Du bist nicht interessiert." Setzte er das etwa voraus? Dieser Satz hatte auch etwas Autoritäres: „Du hast nicht interessiert zu sein!"

Kjell war ein alter Mann. Natürlich musste er Angst haben, mich zu verlieren. So hungrig, wie sie hier an diesem gottverlassenen Ende der Welt guckten, hätte ich nur einmal am Strand entlangschlendern müssen, um einen Sexpartner zu finden. Aber wer folgte schon einem Fünfundsechzigjährigen?

„Sind wir uns eigentlich treu?" Zornig platzte es aus mir heraus, der Vulkan wurde aktiv.

Erstaunen in seinem Blick. Ich sah Kjell an, dass er sich den Satz ein paar Mal vorsagen musste, um ihn zu verstehen. Als hätte ich völlig fremde Laute von mir gegeben.

„Ich liebe nur dich", sagte er und las dann wieder weiter. Selbstverständlich. Fast nebensächlich. Er forderte nichts. Er machte keinen Aufstand. Er drohte nicht, mir die Liebe zu kündigen. Er flehte mich nicht an, bei ihm zu bleiben. Er erpresste mich nicht mit Selbstmorddrohungen.

Ich liebe nur dich. So einfach.

Ich versuchte das mit Erlebtem in Übereinstimmung zu bringen. Wie Fahndungssoftware Fingerabdrücke vergleicht. Überzeugt, dass sich sein Verhalten identifizieren ließe. Aber ich fand kein vergleichbares Muster.

„Er ist der Erste, mit dem ich mir vorstellen könnte, monogam zu sein“, sagte ich zu Tim in die anschwellende Abendakustik Berlins hinein. Ein Kind schrie, während ein Mann darauf einredete. Mehrere Fernsehstimmen, die mit der Reggaemusik den Klangteppich des abklingenden Verkehrs durchdrangen.

Tim fächelte sich Luft zu. Dann fiel er auf die Knie, faltete die Hände und streckte sie in einer flehenden Geste in den dunklen Abendhimmel. Meine Solarleuchten schalteten sich selbsttätig ein.

„Wir wollen doch alle wie *Pretty Woman* aus der Gosse geholt werden, in der wir herumhuren“, sagte er, nachdem er sich wieder gesetzt hatte. „Aber wach auf, Penni, Teuerste! Männer sind Jäger und Sammler von Alters her. Der literarische Oberbegriff dafür ist Schweine. *Du kannst gar nicht monogam sein!*“

Ich bin zu jung für die Monogamie! Diesen Spruch hatten Tim und ich uns jeder über sein Bett gehängt, damit sich gar niemand erst Hoffnungen machte. Tims Reaktion war verständlich und in seiner Dramatik ein köstliches Schauspiel.

„Dir fehlt dieses Monogamie-Organ, Penni-Schatz.“ Der Arzt in ihm schlug durch. Als hätte er mich genau untersucht und versuchte nun, mich schonend auf die schreckliche Nachricht vorzubereiten. „Anders ausgedrückt: Egal, wie sehr wir uns anstrengen, wir können keine Kinder gebären.“

Diese Argumente hatte ich lange Zeit selbst vertreten. Sie waren evolutionsbiologisch geprüft und mit dem Siegel der Wissenschaft versehen. Trotzdem hatte sich etwas in mir verändert. Mit Kjells *Ich liebe nur dich*. Vier Worte, die ich schon oft zuvor gehört hatte und die aus jedem Mund anders klingen. Bei Kjell fehlte das „Wenn“. Und dadurch hatten sich alle erhobenen Zeigefinger gesenkt. Zum ersten Mal musste ich mich nicht verteidigen oder abgrenzen, nicht für mein Recht auf freie sexuelle Entfaltung kämpfen. Ich kam mir plötzlich so ... nackt vor.

Ohne diese moralischen Verstrickungen war Sex mit anderen losgelöst vom Kontext, in dem er für mich immer gestanden hatte. Und ich konnte mir eingestehen, dass Cruisen nicht nur aufregend, sondern auch anstrengend war. Dass mögliche Abenteuer zwar immer die Entdeckung neuer Paradiese versprachen, ich aber in neun von zehn Fällen auf allzu bekannten Territorien ausnüchterte: in Toiletten, in dunklen Ecken, in Büschen. Wenn ich zurückschaute, so blieben von den Hundertschaften, die durch meine Hände gewandert waren, keine fünf übrig, mit denen ich über die Genitalien hinaus wirklich etwas zu tun haben wollte. Und selbst die waren binnen Kürze langweilig geworden.

Und dennoch traute ich meinem Sinneswandel nicht. Monogamie. Saß ich mit diesem Wunsch auch nur einem Mythos auf?

„Vielleicht hast du Recht“, sagte ich zu Tim und hielt ihm eine Bierflasche hin. Er stieß an, lächelte und schien erleichtert. Sein Patient war auf dem Weg der Genesung.

Am Geburtstag seiner Mutter kaufte Kjell Blumen und dirigierte mich auf den Parkplatz des Friedhofs.

Kjell hatte seine Eltern einäschern und auf einem anonymen Rasengrab beisetzen lassen. *Minneslund* nennt man das in Schweden. Ich musste an Minnesang denken, an Liebeslieder für die Toten. Dabei heißt es wörtlich übersetzt nur „Gedächtnishain“. Das Rasengrab betritt man durch eine Hecke aus Thuja. Rechts sprudelt eine Quelle über einen Stein in einen Teich, links stehen Kerzen in einer Reihe. Dazwischen eine Bank.

Kjell bekreuzigte sich und faltete die Hände. Dann ging er um den Teich herum, legte die Blumen ins Wasser, kniete nieder und faltete die Hände. Und da offenbarte er noch etwas anderes. Oder mir wurde es dort zum ersten Mal bewusst: Hilflosigkeit. Verlorensein.

Als andere auf die Lichtung traten, bekreuzigte sich Kjell und quälte sich auf die Beine, dann ging er still an mir und den anderen vorbei hinaus auf den Weg. Dort nahm er meine Hand. In der Öffentlichkeit. Am helllichten Tage. Jeder hätte uns sehen können.

Mein Herz schlug so schnell, dass ich nicht sprechen konnte.
„Mutter hätte dich geliebt", sagte er.
„Und dein Vater?"
„Ich hätte dich ihm nicht vorgestellt."
„Lebten sie denn nicht zusammen?"
Kjell schüttelte den Kopf.
„Woran sind sie eigentlich gestorben?"
„An Krebs."
„Beide?"
Er nickte.
In der Nacht schwitzte Kjell, obwohl es nicht warm war. Er hatte Rückenschmerzen, die manchmal so schlimm waren, dass ich ihm morgens aus dem Bett helfen musste. Und manchmal war ihm übel.
„Welche Art von Krebs?"
„Bauchspeicheldrüse."

Ihn gefunden zu haben und dann so schnell wieder hergeben zu müssen, wäre zynisch gewesen. Es dauerte Wochen, bis ich ihn dazu brachte, zum Arzt zu gehen. Der röntgte ihm den Rücken.

Es zeigten sich Abnützungserscheinungen, die für einen Mann seines Alters als normal galten. Aber sein Blutzucker war erhöht, und zwar reichlich, beichtete Kjell mir kleinlaut am Telefon die Ergebnisse der Untersuchungen.

Das wunderte mich nicht. Jede Nacht war er aufgestanden, ins Wohnzimmer geschlichen und hatte weiß gestreifte rote Bonbons gegessen. *Polkagris*, Polkaschweine.

Ob Kjell Medikamente nehmen müsste, hing von einem Langzeittest ab. In jedem Fall durfte er keinen Zucker mehr essen.
„Schaffst du das denn?"
Kjell streute Zucker über seinen morgendlichen Haferbrei, aß Zuckerwürfel zum Kaffee, trank *blandsaft*, einen klebrigen Sirup, so konzentriert, dass mir davon die Zähne schmerzten. Von den *godis*, Süßigkeiten, ganz abgesehen: *Dumle*, Toffeebonbons, *Snöre*, rote Lakritzschnüre, *Ahlgrens bilar*, kleine Autos aus einer Art Mäusespeck, *Hallonbåtar*, Weingummi mit Himbeergeschmack.

Schweden musste im weltweiten Vergleich den größten Prozentsatz an Diabetikern beherbergen. Ich hatte zuvor noch kein Land bereist, in dem Süßigkeiten in solchen Mengen angeboten wurden. In jedem Videoladen, in jedem Kiosk, in den Supermärkten, in den zahlreichen Sammelsuriumshops der Araber. Meterlange Regale, Bottich an Bottich, Schub an Schub. In einem der Supermärkte hatte ich einhundertfünfzig verschiedene Sorten gezählt, Verpacktes ausgenommen.

„Ich muss", sagte er. „Zwei meiner Großeltern sind an der Zuckerkrankheit gestorben."

Hätte ich die Schule nicht abgebrochen, hätte ich vielleicht gelernt, was die Ursache für Diabetes ist. So musste ich Tim anrufen und mir alles von ihm erklären lassen. Blutzucker wird durch Insulin reguliert. Insulin kommt aus der Bauchspeicheldrüse. „Vermutlich die erste Alterserscheinung von deinem Methusalem", frotzelte Tim. Aber mir war kein bisschen zum Lachen, weil ich sofort an den Krebs seiner Eltern denken musste.

Der Sommer in Berlin war heiß, das Wetter so drückend schwer, dass es einem direkt auf den Schultern zu liegen schien. Zu Hause hielt ich es mit meinen Gedanken nicht aus. Tim hatte Bereitschaftsdienst in der Klinik, Sophie musste mit den Kindern zur Mutter ihres Lebensgefährten. So schwang ich mich aufs Fahrrad und besuchte Hajo.

Hajo war einer jener Freunde – nein, ein Freund war er nicht, aber für solche Beziehungen hält die deutsche Sprache kein treffenderes Wort bereit – Hajo war einer jener Freunde, die mir meine Mutter mit funkelnden Augen verboten hätte.

Zwei Jahre älter. Still. Selbstsicher. Immer gelassen, selbst in gefährlichen Situationen, und von denen hatten wir einige erlebt. Zu einem großen Bruder wäre er geworden, hätten meine Gefühle die Kraft gehabt, gegenständlich zu werden.

Hajo hatte ich auf dem Dach kennen gelernt. Damals, in meiner ersten Wohnung. In dieser Parallelwelt in der Urbanstraße mit dem fantastischen Garten und den Skulpturen aus Sperrmüll, mit den rumpeligen Möbeln und selbst gebastelten Grills. Allein in unserem Karree hatten sich drei Menschen eine dauerhafte Bleibe da oben gezimmert. Ich zählte zu den Pendlern, die zwischen den Welten lebten.

Das Gefühl dort oben war anders. Der Lärm der Stadt drang gefiltert hinauf. Man fühlte sich den Wolken so nah und buchstäblich über den Dingen. Manche gingen nur spazieren oder joggten. Einer saß immer an der Häuserkante und starrte hinunter.

Hajo zählte zu den Bleibern. Damals mit neunzehn wirkte er wie fünfundzwanzig. Aus meiner Perspektive war er nicht nur cool, er war ein Held. Wie er sich mit dieser schäbigen Welt arrangiert hatte. Wie er nach vorne blickte, als gäbe es kein Gestern. Als wäre die vorhergehende Stunde nicht vergangen. Jeder Atemzug ein neues Leben.

Warum er von zu Hause weggelaufen war, erfuhr ich nie, aus seiner Vergangenheit überhaupt nur Bruchstücke. Und meine wollte er nicht hören.

„Wer weiß, ob das, woran du dich erinnerst, wirklich geschehen ist", sagte er.

Oh, wie gut ich mich erinnerte! Damals noch. Ich musste nur die Augen schließen, und der Verrat war da. Brannte wie Sand unter den Lidern.

Was Hajo sagte, klang so weise, so abgeklärt und erwachsen. Ich wollte ihm glauben, schon um dem Geschehenen die Schärfe zu nehmen. Und je öfter ich ihn die Vergangenheit in Frage stellen hörte, desto ferner rückte die Erinnerung. Es ist so leicht zu vergessen.

Von Hajo lernte ich viel, zum Beispiel, wie man schnell an Geld herankam: in den Bahnhöfen. Damals spielte sich noch viel am Zoo ab. Begegnung in der Halle, Dienst im nahen Umfeld. Im Tiergarten, zu später Stunde im Gebüsch vor der Brücke oder im Wagen auf dem Parkplatz.

Wir waren keine Stricher im klassischen Sinne. Wir lebten nicht auf der Straße, wir nahmen keine Drogen, wir taten nicht alles, um an ein paar Mäuse heranzukommen, die wir dann für dummes Zeug verpulverten, *Stüssy*-Shirts oder Goldketten.

„Lass dich nicht anfassen!", gab Hajo mir mit auf den Weg. „Sie dürfen dich anschauen, dir dabei zusehen. Aber lass dich nicht anfassen."

Ich nickte cool, aber das Herz klopfte mir laut in der Brust.

„Was fällt dir dazu ein, wenn jemand seinen Körper verkauft?", fragte mich der Therapeut kaum ein Jahr später.

„Stolz", antwortete ich. Denn nicht jeder Körper ist hübsch genug, um gekauft zu werden. Ich war stolz, dass sie meinen hatten haben wollen. Es gab mir Wert.

„Was noch?", fragte er weiter.

„Macht." Ich hatte entschieden, mit welchem Freier ich mitging und mit welchem nicht. Ich hatte immer nur gemacht, was ich wollte, und die Typen hatten auch noch dafür bezahlt. Jedenfalls redete ich mir das ein. Ich glaubte wirklich, dass ich derjenige war, der steuerte. Weil ich die Kräfte noch nicht kannte. Die Kräfte, die man nicht sehen kann. Die sich tarnen. Unter Mythen. Man sieht allenfalls ihre Wirkung. Aber nur der, der hinschaut. Der weiß, wonach er suchen muss. Und der sehen will.

„Macht? Okay. Und was noch?"

Ich kramte in meinen Erinnerungen. Sah die oh so gierigen Blicke, die Blut unterlaufenen Wangen, den Speichel auf den Lippen der onanierenden Männer. Schon wenige Monate später waren alle Freier zu einem Klischee verschmolzen. Ich konnte mich an keine Gesichter mehr erinnern. Nur an fleischgewordene Gier, vermenschlichte Triebe, zu Fratzen verzogen durch meine Sehnsucht nach der Nähe zu Giancarlo.

Hajo war nicht schwul. Wie so viele, die in diesem Geschäft arbeiteten. Sie sprachen schlecht über ihre Freier, machten sich über ihre Blicke lustig, verhöhnten ihre Genitalien und gaben ihre oft seltsamen Bedürfnisse, die diese Männer bestimmt lange Zeit geheim gehalten hatten, dem Gelächter ihrer Kollegen preis.

Ich fand das irgendwie cool. Wir von der Gesellschaft Geächteten gelangten dadurch in eine Machtposition. Wie unheilvoll sich die Gespielen dadurch miteinander verstrickten, das beginne ich erst heute zu erkennen.

Als ich Hajo zum ersten Mal begegnete, lebte er schon seit fünf Jahren auf der Straße. Mit elf war er zum ersten Mal von zu Hause weggelaufen. Mit zwölf dreimal. „Jedes Mal lernte ich was Neues, bis ich genug wusste, um hier draußen zu überleben."

An den Drogen kam er natürlich nicht vorbei. Aber er hatte es alleine geschafft, wieder davon wegzukommen. Nun lebte er dort oben, über der Stadt, und wenn ich neben ihm saß und wir gemeinsam der Sonne dabei zuschauten, wie sie in den Grunewald eintauchte, als bettete sie sich in weichem Gebüsch zur Ruhe, hatte ich manchmal das Gefühl, dass Hajo die Fäden zog.

„Ich hab heute keine Lust auf den Zoo." Damit fing es an. Hajo war nicht nur cool, er war selbstbestimmt. Er wusste genau, was er wollte und was nicht. So empfand ich das zumindest damals. Später wurde mir klar, dass sich niemand so ein Leben freiwillig aussucht. Jemand, der sich in so eine Abhängigkeit begibt, ist alles andere als selbstbestimmt. Oder frei.

„Aber ich hab kein Geld mehr", erwiderte ich.

„Das können wir uns auch anders besorgen."

Da fing das dann an mit dem Stehlen. In den Kaufhäusern. „Die schlagen überall was drauf für den Fall, dass geklaut wird", rechtfertigte Hajo unser Handeln.

Ich hatte meine Erfahrung damit schon gemacht. Ich hatte schon einmal gestohlen. Ein Fußballtrikot. Ich hätte es mir kaufen können, aber ich stahl es. Um dazuzugehören. Ich dachte, meine Klassenkameraden würden endlich zu mir aufschauen. Stattdessen wurde ich erwischt.

Abends lagen Hajo und ich beieinander. Selten bei mir in der Wohnung mit der Toilette und dem fließenden Wasser. Oft bei ihm, in dem Verschlag, auf dem die Tauben gurrten, weil er Brot für sie verstreute. Wir kuschelten uns aneinander, aber Sex hatten wir nie. Wenn wir uns umarmten, hielten wir die Unterkörper voneinander fern. Gesprochen haben wir darüber nie. Damals nicht und heute schon gleich gar nicht. Wir schliefen zusammen. Körper an Körper, so dass der eine den Atem des anderen spüren konnte. Die Wärme. Manchmal sogar den Puls. Frei von sexueller Anziehung.

Wir zogen uns Blaumänner an, gingen wie Packer mit einer Sackkarre in die Kaufhäuser und fuhren Kühlschränke und Waschmaschinen heraus. Mit einer Selbstverständlichkeit, die niemanden zweifeln ließ. Als das wegen der Kameras immer riskanter wurde, fuhren wir nach Dahlem. „Die Bonzen sind froh, wenn man bei ihnen einbricht", lautete seine Rechtfertigung, „dann können sie es sich dreifach von der Versicherung zurückholen."

Wir haben nie mehr genommen, als wir brauchten. Und wir haben immer ein paar Tage länger gewartet. Lieber gehungert oder Essen erbettelt, als auch nur eine Stunde zu früh stehlen zu gehen. Ich fühlte mich nie wirklich gut damit. Und Hajo vermutlich auch nicht. Vielleicht legten wir es sogar darauf an, erwischt zu werden.

Weil ich noch keine achtzehn war, kam ich mit Bewährung und der Auflage „Therapie" davon. Ein Programm zur Resozialisation. Als wäre ich so kaputt gewesen wie die anderen, denen ich dort begegnete. Die mit Prügeln aufgewachsen, vom Vater sexuell missbraucht oder gar an andere verkauft worden waren. An die Nachbarn oder Mitarbeiter. Während die Mütter schweigend zusahen.

Ich vermute, dass meine Eltern die Finger im Spiel hatten, mit der Therapie. Hajo aber fuhr ein. Weil sie ihn mit dem Schmuck in den Taschen erwischt hatten, während ich nur draußen Schmiere stand. Und weil er schon zwanzig war.

Wenn wir uns später trafen, war da eine Kühle. Wir berührten einander nicht mehr, wir schüttelten nicht mal Hände.

Wenn ich ihn in der Beratungsstelle besuchte, blieb ich an der Tür stehen. Bis er mich bemerkte. Bis er aufschaute und mich erkannte, sich unter die unberührte Gelassenheit seines Gesichts Weichheit mischte. Dann hob ich die Hand wie ein Kind zum Indianergruß. „Hi, Hajo."

Und er tat es mir nach. „Hi, René."

Dass wir uns körperlich nicht mehr nahe kommen, hat nichts mit seiner Frau und seinen Kindern zu tun. Dass er unsere gemeinsamen Verbrechen teurer bezahlen musste als ich, steht vermutlich nicht zwischen uns, aber die Vergangenheit, von der wir beide wünschten, wir könnten glauben machen, dass wir uns nicht erinnern. Dieser Wunsch verbindet uns.

Militärjacke, graues Träger-T-Shirt. Er saß dort vor dem Computer, als wäre er einer der Jungs, denen er Beistand leistete. Ich beobachtete, wie er seine langen Finger an die Nase heranführte, sie zusammenpresste und dann auf dem Schnauzer darunter liegen ließ. Die blauen Augen weit, die Brauen angestrengt. Er war attraktiv. War es immer noch. Mehr als damals.

In der Ecke spielten drei Jungs *Mensch ärgere dich nicht!*, im Hinterzimmer stand immer einer vor einem Regal und studierte die Buchrücken. Ich blieb an der Tür stehen, wartete, bis Hajo seinen Computer abgeschaltet hatte und zu mir kam. Ich mochte nicht hineingehen. Eine alte Angst. Irrational. Als würde mit nur einem Schritt noch einmal alles von vorne anfangen.

Ich ließ ihm keine Zeit, Fragen zu stellen, sondern erzählte auf dem Weg zur Eisdiele gleich alles. Kjells Alter. Was mich an ihn band. Und womit ich mich von Tag zu Tag weniger wohl fühlte, obwohl ich keine wirklich greifbaren Erklärungen dafür fand.

Hajo lauschte. Dann erinnerte er mich an unsere Regel. „Wenn es sich nicht richtig anfühlt, geh!“ Sie war wichtig. Man braucht sie, wenn man in der Szene überleben will. Damit nicht alles zerbricht.

„Ich bin schon so oft weggelaufen, Hajo. Ich möchte endlich einmal bleiben. Verstehst du mich?“

Das tat er wohl. „Aber nicht um jeden Preis“, sagte er. In seinem Blick lag so viel. Allein die Mahnung an meine Beziehungsvergangenheit, von der er genug wusste, um seinen Rat darauf zu reduzieren.

„Ich habe das Gefühl, dass es diesmal anders ist“, sagte ich. Es stimmte nur zum Teil. Da war viel Bekanntes in dem, was sich zwischen Kjell und mir abspielte, auch wenn es andere Formen annahm und andere Namen bekam. Aber da war auch etwas Neues. Was mir wie eine Chance vorkam, auch wenn ich noch keine Worte dafür hatte.

„Du weißt, die Sehnsucht ist ein seltsames Tier“, sagte er. „Sie hat viele Leben wie eine Katze, und sie ändert ihr Gesicht, schneller als ein Chamäleon die Farbe. Nimm dich in Acht vor ihr! Sei auf der Hut vor dir selbst.“

Mehr als ein halbes Jahr war vergangen, seit ich Kjell zum ersten Mal begegnet war. Ich hatte ihn schon viermal in Schweden besucht. Oft hatte ich ihn gebeten, nach Berlin zu kommen, immer hatte er seine Arbeit vorgeschoben. Nun hatte er sich angesagt. Plötzlich. Und vorsichtig. Als hätte er Angst gehabt, dass ich Nein sagen könnte. Ich geriet völlig aus dem Häuschen. Vielleicht erinnere ich mich deshalb so genau an diese ersten gemeinsamen Tage in Berlin.

Ich kam viel zu früh am Flughafen an und musste, was eine Ewigkeit schien, warten. Durch eine Glastür kann man in den Raum mit den Gepäckförderbändern sehen. Erst beim Warten bemerkte ich, wie ungeduldig ich ihn erwartete.

Als er endlich in mein Blickfeld trat, war er braun wie bei unserer ersten Begegnung. Der Bart und das Haar dadurch noch weißer. Ich rief ihn auf dem Handy an und sagte ihm, wo ich stand. Da drehte er sich um, schaute mich an und verharrte.

Mit einer Hand in der Hosentasche, in der anderen seinen Rucksack, schlenderte er dann auf mich zu. So gelassen. So männlich. So groß. Er trat so nah an die Tür heran, dass ich glaubte, in das Blau seiner Augen eintauchen zu können, und einen Moment lang war ich fest davon überzeugt, dass ich mit bloßer Willenskraft durch das Glas hindurchtreten könnte.

Kjell guckte sich um. Wie ein Ladendieb, kurz bevor er die Ware verschwinden lässt. Ein Lächeln. Schließlich warf er mir einen Luftkuss zu.

Schönefeld und Schöneberg, zwei Namen, die Kjell später immer wieder verwechselte. Bei jeder Haltestelle fragte er mich, ob das noch Ost oder schon West wäre.

Als sich der Gasometer ins Blickfeld schob, erzählte ich, was mein Vater gesagt hatte, als ich noch klein war und auf seinem Schoß gesessen hatte, die Nase so gegen das kühle Glas der S-Bahnscheibe gepresst, dass es wehtat. „Hier hat der König der Riesen seine Krone abgelegt."

„Ein guter Vater, was?", sagte Kjell. Keine Frage. Eine Feststellung. Als ob Väter grundsätzlich gut wären. Alle. Außer seinem. Aber davon erfuhr ich erst später.

Kjell fand, dass der Gasometer eher wie das Drahtgeflecht aussah, das den Korken auf einer Champagnerflasche hält. Er war fasziniert. Von meinem geliebten Gasometer.

Als wir in der Cheruskerstraße auf die Schattenseite wechselten, um der glühenden Sonne zu entkommen, sagte er: „Das kenne ich. Hier war ich schon mal."

In meiner Wohnung auf dem Balkon wiederholte er das und setzte hinzu: „Hier will ich leben."

Kjell. In Berlin? Ich glaubte ihn viel zu alt für diese Veränderung. Das erlaubte ich mir nicht einmal zu träumen.

Er hatte das so bestimmt gesagt, dass ich es wörtlich nahm. Dabei sprach er nicht von dem Stadtviertel, sondern von seinem Traum, einen Menschen an seiner Seite zu haben, der ihn versteht und akzeptiert.

Er sah, dass ich einige Fotos von ihm auf meinen Kleiderschrank gestellt hatte, so dass ich sie vom Bett sowie auch vom Schreibtisch aus sehen konnte. Und die beiden Bären auf dem Kopfende meines Bettes. Die ich Ben mitgebracht hatte. Auf dem Aids-Charity für teures Geld ersteigert und mit dem Flugzeug nach München gebracht. Überreicht, mit einer Flasche Champagner dazwischen. Preisschilder waren eine Form von Liebesbeweis, denen Ben Glauben schenken könnte.

Nach der Trennung hatte er sie mir zurückgegeben. Hinterhergeworfen, sollte ich sagen.

„Das sind wir“, sagte Kjell. „Papa Björn und sein Söhnschen.“
„Björn?“
„Björn ist das schwedische Wort für Bär.“
Kjell in Berlin zu haben war ein Meilenstein für mich. Wenn Kjell mich besucht, wird alles gut, hatte ich gedacht. Das wäre der endgültige Beweis, dass er es ernst meinte. Als ich noch glaubte, dass sich Liebe beweisen ließe.
Auf der Akazienstraße voller Menschen am späten Vormittag war ich so glücklich, dass ich ihn küsste. Aber er wehrte mich ab.
„Wir sind in Berlin“, sagte ich. „Hier können wir auf der Straße Sex haben, und niemand würde sich deswegen auch nur umdrehen.“
„Ja, aber wir könnten auch Leute aus Schweden treffen.“
Ich studierte sein Gesicht. Er grinste.

Ich lernte viel über ihn in diesen Tagen.
In einem portugiesischen Stehkaffee bestellte ich Milchkaffee für uns.
„Aus italienischem oder aus spanischem Espresso?“, fragte die Bedienung.
Ich schaute Kjell an.
„Aus schwedischem, bitte“, antwortete er.
Und eine Currywurst wollte ich ihm kredenzen, mit Pommes rotweiß. Dazu einen warmen Kakao. „Wer das nicht isst, war nie in Berlin.“
Kjell schielte durchs Fenster in die Töpfe. Das Fett hing in einer dichten Glocke über der Bude. Als hielten die Sonnenstrahlen den Mief in Schach. Hinter uns donnerten Busse den Ku'damm hinunter.
„Das ist keine schwedische Wurst, was?“
Wie wollte er ernsthaft in Erwägung ziehen, hier leben zu wollen?

Fürs Abendessen hatte ich einen Tisch bei Pierre reserviert. Mit einem feinen Essen wollte ich ihm zeigen, wie viel mir an ihm lag. Und endlich einmal bezahlen dürfen.

Der Ober stellte einen Korb mit Baguette auf den Tisch, gleich darauf folgten schon die *Amuse-gueules*, Häufchen von geschabtem, sehr reifem Käse, mit Blattkoriander garniert.

Kjell dachte, sie wären eine Art Salat und nahm daher flink das Baguette zu sich, um für die Teller Platz zu schaffen. Der Ober jonglierte den Brotkorb von seinem Platzteller herunter und setzte den Gaumenkitzler darauf. Kjell schaute mich von unten herauf an. Ich lächelte. Er lächelte.

„Haben die Herren schon gewählt?"

„Dieses *Ebouffant burgondine*", fragte ich für Kjell. „Ist das gegrillt oder gebraten?"

„In Rotweinsoße gekocht. So ähnlich wie Gulasch."

„Und was gibt's dazu?", fragte ich weiter.

„Nudeln."

Kjells panischer Blick ereilte mich.

„Kann man das auch mit Bratkartoffeln bekommen?", fragte ich. Ein Essen ohne Kartoffeln war für Kjell kein Essen.

Der Ober verzog das Gesicht und verneinte. Seine Entschuldigung war zwar freundlich, aber die Ungeduld in seiner Stimme wuchs.

„Dann nehme ich die Spaghetti", flüsterte Kjell und klappte die Speisekarte zu.

„Die mit dem Lachs oder lieber die mit Zucchiniblüten und Safran?", fragte der Kellner.

„Unsere Spaghetti." Kjell richtete diese Worte an mich, damit ich übersetzte. Er sprach von Spaghetti alla Bolognese. Aus der Tüte. Die ich ihm aufgezwungen hatte, weil ich mit meinen Kartoffelgerichten am Ende gewesen war.

Ich sah aus dem Augenwinkel, dass der Ober von einem Fuß auf den anderen trat.

„Die gibt es hier nicht, Papa", flüsterte ich zurück, ungehaltener als gewollt.

„Tja." Kjell zuckte hilflos mit den Schultern und öffnete erneut und diesmal sehr umständlich die Speisekarte.

Ich fragte mich, wie er in all den Jahren auf den Bühnen der Welt mit dem Essen zurechtgekommen war.

Spät am Abend in der Szene wollte er dann rauchen. Ich hatte ihn nie zuvor rauchen sehen und warf ihm einen skeptischen Blick zu, aber er begegnete ihm nicht, sondern beobachtete aus dem Augenwinkel heraus eine Gruppe von jungen Männern, die in Trägershirts ihre Muskeln zur Schau stellten.

Rauchen passte nicht zu ihm. Eine Zigarette sah weder zwischen seinen wunderschönen Fingern noch in seinem mit Flauschebart garnierten Mund gut aus. Es machte ihn kein bisschen cooler. Oder sexyer. Aber offensichtlich ruhiger.

Ein rothaariges Geschöpf sprach ihn an. „Bist du Engländer?" Anfang zwanzig. Dünnhäutig. Verloren.

Kjell ließ sich in ein Gespräch verwickeln. Ich richtete mich auf, aber das Bübchen übersah mich, stellte sich vor mich. Mit dem Rücken zu mir. Zwischen uns.

Mein Verlangen nach einer Zigarette entflammte. Ich hatte mir das Rauchen zwei Jahre zuvor unter großen Mühen abgewöhnt. Nach fünfzehn Jahren. Ein Schatten auf meiner Lunge.

Einen Moment lang war mir danach zu gehen. Was sollte ich dort, wenn Kjell sich mit einem anderen unterhielt?

„Wie lange haben die sich denn unterhalten?", fragte Tim, den ich am nächsten Morgen anrief, während Kjell noch schlief.

„Vielleicht fünf Minuten."

„Was hast du denn erwartet? Dass er dem anderen sagt, ‚ich darf mich nicht mit Fremden unterhalten, sonst kriegt mein Freund einen hysterischen Eifersuchtsanfall'?"

Darüber musste ich lachen.

„Deswegen sind wir doch schwul geworden, Liebes. Weil wir dieses Besitzdenken abgelegt haben. Wie die Kleider aus der letzten Saison. Sollen die Heten sie doch auftragen. Wir haben das nicht nötig."

Mein Tim. Er hatte ja Recht. Wohl war mir trotzdem nicht. Da war noch etwas anderes. Was ich nicht benennen konnte. Ich hatte es die ganze Zeit über geahnt, meiner inneren Stimme aber nicht vertraut.

Auf dem Nachhauseweg hatte ich dann Kjells Hand genommen, aber er entzog sie mir. „Vorsicht, da sind Leute aus Schweden." Es war mittlerweile zu einem *running gag* geworden, aber mir war nicht nach Lachen zumute.

So winkte ich ein Taxi heran. Im geschützten Raum nahm Kjell dann meine Hand. Er nahm sie nicht nur, er hielt sie fest. Wie schon beim ersten Mal auf Gran Canaria. Wie immer im Auto. Diesmal so fest, dass es schmerzte. Es tat gut. Ich atmete auf.

Nachdem ich Tim wieder in den Schlaf entlassen hatte und Kaffee aufsetzen wollte, fand ich die Krümel auf der Theke. Ich rieb mir die Augen und nahm mit dem befeuchteten Finger einen auf. Schokolade. Eine ganze Tafel fehlte. In meiner Wohnung knarren keine Dielen.

Als wir auf den Winterfeldtmarkt kamen, wurden die Stände schon abgebaut. Der Gemüsehändler hatte Spaß, trotz Heiserkeit seine Waren feilzubieten. Er und seine Kollegen lachten sich bei jedem Krächzer fast schief. Der Fischstand setzte auf Billigverkauf, und der Käsemann verteilte die aufgeschnittenen Reste unter seinen Kaufmannskollegen.

Der Himmel zog sich zu. Die Schwüle hatte die Marktgerüche aufgespart und drückte sie nun komprimiert in unsere Nasen: Gewürze, süße Backwaren, Dill, Fisch.

Am Nollendorfplatz kauften wir Eis und arbeiteten uns dann durchs Bermudadreieck Richtung Gedächtniskirche vor. Als wir an einem Sexshop vorbeikamen, ging Kjell hinein. Ich betrachtete Kjell über die Uniformen, Pornomagazine, Filme, Gleitmittel und Foltermöbel hinweg an. Ich liebte die Form seines Kopfes. Die großen Ohren, das Haar, das immer gut roch, der peinlich getrimmte Bart, die stete Neugier in seinem Blick, dem so oft etwas Kindliches, Unschuldiges anhaftete.

Der Griff ins Brillenetui, die Brille auf seiner Nase. Immer wieder nahm Kjell einen Gegenstand in die Hand, studierte ihn von allen Seiten und legte ihn dann zurück. Manchmal grinste er, manchmal schüttelte er verständnislos den Kopf. Dann wanderte die Brille zurück ins Etui, nur um kurz darauf wieder hervorgeholt zu werden. Stundenlang hätte ich ihm zuschauen können.

Als er bemerkte, dass ich ihn beobachtete, wendete er sich mir mit einem fragenden Blick zu. Ich lächelte. Ein Lächeln, das sagen sollte: „Es ist gut." Blicke voller Worte, die wir fühlten und nicht auszusprechen brauchten. Wir verstanden uns. Im Grunde verstanden wir uns immer. Wäre da nicht unsere Vergangenheit gewesen und die Zukunft, die aus ihr entstand.

Ich ging zu ihm hinüber und gab ihm einen Kuss.

Er deutete auf einen unterarmdicken Dildo. „So was braucht Yngve." Ein spöttischer Unterton lag in diesem Satz.

Der Name elektrisierte mich. Yngve? Kjell hatte am Strand jemanden gegrüßt, der so hieß. Weil Kjell angeblich dessen Vater gekannt hatte. Verheiratet sei dieser Yngve, zwei Kinder habe er. Wie konnte Kjell also wissen, dass Yngve Dildos benutzte? „Hattest du etwa Sex mit ihm?"

Kjells Gesicht verfinsterte sich. Er zog den Kopf ein, als erwartete er eine Predigt. „Wir haben mal am Strand ..."

„Du hast ihm am Strand einen ..."

„Schrei doch nicht so rum! Vielleicht haben wir uns auch mal zu Hause getroffen."

„Vielleicht? Was heißt hier vielleicht?" Ich hörte, wie sich meine Stimme überschlug. Es sollte mehr als ein Jahr dauern, bis ich darüber lachen konnte. Aber den Schmerz dieses Augenblicks spüre ich noch heute. Dieses Gefühl von Verrat. Wenn der Boden, den man sicher wähnt, plötzlich zu beben beginnt.

Die vielen Seltsamkeiten bekamen plötzlich einen Namen. Ausgerechnet ein Dildo sollte mir die Tür zu dieser Parallelwelt öffnen. Kjells mangelndes Interesse an meinem Leben, der Widerstand nach Berlin zu kommen, seine Kritiklosigkeit meiner Person gegenüber. Es gab einen anderen, so einfach war das. Mich hatte er nur als Pausenclown benutzt.

„Jetzt bist du dumm." Kjell-Åke verließ den Schauplatz. Ich rannte ihm hinterher.

Draußen holte ich ihn ein. „Raus mit der Sprache! Sag, was du mit Yngve laufen hast!" Ich wollte einfach nur die Wahrheit wissen, und ich hatte ein Recht darauf.

In Berlin mag es niemanden interessieren, wenn man Sex auf offener Straße hat, aber so eine Szene verfolgen alle gern mit Spannung. Sie standen und glotzten.

„Es war Sex. Nur ein bisschen Sex", presste Kjell so leise wie möglich hervor.

„Ach, deshalb ruft er an, wenn er jemanden zum Reden braucht, ja?", schrie ich. Weil Yngve am Tag nach der Begegnung am Strand angerufen hatte und Kjell mir die Story aufgetischt hatte, dass Yngve von seiner Frau verlassen worden war. Kjell hatte sich angeboten, ihn zu treffen, damit er sich alles mal von der Seele reden konnte. Und nun der Dildo!

„Du bist ein *författare*, du bauschst alles auf."

Kjell legte seine Arme um mich und drückte mich fest gegen seine Brust. Aber obwohl er mich lange hielt, konnte ich meinen Widerstand nicht aufgeben. Ich war so verletzt. Dass ich jetzt, da ich dem Sex mit Fremden abgeschworen hatte, auf jemanden traf, der von Monogamie wenig hielt, war nur eine kleine Ohrfeige des Schicksals. Kjells Lüge aber zog mir den Boden unter den Füßen weg. Der Verrat schlug eine Brücke zum schrecklichsten Augenblick meines Lebens. Der geöffnete Brief. Der letzte Blick in Giancarlos Augen.

Auf dem Weg zum Flughafen wusste ich nicht, was ich fühlen sollte. Kjell hatte beteuert, dass er über die Geschichte mit Yngve nur deswegen nicht geredet hatte, weil sie schon lange nicht mehr aktuell sei. Ein Telefonat mit jemandem, mit dem man vor Jahren mal Sex gehabt hatte, sei ja wohl nicht verboten. So gesehen natürlich nicht der Rede wert. Aber es stand ja in einem Kontext.

Alles ließ sich erklären, aber meine Gefühle waren seltsam diffus und schwach. Als hätte ich einen Mittelwelle-Sender eingestellt und schlechten Empfang. Das waren die ersten Zeichen meiner seltsamen Lähmung.

„Alles ist in Ordnung", sagte ich, nachdem ich sein Gepäck für ihn eingecheckt hatte und die Bordkarte zusammen mit dem Pass an Kjell weiterreichte.

„Nichts ist in Ordnung", erwiderte Kjell. „Es ist falsch, dass ich wegfliege. Ich sollte bei dir bleiben. Wir sollten zusammen sein. Immer." Und dann weinte er. Er weinte tatsächlich. Mitten im Flughafen. Neben einer Schlange wartender Fluggäste. Er sah so verloren aus. Ich konnte nicht anders, als ihn in den Arm zu nehmen.

Zu Hause legte ich mich ins Bett und steckte meine Nase in sein Kopfkissen. Aber das brachte ihn nicht zurück. Nicht seinen Körper und nicht meine Gefühle für ihn.

Etwas raschelte. Als ich das Kopfkissen zur Seite schob, klebte ein Post-it auf dem Kopfteil des Bettes. *Ich liebe disch, min son!*

Ich nahm die beiden Bären, setzte sie auf sein Kissen und legte das Post-it davor. Kjells Fotos schauten vom Schrank auf mich herab. Wie sollte das weitergehen? So, wie es war, ging es nicht. Die Schere zwischen Misstrauen und Sehnsucht wurde immer größer. Ich musste die Wahrheit herausfinden. Nur wie?

Kjell sollte um kurz nach neun landen. Wenn alles gut ging, hätte er den Zug um halb zehn erreichen und um elf zu Hause sein können. Um halb zwölf hatte er immer noch nicht angerufen. Ich rettete mich über die Minuten mit der Erklärung, dass er sich gleich bettfertig machen würde, aber meine Gefühle spielten mehr und mehr verrückt.

Um Viertel vor zwölf hielt ich es nicht mehr aus und rief an. Anrufbeantworter. Ob ihm etwas zugestoßen war?

Ich rief ihn auf dem Mobiltelefon an. Er meldete sich.

„He, Papa. Alles in Ordnung? Warum bist du noch nicht zu Hause?"

Er erzählte mir, dass er ein falsches Gepäckstück genommen hatte und es erst an der Bahn gemerkt hätte.

„Du klingst betrunken."

„Ich hatte nur einen kleinen Whiskey am Flughafen", antwortete er.

„Wo bist du jetzt?"

„In Malmö. Ich warte auf den Anschlusszug. Ich ruf dich an, sobald ich zu Hause bin." Dann legte er auf.

Konnte das wahr sein? So viel Verspätung wegen eines verwechselten Gepäckstücks? Das konnte doch maximal eine halbe Stunde gedauert haben. Was hat er den Rest der Zeit gemacht? Jemanden besucht? Es am Bahnhof getrieben? Und betrunken war er auch.

Um halb zwei rief er an. Ich kontrollierte das Display, tatsächlich von zu Hause.

„Ich muss schlafen jetzt", sagte er, aber ich wollte nicht die ganze Nacht ohne Erklärung auskommen müssen. „Ich lieb dich, mein Sohn", sagte er. „Papa ruft dich morgen an." Dann legte er auf.

Ich machte die Nacht über kein Auge zu. So kam es, dass mich Kjells Anruf um halb elf aus einem Halbschlaf weckte.

„Drei Dinge habe ich vergessen", sagte er.

Ich musste erst die schweren Vorhangträume zur Seite schieben. Drei? Seinen Waschbeutel hatten wir in der Eile übersehen. Und sein Wörterbuch. Ein altes vergilbtes Ding, dessen Seiten mittlerweile schon ganz abgegriffen waren.

„Drei?", fragte ich und ahnte im selben Moment, was er sagen würde. Hoffte, dass er es sagen würde, hatte gleichzeitig Angst, dass er es nicht sagen könnte.

„Den Waschbeutel, das Wörterbuch und ... Was glaubst du?"

Meine Sehnsucht, die ich seit der Geschichte mit dem Dildo zu unterdrücken suchte, schwappte an die Oberfläche. Und Angst war da. Eine Vorahnung, wie viel mich diese Liebe noch kosten wird.

Meine Kindheit war, was Sexualität anbelangte, eine weiße Landkarte. Ohne Sophie hätte ich vermutlich erst mit sechzehn erfahren, dass man sich für Genitalien überhaupt interessieren konnte. In einer ihrer wissenschaftlichen Stimmungen schlug sie mir vor, einander zu untersuchten. In der Sprache der damals vielleicht Zehnjährigen klang das so: „Wenn du mir deinen Penis zeigst, zeige ich dir meine Vagina."

Ich bin mir nicht einmal sicher, dass ich die Bedeutung dieser Worte schon kannte. Bei mir war das vermutlich immer noch der Puller.

Die Bio-Stunde für zu früh erwachsen Gewordene fand in Sophies Wohnzimmer statt. Sie öffnete meinen Gürtel, zog mir die Hose herunter und betrachtete mich ausgiebig. Obwohl da so viel noch nicht zu sehen sein konnte. „Dir fehlt da was!", sagte sie fachmännisch und drehte meinen Unterleib von links nach rechts. „Bei meinem Vater sieht das anders aus."

Da mein Vater beschnitten war wie ich, hatte ich keinen Vergleich. Dank ihrer Aussage fühlte ich mich nun noch ein wenig inadäquater. Schlimmer machte es ihr Kommando: „Und jetzt hoch!"

Ich hatte keinen blassen Schimmer, worauf sie hinauswollte, denn Erektionen kannte ich zwar vom morgendlichen Blasendruck, aber ich hatte keine Ahnung, wie man sie bewusst herbeiführen konnte.

„Bei meinem Vater wird der manchmal sehr groß und steht dann nach oben." Sophie deutete das mit ihrem Zeigefinger an, dessen Nagel lilafarben lackiert war. Ich fand das nicht wirklich attraktiv. Ihre Analyse untermauerte den Verdacht, dass mit mir etwas nicht stimmte.

Als Sophie dann ihre Unterhose herunterzog und die Beine auseinander nahm, verschlug es mir den Atem. Ihr fehlte komplett alles. Sie war nicht nur inadäquat, sondern sogar unvollständig. Mitgefühl wurde zum Siegel unserer Freundschaft.

Später lud sie eine Freundin ein, die mir beibringen sollte, was Zungenküsse sind, und erklärte mir in aller Wissenschaftlichkeit, dass sie von Franzosen entwickelt wurden, um besondere Liebeslust zu erfahren.

Aber ich verspürte nichts. Rein gar nichts. Ich fand es nur eklig.

Tim war sehr erstaunt, als ich ihm erzählte, dass ich erst mit sechzehn gelernt hatte, zu welchen Sensationen mein Körper fähig war. Er hätte schon als Dreizehnjähriger zu der Vorstellung onaniert, sich mit mir nackt im Gras zu wälzen, und er war ganz selbstverständlich davon ausgegangen, dass es mir nicht anders ergangen wäre.

„Im Gras?"

Er erinnerte mich an die Pfadfinderreise in die Lüneburger Heide. An die Zelte, wo wir jeweils zu fünft oder sechst untergebracht worden waren. Am Tage gingen wir beide zusammen unseres Weges, weil sowieso niemand mit uns spielen wollte. Und da hätten wir dann im Gras gelegen und in den Himmel geschaut. Nebeneinander. Bis er pinkeln musste. „Du hast mir noch so gierig dabei zugesehen."

Meine Sexualität nahm ihren Anfang erst in Italien. Der Musterschüler, der kleine Schwuli hatte ein Trikot gestohlen. Welten brachen zusammen. Natürlich fragte man: Warum? Eltern, Lehrer, Freunde suchten Ursachen. Aber an den falschen Stellen. Meine Schulkameraden waren nur der Aufhänger. Katalysatoren. Es ging doch um etwas ganz anderes.

Mit dem Diebstahl des Trikots wollte ich beweisen, dass ich nicht anders war als sie. Dass ich zu ihnen gehörte, ob sie es wollten oder nicht. Dass ich es wert war, gesehen und gehört zu werden. René sollten sie mich nennen, nicht Schwuli.

Um mich vom schlechten Einfluss zu entfernen, wurde ich zum Schüleraustausch nach Italien geschickt. Zwei Jahre Wahlfach waren Voraussetzung genug.

Giancarlos Eltern führten eine Bar. Seit Jahrzehnten in Familienbesitz. Eins von diesen kleinen Stehcafés, in dem zu Stoßzeiten die Luft so voller Koffein ist, dass man allein vom Betreten schon Herzklopfen bekommt. Tramezzini, Törtchen, für Mutters selbst gebackene Quiches stand das halbe Dorf vormittags Schlange.

Es war eine fremde Welt, aber sie fühlte sich viel vertrauter an als das, was ich kannte. Da war Leben. Die Geräuschkulisse, die Gesten, die Worte, die Gefühle so üppig wie die dichten schwarzen

Wälder der Umgebung, die satten Wiesen, die prallen Kirschen, die wuchernden Blumengärten. Ich weiß noch, dass ich anfangs kaum wagte zu atmen. So viel Leben machte mir Angst.

Giancarlo, der größte der fünf, war ein Jahr älter als ich. Er schien der kühle Kopf der Familie zu sein. Ihn langweilte das Chaos. Er beobachtete mehr als zu sprechen, aß langsam und ging oft so leise vom Tisch, dass niemand es bemerkte. Niemand außer mir. Ich registrierte alles, was Giancarlo tat.

In dem Sommer, als ich nach Italien kam, bastelte er gerade an einem alten Moped. Er ließ mich die Bremszüge ölen, während er selbst den Zylinder auseinander nahm und die Dichtung des Zylinderkopfes austauschte.

Der Auspuff lag zerlegt auf der Werkbank. Später sägte er den Stutzen ab und bohrte Löcher in die quer liegende Metallplatte. Er tat dies mit Vorsicht. Mit bestimmten Dingen war er sehr gewissenhaft.

Sobald alles wieder zusammengeschraubt war, brauste er unter höllischem Getöse und nicht ohne eine Staubwolke zu hinterlassen los. Fünfundsechzig Sachen holte er aus dem alten Ding heraus, das nur fünfundzwanzig hätte fahren dürfen. Helmlos rasten wir durch die hügelige Landschaft, durch Felder und Wälder. Tälerweit konnte man uns hören.

Giancarlo und ich gingen in dieselbe Klasse, weil er einmal sitzen geblieben war. Und auch in diesem Jahr jagte er nur schlechte Noten. Nicht aus Dummheit. Sondern aus Trotz. Dafür bewunderte ich ihn. Er war siebzehn und wollte nicht so leben wie seine Eltern.

Natürlich sahen wir einander nackt. Beim Baden zum Beispiel. Es war nichts dabei. Ich kannte die Nacktheit meines Vaters. Darbietung lebloser Haut, bar jeder Erotik. Ich hatte meine Trainingskameraden nach dem Fußball unter der Dusche gesehen. Da waren verstohlene Blicke, bestimmt, und mich ereilten immer ein paar mehr, „weil mir etwas fehlte“. Daran hatte ich mich längst gewöhnt. Sie sind allen Teenagern zu Eigen, aber sie bedeuteten mir nichts. Mein Körper hatte die Erregung noch nicht entdeckt. Immer noch nicht. Auch mit sechzehn nicht.

Selbst noch als Giancarlo vor mir stand, dort in dem Paddelboot, inmitten des schwarzen, tiefen Levico-Sees, von bewaldeten Bergen umgeben. Sein nackter Unterleib war meinem Gesicht so nah, dass ich, hätte ich meine Zunge ausgestreckt, seine Wärme hätte schmecken können.

„Mutprobe", sagte er, ein Wort, das ich trotz zwei Jahre Wahlfach Italienisch nicht kannte. Dann sprang er. Prustend und schnaubend tauchte er auf, eine dunkle Perle aus dem Quecksilber. Es war Oktober. Der See selbst an heißen Sommertagen frisch.

Natürlich tat ich es ihm nach. *„Prova di coraggio!"* Ich zog mich aus und sprang. Wie in Scherben hinein. Meine Haut schrie, doch ich blieb stumm, versuchte flach zu atmen, damit Giancarlo meinen Schmerz nicht erkennt.

Mein Herz klopfte in den Schläfen, mein Blick wurde trüb und trüber, erste Anzeichen von Krämpfen in den Muskeln. Es war ein Wahnsinn. Es war ein Wahnsinn, aber ich hatte keine Wahl.

„Du bist ganz blau", sagte er, während er mich ins Boot hineinzog. Das machte auch ihm Angst. Ich war starr im Körper, in meinen Gefühlen und Gedanken. So lag ich in seinen Armen, alle Kleider um mich gewickelt. An seiner nackten Haut. So glatt wie ein Delphin. Warm. Wärmend. In seinem Schoß. Ein Schutz. Duft von Tannen. Ein wenig Minze. Seine Hände. Es war wie Magie.

Es ging so einfach. Noch während ich das Schauspiel seines Gliedes bewundernd beobachtete, fragte ich mich, welche Anstrengung dazu notwendig war. Da geschah es schon von selbst. Ein Kribbeln. Mein ganzer Körper von Ameisen in Besitz genommen. Ich musste nur zuschauen, was er tat, seine Hand auf mir spüren, seine Lippen auf meinen, und da war dieses ... ja, wie soll man das beschreiben?

Liebe nenne ich es besser nicht. Bewundert hab ich ihn, und wir hatten Sex miteinander. Wie Jungs in dem Alter das tun. Ich weiß nicht, ob man das Liebe nennen kann. Er bedeutete mir alles.

„Seid ihr ein Liebespaar geworden?", fragte Kjell, dem ich die Geschichte an einem glühenden Herbsttag erzählte.

Ich verdrängte die empor quellenden Bilder unserer letzten Begegnung. „Nein", antwortete ich, während das Meer an den großen Steinen des Ufers leckte und wie Kohlensäure sprudelte. „Das war doch nur ein Kindertraum. Eine Illusion." Und in meiner Brust wurde es eng.

„Hast du in den Kinos nicht nach Zuneigung gesucht?", fragte der Therapeut. „War Geld letztendlich nicht nur ein Vorwand?"

Er hielt daran fest. Dabei war das kompletter Unfug.

„Mit siebzehn und ohne Schulabschluss hatte ich keine andere Möglichkeit", verteidigte ich mich.

„Alle Menschen brauchen Geld, René. Nur wenige verkaufen ihren Körper dafür."

Zuneigung hatte ich nicht gesucht. Ich hatte meinen Körper verkauft, weil mich die Lust mit Giancarlo verband.

Meine Ablehnung der Monogamie hatte ich mit der Rebellion gegen rigide, körperfeindliche christliche Traditionen begründet, die im Machtbedürfnis wurzelten. Sex mit Fremden half mir zudem, wieder zu mir zu kommen, wenn ich mich in einer Beziehung verloren hatte. Die Körperlichkeit mit Fremden stellte meine Parameter auf Null, und ich konnte meinen Lebensabschnittsgefährten wieder neu begegnen.

Mit Kjell, ausgerechnet mit Kjell, sollte das nun plötzlich anders sein? Ich verspürte tatsächlich diese fremde Lust nicht mehr, nur die Gedanken daran waren noch lebendig. Fantasien in meinem Kopf, die nicht mehr in meinen Unterleib hinabtauchten.

Ich musste sie auf die Probe stellen und bemühte das Internet. In der Suchmaske klickte ich folgende Kriterien an: Berliner. Zur Zeit online. 25 bis 30 Jahre alt. Nach Betätigen der Eingabetaste erhielt ich 23 Treffer.

Weil die ersten beiden Klicks dicke Pluszeichen hinter dem Namen stehen hatten, fiel mir ein, dass ich vergessen hatte, *Nur Safersex* anzukreuzen. Nachdem ich das nachgeholt hatte, gab es keine Treffer mehr.

Ich erweiterte das Alter auf 35. Drei Treffer. Zwei von ihnen kannte ich bereits, der dritte war mir zur dick. Ich wollte gerade zu einem anderen Portal wechseln, da tickerte mich jemand an. *Kreuzbaer*. Junge fünfundvierzig wollte er mir weismachen, dabei ist hinreichend bekannt, dass sich alle Vierzigjährigen jünger schrieben. Eine gute Gelegenheit, diese Ader, plötzlich einen Alten attraktiv zu finden, zu überprüfen.

Kreuzbaer musste an die Haustür kommen, um sie zu dieser Nachtzeit aufzuschließen. Fünfundvierzig, das musste gute zehn Jahre her sein. Nein, Alter fand ich gar nicht attraktiv.

Kreuzbaer war zwar groß, aber seine Statur war mit Kjells nicht annähernd vergleichbar. Untersetzt wäre übertrieben gewesen, aber zumindest unförmig musste man ihn bezeichnen.

Er schüttelte mir die Hand, sie war fleischig und kräftig. Hätten seine Augen nicht so geblitzt, wäre ich vermutlich wieder gegangen. Ich suchte die attraktiven Eigenschaften geradezu, zum Beispiel das schwarze Haar, so kurz und dicht. Auch seine Kleidung war akzeptabel.

Zwischen der zweiten und der dritten Etage blieb der Aufzug stecken. „Das passiert jetzt immer öfter", kommentierte er. Reichlich unangemessen in dieser Situation. Die Chancen, dass uns um halb zwei in der Nacht jemand finden würde, standen schlecht. Mit dem Alarm hätten wir das ganze Haus zusammengetrommelt.

Ich zog Kreuzbaer an meine Lippen heran. Küssen konnte er nicht. Oder lag es an mir? Er drückte seinen Unterleib gegen meinen und fügte mir mit seiner Härte einen versöhnlichen Schmerz zu. Vielleicht ginge es ja doch.

Seine zaghafte Hand. Ich merkte, dass ich auf einem hohen Felsgrat operierte. Die Erregung, die ich damals noch im Handumdrehen und fast in jeder Situation entfesseln konnte, drohte sich zu verflüchtigen.

Reißverschluss, ein Griff, Hitze. Klebrige Feuchtigkeit. Vertrautes Gebiet. Kreuzbaer war beschnitten, die Haut gespannt. Rot. Er schloss die Augen und legte den Kopf zurück. Der faltige Hals. Nicht hinaufschauen, nur hinunter!, gebot ich mir. Seine Hand auf meiner Schulter, ich dachte an Kjell, redete mir ein, dass es seine Hand wäre, seine Wärme. Nein, es ging doch nicht.

Kreuzbaer knurrte erregt. Er nahm mit der anderen mein Kinn und wollte meinen Mund an den seinen heranziehen.

„Guck!" Ich öffnete meine Hose und zeigte, was ich zu bieten hatte.

„Mmmh!"

Seine Hand wanderte von meinem Kinn zu seiner Erektion. Ich war schnell. Mit geschlossenen Augen brauchte ich nur an Kjell zu denken. Kjell über mir, seine Schenkel, sein Bauch, seine ausladenden Brustmuskeln, die sich bei jedem Atemzug spannten.

Ich atmete lauter und schneller, so wie früher, wenn ich das Geld schon in der Tasche hatte und den anderen wieder loswerden wollte. Mit Stöhnen kriegte man alle geil. Stöhnen spornte an. Die Rechnung ging auf. Kreuzbaer presste mich fest an seine Seite, sein Griff wurde härter, die Aufzugkabine schaukelte.

Ich konzentrierte mich auf das Rauschen und Strudeln in meinem Unterleib. Mit Kjell in meiner Vorstellung breitete sich das Kribbeln aus, stieg meinen Rücken nach oben und zündete eine kleine Bombe in meinen Sinnen. Blitzen vor den Augen, ein klatschendes Geräusch, als mein Samen gegen die metallene Aufzugwand peitschte. Dann ein anschwellendes „oh". Kreuzbaer strahlte mich an: „Jetzt guck! Jetzt guck!" Ich senkte mein Haupt, aber schloss die Augen.

Als alles wieder eingepackt war, nahm Kreuzbaer sein Portemonnaie aus der Gesäßtasche, und all die unguten Erinnerungen standen plötzlich wie Menschen um uns herum. Viel zu eng. Gefährlich in dieser kleinen Kabine. Kreuzbaer zog eine Visitenkarte heraus. „Hier, ruf mich wieder an!" Dieser herrische Ton. Ich drückte auf den Alarmknopf und hielt ihn fest, bis ich Stimmen im Treppenhaus hörte.

Guido meldete sich aus Florida zurück. Ich vermisste ihn sehr. Seit es seinem Freund David so schlecht ging, es musste schon das vierte Jahr gewesen sein, fand er nur noch selten Zeit, sich mit mir zu treffen. Wobei ich nicht glaubte, dass die Zeit an sich das Problem war.

Als ich Guido zum ersten Mal begegnete, auf dem Schiff in Hamburg zum Ledertreffen, das muss acht Jahre zurückliegen, war er heiß umschwärmt. Schwarze Haare, dunkle Haut, der Bartansatz wie Pech. Große, weiße Zähne, volle Lippen, ein muskulöser Körper, ohne die hässlichen, von zu viel Training hervorgebrachten Beulen. Und wie er rauchte. Dazu sein alles schmelzendes Lächeln.

Dass ich ihn abkriegte, war Grund genug für mich, es nicht beim Körperkontakt zu belassen. Noch am selben Abend stellte ich fest, dass wir herrlich miteinander lachen konnten. Guido hatte einen spitzen, sehr kritischen Humor, er war intelligent und lebte in vollen Zügen.

Später einmal gestand er mir, dass er weniger von meiner Person verführt worden war als allein von der Tatsache, dass ich in zerrissenen Jeans herumgestanden und meinen Oberkörper gezeigt hatte. Leder machte ihm Angst. Angst, was die Männer darunter verbergen.

Dass er einen Freund hatte, erfuhr ich erst später. Nachdem wir vier- oder fünfmal miteinander ausgegangen waren und unser Sex immer kopfloser geworden war. Ich hatte mich nie zuvor so fallen lassen. Ich hatte noch nie zuvor einen Partner, der mir so in seiner Gänze begegnet war.

Er gestand mir das gerade in dem Moment, als ich begann, mich in ihn zu verlieben. Trotzdem wollte ich ihn nicht verlieren. Aber selbst nachdem ich David kennen gelernt hatte, blieb über die Freundschaft hinweg immer eine erotische Spannung.

Damals ging es David noch blendend, obwohl er schon seit Jahren Medikamente nahm. Die beiden mit mir und Tim zusammen waren ein unschlagbares Team. Kein Wochenende ohne Party, Tanz, Alkohol, Zigaretten, das Glück schien so einfach zu sein.

Guido und ich verabredeten uns zu einem Abend mit Georgette Dee. David konnte Chansons nicht ausstehen, und ich war froh, Guido für mich allein zu haben.

Er war beneidenswert braun gebrannt, aber die gesunde Farbe konnte über die Schwere, die auf ihm lastete, nicht hinwegtäuschen. Inzwischen sah er zehn Jahre älter aus als ich.

„Sie haben nichts gemerkt", berichtete er vom Besuch bei seinen Schwiegereltern. „Sie haben nicht mal kommentiert, dass David so abgenommen hat."

„Aber er hat es ihnen doch gesagt, dass er krank ist, oder?"

Guido schüttelte den Kopf.

„Ich dachte, dass ihr deswegen überhaupt zu ihnen geflogen seid."

„Ich hab lang mit ihm gesprochen. Er wusste genau, dass er sie vielleicht nicht wiedersehen wird, aber er meinte, wenn sie es nicht ansprachen, würde er es ihnen nicht antun."

„Vielleicht war es gut, sie damit zu verschonen." Ich sagte das mitfühlend. Für meine Eltern hätte ich das nicht aufgebracht. Zwar würde ich es ihnen auch nicht sagen, aber nicht, um sie zu schonen, sondern weil mein Leben sie nichts mehr anging. Dieses Recht hatten sie verwirkt.

„Nein, David hat nur gemacht, was er immer mit ihnen gemacht hat. Sie waren nie offen zueinander. Und gleichzeitig haben sich alle gewundert, warum sie sich einander nicht nahe fühlten."

Ich flog mit gemischten Gefühlen zu Kjell. Ich hatte begonnen, statt dem Bus das Flugzeug zu nehmen. Nach Kopenhagen. Dort nahm ich dann den Zug über die Sundbrücke nach Schweden. Das kostete zwar hundertfünfzig Euro mehr, aber ich sparte fünf Stunden Reisezeit. Fünf Stunden Aufregung, die sich anfühlten, als würden sie mich Jahre meines Lebens kosten.

Kjell holte mich in Svågertorp ab, an der ersten Bahnstation auf schwedischer Seite. Als ich ausstieg, sah ich ihn am Ende des Bahnsteigs stehen und wusste nicht, ob ich auf ihn zu- oder von ihm weglaufen sollte.

Er sah schlecht aus. Und als ich ihn in die Arme nahm, fühlte er sich schwach an. Sein Lächeln angestrengt, trotz Sonnenbräune wirkte er grau.

„Bloß eine Erkältung", behauptete er.

Schon wieder. Sie kamen nun immer öfter.

Zu Hause stach mir die Schüssel mit *polkagris* in die Augen. Ich erinnerte mich daran, dass er in Berlin nachts eine ganze Tafel Schokolade verputzt hatte. „Hast du deinen Zucker unter Kontrolle?", fragte ich.

„Ja", antwortete er, ohne mich anzusehen.

„Und die *godis*?"

„Die sind für dich." Er wusste, dass ich sie nicht mochte.

Morgens kam er nur schwer aus dem Bett, mittags musste er schon wieder ruhen, spätestens um zwanzig Uhr verließen ihn die Kräfte gänzlich. Bei den Gottesdiensten spielte er unkonzentriert, seine Stimme klang unsicher. Und nachts erwachte ich oft, weil er sich kalt anfühlte. Nass von Schweiß und schwerem Schlaf. Albträume ließen ihn hochschrecken.

Ich machte mir Sorgen, aber Kjell wollte partout nicht zum Arzt.

„Und wenn du Krebs hast, wie deine Eltern?"

„Dann ist es ohnehin zu spät."

Du wolltest doch eigentlich zum Friedhof, sage ich mir. Ich will zum Friedhof, aber ich fahre immer wieder im großen Bogen um ihn herum. Ich schaffe es nicht.

Vorne rechts der Bahnhof. Soll ich das Ticket schon kaufen? Der Parkplatz ist frei. Kjells Tränen, der Anfang.

Vielleicht sollte ich den Wagen einfach hier stehen lassen und abreisen. Nicht mehr umdrehen. Nicht zurückschauen. Keine Fragen mehr stellen. Es ist doch ohnehin vorbei.

Wie still es ist, wenn das Motorengeräusch verklingt. Lurvar sitzt aufrecht wie eine Porzellanstatue. Sein Fell so weich, die strammen Muskeln. Immer neugierig. „Nein, Lurvar. Sitz! Wir gehen nicht Gassi." Fünfzehn Uhr. Es ist zu früh. Alles ist zu früh.

Nein, ich kann nicht einfach abfahren. Ich muss wenigstens noch am Friedhof vorbei. Der Motor stottert, wiehert, springt an.

Autos waren Kjell nie wichtig gewesen, Noten das höchste Gut. Noten und ein gepflegter Haarschnitt. Ich lasse den Bahnhof hinter mir. Es erleichtert mich.

3.

svartsjuka [svaʈˈʃʉːka] Eifersucht
svart [svaʈ] schwarz
sjuka [ˈʃʉːka] Krankheit

Nachdem meine erste Veröffentlichung so erfolgreich gewesen war, hätte ich weiter schreiben sollen. Alle haben das gesagt. Weil sie einen Schriftsteller in mir vermuteten. Schuld an meinem Erfolg war dieser spanische Philosophiestudent. Später konnte ich mich nicht einmal an seinen Namen erinnern.

Ich hatte ihn im SO 36 aufgegabelt, damals, als meine Eroberungen noch bei mir schlafen durften. Mittwochs bei *Hungrige Herzen*. Als ich am nächsten Morgen so langsam zu mir kam, saß er auf meiner Bettkante. Dieser braune, nackte Rücken. So glatt, so weich, wie er nur bei Zwanzigjährigen sein konnte. Dünne Arme, Rippen, als hätte man vergessen, ihm Muskeln zuzuteilen, so zerbrechlich. So appetitlich.

Ich streichelte ihn, und da starrte er mich an. Seine Augen waren riesig, ein Glanz, ein Leuchten, wie in der Nacht während des Sex. „Das ist fantastisch. Das ist fantastisch!", sagte er.

Ich hatte keine Ahnung, wovon er sprach. Erst dann sah ich, dass er Papier in der Hand hielt. Mein *Tagebuch eines Waisenkindes.*

Ich hatte geschrieben. Jeden Tag. Seit der Therapie. Meinen Blick auf die Welt. Mit der Sehnsucht eines, der dazugehören wollte.

Ich stehe in der Filmkulisse einer mir unbekannten Großstadt. Menschen strömen an mir vorüber. Nur wenige beachten mich. Ihre Blicke stellen mich in Frage. Ich weiß, dass ich dort nichts zu suchen habe. Ich sollte dort nicht sein. Deswegen bewege ich mich nur, wenn keiner mich sieht. Wie in einem Käfig voll hungriger Löwen hangle ich mich von Deckung zu Deckung.

Warum ich das Set nicht verlasse? Weil es drum herum nichts gibt. Nur Dunkelheit, in die alle verschmelzen.

„Das ist eine Zustandsbeschreibung unserer Gesellschaft", behauptete der Philosophiestudent. „Wort für Wort. Bild für Bild. Als hättest du dem Motor, der uns antreibt, einen Namen gegeben."

Metapher für die Szene, titelte ein großes deutsches Schwulenmagazin die Kritik des Romans, als er veröffentlich wurde. Tim hatte dafür gesorgt, dass der Verlag auch alle wichtigen schwulen Organe mit Rezensionsexemplaren versorgte.

Zustandsbeschreibung unserer Gesellschaft. Es dauerte lange, bis dieser Satz zu mir durchdrang. Konnte einen anderen wirklich interessieren, wie ich mich fühlte? Ich hatte nie vorgehabt, es jemanden lesen zu lassen.

Monate später gab ich es Sophie, zu der ich über all die Wirren meines Lebens nie den Kontakt verloren hatte. Sie war damals verheiratet und machte auf „Ehe modern", indem sie fast nie Zeit mit ihrem Mann verbrachte. Sie studierte komparative Religionswissenschaften und wollte mit ihrer Ehe den lebenden Beweis für die Leere dieser Institution abliefern.

Sie las es gleich da, vor Ort in meiner vom Sommer aufgeheizten Bude, in der die Luft schwer war vom Fett des Dönerladens unten im Haus. Nicht mal aufs Dach ließ ich sie damit, weil ich damals noch Angst hatte, diese Zeilen außer Haus zu geben.

„Gut", sagte sie und steckte sich eine Zigarette an. Sie hatte zu rauchen begonnen. Es mir nachgemacht. Dieselbe Haltung der Finger. „Gut. Ein wenig eckig in den Formulierungen und deine

Metaphern sind zu überladen. Du hängst sie wie Lampions über den Text. Viel zu hoch. Sie beleuchten nichts. Schreib lieber, was du wirklich sagen willst. Aber gut." Sie kritisierte den Stil. Als hätte sie den Inhalt nicht verstanden. Dabei gab es niemanden, der mich besser kannte als sie.

Natürlich hatte sie verstanden. Viel später erklärte sie, dass ich wie rohes Fleisch vor ihr gesessen hätte. „Als hättest du mir eine Wunde gezeigt."

Dann schickte ich den Text meinem Therapeuten. Der zu meiner Überraschung antwortete. Ich war sicher, dass er mich längst vergessen hatte.

Lieber René,

es freut mich zu sehen, dass unsere gemeinsamen Stunden in dir nachgewirkt haben. Es ist unschwer zu erkennen, dass du große Schritte gemacht hast und vieles, worüber wir gesprochen haben, zu Erkenntnissen gereift ist. Weiter so! Du bist auf dem richtigen Weg.

Allerdings macht mir das Format deines Textes ein wenig Sorge. Du hast deinem Protagonisten Charakterzüge gegeben, als müsstest du erklären, wer er ist. Du hast ihm einen Beruf gegeben und seine Umwelt viel zu detailliert beschrieben, als dass ich glauben könnte, dieser Text sei nur für deine Augen bestimmt. Kurz, es drängt sich mir die Frage auf, ob du vorhast, ihn an die Öffentlichkeit zu geben. Überleg dir das gut! Denn sie kennt die Wahrheit nicht. Sie wird es als Fiktion rezipieren und keine Rücksicht auf deine Empfindungen nehmen. Für Kritiker ist es leichter, einen Text zu verreißen, als ihn mit fundierten Argumenten gutzuheißen. Würdest du ertragen, dass man ihn zerpflückt, unfair, vielleicht sogar auf gemeine Art und Weise ihn seziert, um zu beweisen, dass er fault und stinkt? Weil sich der Kritiker selbst hervortun möchte?

Falls ja, mein Schulfreund macht in Literatur. Er hat sich als Agent einen guten Namen gemacht. Du darfst dich gerne auf mich beziehen.

Mein Therapeut hätte mir niemals die Adresse gegeben, wenn er eine Veröffentlichung nicht gutgeheißen hätte.

Tim bekam den Roman erst, als er schon gedruckt war. Nachdem er bei mir eingezogen war. Er nahm das Paket von der Auslieferung entgegen und riss es auf. Zehn druckfrische Exemplare. Sie rochen ein wenig nach Öl. Es war ein Rausch. Nicht nur für mich.

„Ich wusste, dass aus dir etwas Großes werden würde“, sagte er, noch bevor er den Umschlagtext gelesen hatte. Dabei war ich noch nicht mal bekannt. Das kam erst später. Mit dem Glück, dass die Talkshows alles ans Licht der Fernsehöffentlichkeit zerrten, was ungewöhnlich war, auch wenn es keinen interessierte. Auch wenn es ohne jeden Informationswert war.

„Wie kommt es, dass jemand, der Eltern hat, einen Roman aus der Sicht eines Waisenkindes schreibt?“, fragte eine Talkmasterin, die sich damals gerade profilierte. „Fühlen Sie sich denn auch als Waisenkind?“ „Was denken Ihre Eltern darüber, dass Ihr Sohn so ein Buch geschrieben hat?“

Ich hätte weiter schreiben sollen, das haben alle gesagt. Natürlich, wenn man mit etwas Erfolg hatte, musste man damit weitermachen. Aber für mich hatte das dieselbe Logik wie aufgrund eines Einser-Abis Medizin zu studieren. Wie Tim. Als ob ein guter Notendurchschnitt einen Menschen zum Heilen qualifizierte.

Aber natürlich dauerte es, bis ich das verstand. Immer wieder setzte ich mich hin und ging in Gedanken in das Waisenhaus zurück, in dem der Protagonist aufgewachsen war. Es müsste sich doch noch eine andere Geschichte finden lassen. Aber dort hatte nur meine eigene gewohnt. Mit der Veröffentlichung war sie entlassen worden.

Seit der Verfilmung von *Waisenkinder* machte mir Geld kein Kopfzerbrechen mehr. Schwieriger war es, meinen Tag sinnvoll zu gestalten. Ohne Schulabschluss. Mit einer Bewährungsstrafe. Hätte ich Koch lernen sollen in einem Kiezprojekt? Hätte ich mich in Kneipen stellen sollen und Bier zapfen?

Übersetzungen fielen mir in den Schoß. Ich hatte Italienisch durch die Liebe gelernt. Keine Art der Gefühlsregung, die ich nicht in allen grammatikalischen Formen deklinieren konnte. Ich hatte den Sommer über einen *Premio Strega*-Preisträger übersetzt und hätte das Manuskript zur Einarbeitung des Lektorats eine Woche vor meinem erneuten Abflug nach Schweden zurückbekommen sollen. Aber die Lektorin musste wegen einer Komplikation in ihrer Schwangerschaft ins Krankenhaus. Meine Arbeit blieb unfertig. Ihr Anruf erreichte mich, während Kjell und ich in Ystad, der südlichsten Stadt Schwedens, gerade auf ein Café zusteuerten.

Kjell hatte sich von der Erkältung erholt, und wir verfolgten gerade die Spuren seiner Kindheit. Ich hatte darum gebeten, weil ich mehr über ihn erfahren wollte. Immer noch hoffend, durch mehr Information würde es sich verifizieren lassen, ob er liebte oder log.

Er hatte mir das Haus seiner Großmutter gezeigt, den Milchmann, bei dem man damals im Sommer Eis kaufen konnte, und den Innenhof, in dem er an der Hand seiner Großmutter zum ersten Mal das bedrohliche Läuten der Glocken gehört hatte. Von allen Kirchen gleichzeitig. Im Krieg. Angst war aus der Hand, die ihn hätte beschützen sollen, in ihn hineingekrochen. Aber daran dachte heute keiner mehr in der kleinen Hafenstadt. Nur noch an Henning Mankell und die Abenteuer seines Kommissars Wallander, die im schwedischen Touristenbüro sogar in deutscher Sprache erhältlich sind.

Die Lektorin habe das Lektorat nun abgeschlossen und wolle mir das Manuskript schicken, damit ich ihre Änderungsvorschläge absegnen könnte. Natürlich musste das alles nun ganz schnell gehen. Layout, Umbruch, Imprimatur, Druckerei, alles wartete. Aber ich war gerade erst in Schweden angekommen und hatte geplant, mindestens zehn Tage zu bleiben. Die Korrekturen hätte ich auch in Schweden erledigen können, denn ich hatte meinen Laptop dabei, aber wie sollte ich die Daten zurückschicken? Ich musste das irgendwie über Kjells Computer bewerkstelligen.

Wieder zu Hause angekommen, setzte ich mich gleich an Kjells Computer. Sobald ich die Adresse meines Providers in die Eingabezeile des Browsers tippte, klappte sie auf und schlug zuvor angesurfte Homepages vor. Nur kurz. Bruchteile von Sekunden. Lang genug, um die Buchstabenkombination S E X auszumachen.

Nach dem Return baute sich die Homepage meines Providers auf. Pop-up-Menüs blinkten. Wie Erinnerungen, Gedanken, Fragen in meinem Kopf. Ich hielt die Luft an. Ich weiß noch, dass ich sekundenlang regungslos dasaß. Die Lähmung. Der Stillstand meiner Welt. Sie war immer da. Auf Knopfdruck.

Als hätte sich die Software in meinem Gehirn aufgehängt, sah ich trotz der bunten Fensterchen weiterhin diese aufgeklappte Eingabezeile mit den Sexadressen. Sie wollte einfach nicht verschwinden.

Ich drehte mich um und horchte. Kjell klapperte in der Küche, weil er *Köttbullar* zubereiten wollte, Buletten in Kugelform, die man mit *Lingon*, schwedischen Preiselbeeren, und Sahnesoße isst. Und natürlich mit Salzkartoffeln. Wie ferngesteuert löschte ich die Eingabezeile und gab noch einmal *www* ein. Tatsächlich. Sexseiten.

Wieder schielte ich zur Tür. Gleich würde es Abendessen geben. Die Internetadressen starrten mich an. Auffordernd, hungrig fast. In den meisten war das Wort *boy* verankert.

Ich wartete. Ich wartete. Als wüsste etwas in mir, worauf ich zusteuerte, und suchte nach einer Lösung, drum herum zu kommen.

Alles, was in den folgenden vierundzwanzig Stunden geschah, ging wie von selbst. Ich konnte nicht lenken. Ich konnte nicht mal eingreifen. Ich konnte mich nur festhalten, damit ich in dem Strudel nicht unterging.

Ich klickte im Browser auf *Verlauf* und dort den Tag vor meiner Ankunft an. Die Liste der Einträge war lang. Ich hielt den Pfeil auf die Rollbalken gedrückt. Es dauerte einige Sekunden, um zum Ende zu kommen. Dann klickte ich eine beliebige Seite an. Das Foto, das mir kurz darauf vom Bildschirm entgegenlächelte, verschlug mir fast den Atem. Kurzes, dunkles Haar, helle Haut, braune Augen. Hätte man ihm den hässlichen Bart abrasiert, hätte er mir vermutlich erschreckend ähnlich gesehen. Die Daten: achtundzwanzig, 175 groß, 68 Kilo. Nur etwas unterschied uns ganz grundsätzlich voneinander. Dieser Typ lebte nicht etwa in Australien, in Griechenland oder Frankreich, sondern in Helsingborg, keine fünfundzwanzig Kilometer von Kjells Wohnort entfernt.

Helsingborg. Helsingborg. Ich hatte Kjell schon oft gefragt, warum er so gerne dort spazieren ging. Fand ich seine Stadt doch viel schöner. Oder Borstahusen. Järavallen. Überall.

„Söhnschen, kommst du?"

Dort, wo der Hunger sitzen sollte, drückte ein Knoten. Mir war kalt. Schweiß auf meiner Stirn. Ich klickte auf eine andere Adresse. Wieder ein junger Typ. Irgendwo aus Schweden. Keine Ahnung, ob es in der Nähe lag.

Kjells Stimme kam näher. Ich wollte sitzen bleiben und warten, damit er sah, was ich entdeckt hatte. Aber ich hatte Angst, mir damit die Chance zu nehmen, Genaueres herauszufinden.

Mit einem Klick verschwand der Albtraum vom Bildschirm. Aber nicht von meinen Augen.

Kjell legte mir die Hände auf die Schultern, ich schaltete den Computer aus. „Hat es geklappt?"

Ich schüttelte den Kopf und versuchte aufzustehen.

„Du bist so seltsam. Was ist los?"

„Ich mache mir Gedanken wegen der Übersetzung, verstehst du das nicht?"

Er schloss mich in seine Arme und küsste meine Stirn. „Mach dir keine Sorgen. Alles wird gut, mein Sohn."

Ich hatte das Gefühl zu ersticken und schob ihn von mir. Er lächelte. Sein freundliches, verführerisches Lächeln, das ich so genau kannte. Nach dem ich mich immer so sehnte. Im Licht des eben Entdeckten schien es wie eine Maske. Sein Gesicht wurde zweidimensional. Die Welt erstarrte nicht nur, sie wurde unwirklich. Als hätte jemand mit einem Knopfdruck alle Gefühle gelöscht. Ich war nur noch ein Automat, der die Befehle meines Gehirns ausführte. Lächeln! Vertraut wirken! Bauch entspannen! Unruhe unterdrücken! Kuss geben! Sprechen!

„Ja, alles wird gut. Ganz bestimmt."

Abwenden! Freundlicher! Aufs Klo gehen! Abstand gewinnen! Vergessen! Sich an den Esstisch setzen! Essen! Lächeln!

Wir gingen früh zu Bett. Kjell hatte Äpfel aufgeschnitten und hielt mir ein Stück hin, dann nahm er sein Buch. Wie jeden Abend.

Ich versuchte zu lesen, konnte mich aber nicht konzentrieren. Weil ich mich am falschen Platz fühlte. Deshalb drehte ich mich um, in der Hoffnung, einschlafen zu können.

„Ist alles in Ordnung mit dir?" Kjell streichelte mir über den Kopf.

„Ich bin so müde."

Da nahm er mich in den Arm und betete unser Nachtgebet. Wie jeden Abend: „... und vergib uns unsere Schuld, wie auch wir vergeben unseren Schuldigern ..."

Konnte jemand, der so betete ... so demütig, so ... aufrichtig ... konnte der lügen? Bedeutete das, was ich am Computer gesehen hatte, vielleicht gar nichts? Internetseiten gucken war doch eigentlich ganz normal. Aber was war das in Berlin mit dem Dildo? Mit meinem steten Gefühl der Unsicherheit?

War das am Ende doch alles nur mein Problem, wie Sophie behauptete? Meine Unfähigkeit, mich einzulassen und zu vertrauen. Und mein Misstrauen eine Projektion? Oder war ich vielleicht nur ganz banal eifersüchtig? Was Tim später behauptete.

Meine Romanfigur Thomas verlor die Lust am Sex mit anderen. Weil ihm Håkan genügte. Håkan aber schickt ihn weg. „Geh aus! Vergnüg dich!"

„Ich will nicht."

„Aber ich will. Ich habe eine Verabredung. Du sollst heute Abend nicht hier sein."

Und Thomas geht. Aus Liebe. Aus Mitgefühl für den alternden Partner. Und weil er neugierig ist, setzt er sich draußen in den Wagen und wartet. Er will sehen, wie Håkans Date aussieht. Ob er jung ist oder alt, blond oder braun, groß oder klein. Aber es kommt niemand.

Als er nach den verabredeten Stunden nach Hause kommt, ist Håkan frisch gebadet und herausgeputzt. „Wir war's?", fragt Thomas. „Fantastisch. Ein wunderbarer kleiner Lustknabe. Ich denke, ich werde ihn wieder einladen, wenn es dich nicht stört." Und dann schildert er den imaginären Liebhaber in den buntesten Farben. Thomas versteht, dass Håkan ihn damit nur dazu bringen will, sich nach jemand anderem umzusehen, sich vorzubereiten auf die Zeit, wenn Håkan nicht mehr bei ihm sein wird.

Geschichten, in denen sich zwei Menschen kennen lernen, ineinander verlieben und glücklich bis ans Ende aller Tage zusammenleben, sind langweilig. Irgendetwas oder irgendjemand muss die Liebe durchkreuzen, damit die Sache spannend wird. Romeo und Julia liest man nur deswegen gerne, weil sie ihre einander verfeindeten Familien gegen sich wissen und man als Leser mitbangt.

Thomas und Håkan hatten nur die eigenen Vorurteile gegen sich. Das würde heute keinen Roman mehr tragen. Nicht mal die Vorurteile der Freunde und der Familie. Im neunzehnten Jahrhundert vielleicht. Ich musste sie also in eine Lebenssituation stecken, die sie auf andere Weise unter Druck setzt. Oder einem von beiden eine Vergangenheit geben, die ihnen das Heute schwer macht. Ein dritter Mann, ein Yngve wäre natürlich am einfachsten. Aber auch so billig. So bekannt. So erwartet.

Ich war auf dem Weg zu verstehen. Es gab etwas Drittes in der Beziehung zwischen Kjell und mir. Aber es war nicht Yngve. Es war noch nicht mal ein Mann.

Ich hatte der Lektorin gemailt, dass die Übertragung via Internet klappte. Ein Overnight-Kurier hatte das Manuskript schon gebracht, aber ich hatte anderes im Kopf.

Meine Zweifel hatten wie ein Krebsgeschwür Metastasen gebildet. Über Nacht. Wieso hatte Kjell nicht gewusst, wie die Fahrgeschäfte im Tivoli-Park von Kopenhagen funktionierten, wenn er erst zwei Wochen davor dort gewesen war? Warum erzählte Kjell nie, wer da andauernd anrief? Wieso stellte er mir seine Freunde nicht vor?

Ich kutschierte Kjell durch die Stadt. Wie immer. Bank, Volkshochschule, Post. Sein Kalender lag in der Ablage zwischen den Sitzen. Aber durfte ich einfach in seinen Sachen herumkramen? So wie es in Seifenopern immer wieder gezeigt wird? Aber hatte ich nicht ein Recht darauf, die Wahrheit zu erfahren?

Als Kjell in die Bibliothek ging, um Noten zu kopieren, griffen meine Hände ganz automatisch nach dem Kalender. Ich hatte keine Kontrolle über sie. Sie griffen und blätterten. Fieberhaft schnell. Zittrig. Meine Augen wie Staubsauger, jedes Partikel Handschriftliches in sich aufsaugend. Aus der Ferne schaute ich mir zu. Befremdet. Da hatte sich meine Welt schon geteilt.

Geburtstag Anders. Den Namen hatte er nie erwähnt. Mein Herz raste, ich spürte es wie mit einem Hammer gegen meine Schläfen pochen. Womöglich ein Kollege? Wie viele Anhaltspunkte brauchst du noch? Im Zweifelsfall immer für den Angeklagten! Aber du kannst dich doch nicht so an der Nase herumführen lassen! Was bedeutet schon ein Eintrag?

Ich legte den Kalender zurück, schloss die Augen und versuchte, meinen Atem wieder unter Kontrolle zu kriegen.

„Söhnschen, schläfst du?“

Ich schreckte hoch. Kjell hielt mir eine Tafel Schokolade hin und lächelte mich liebevoll an.

Als Kjell an diesem Nachmittag zu seinem Chor ging, winkte ich ihm noch vom Balkon aus hinterher. Nicht ich. Der Roboter in mir. Ich wartete, bis er mit seinem Wagen um die Ecke gebogen war. Ich winkte verlogen.

Mir blieben zwei Stunden. Aber vor dem Computer verließ mich der Mut. Ihn einzuschalten erschien mir eine unüberwindbare Aufgabe.

„Willst du die Wahrheit überhaupt wissen?“, hatte mich der Therapeut gefragt, nachdem ich ihm über die Beziehung zwischen meinen Eltern so wenig Fakten hatte bieten können. Was für eine seltsame Frage. Bis dahin war mir nie in den Sinn gekommen, die Wahrheit überhaupt herausfinden zu wollen. Zu dürfen. Als fehlte mir der Berechtigungsausweis.

Du hast ein Recht auf die Wahrheit!, sagte ich mir und zwang mich, auf den Einschaltknopf des Rechners zu drücken. Während sich ein Teil in mir noch wehrte, ging ein anderer zielstrebig vor.

Internetseiten bedeuten wenig, Mails viel mehr. Weil Kjell sich mit einem gewissen Pjotr aus Moskau auf Englisch geschrieben hatte, fand ich ihren Dialog schnell.

Pjotr. Spassiva. Du bist ein sehr netter Junge. Lass uns den Kontakt nicht verlieren. Ich würde dich gerne wieder treffen. Dein Kjell.

Die letzte Mail zuerst. Davor die Details zur Verabredung, dann der erste Kontakt. Die Fotos, mit denen sie sich einander schmackhaft gemacht hatten, die Verheißungen, die Vorlieben. *Vergiss das Gleitmittel nicht für den Analverkehr!,* hatte der Russe gefordert. *Mein dicker schwedischer Schwanz in deinem engen russischen Hintern ... Soll ich ihn dir vorher auslecken?*

Ich inhalierte den Rauch der ersten Zigarette so tief, dass mir schwindelig wurde. Ein Bier dämpfte die Übelkeit. Die Wärme strömte zurück in meinen Körper.

„Was schockiert dich daran so?“, fragte Steve, den ich anrief, um eine vertraute Stimme in meinen inneren Dschungel zu holen. „Das machen wir doch alle.“

Tim konnte ich unmöglich davon erzählen. Nichts davon sollte einem fortschrittlich denkenden schwulen Mann ungewöhnlich erscheinen. Aber aus der Parallelwelt, in der ich mich befand, haftete diesem Verhandeln, diesem Vorbereiten auf einen Sexakt, der so gänzlich ohne die Kenntnis des anderen auskommt, etwas erschreckend Nüchternes an. Wie ein Gang durch einen Schlachthof. Geschlechtsteile, Därme, abgehackte Glieder, Eingeweide, Blut. Nur dass es keine Kühe waren, die dort hingen, sondern menschliche Körper.

„Ich finde es schrecklich, dass er mir was vormacht.“

„Ich finde es viel seltsamer, wenn sich die Partner immer gleich alles brühwarm erzählen. Ich möchte von Gerbert nicht wissen, was er mit anderen anstellt. Und ich möchte ihm schon gleich nicht erzählen müssen, was ich mache."

Erst nach und nach wurde mir klar, dass sich Kjell mit dem Russen an dem Abend getroffen hatte, als er angeblich mit Freunden in den Tivoli gefahren war. Kopenhagen hatte zwar gestimmt, nur hatte die Reise am Flughafen geendet. In der Toilette hinter dem Informationsschalter im Terminal 3.

„Er hat es dir nicht gesagt, weil er ahnte, was du für ein Theater machen würdest", sagte Guido.

„Mir geht es um die Lügen." So berechnend. Wie Skalpellschnitte. Im Tivoli hatte er mir das Restaurant gezeigt, in dem er mit seinen Freunden angeblich gegessen hatte, und erzählt, wie schlecht das Essen gewesen war. Und vom geschlossenen Konzerthaus. An einem Freitagabend! Er hatte mir sogar die Musik vorgesungen, die im Pavillon gespielt hatte.

„Weil du die Sache persönlich nimmst. Vermutlich kann er einfach nicht darüber sprechen. Vergiss nicht, wie alt er ist. Und religiös. Scham spielt da bestimmt eine große Rolle."

Scham? Scham? Bei Homosexuellen? „Und was soll ich davon halten, dass er mit *Dein Kjell* unterschreibt und darum bittet, in Kontakt zu bleiben?"

„Dass der Sex klasse war und Kjell ihm gerne bald wieder die Prostata von innen massieren möchte. Freu dich für ihn."

Ich sah mich selbst in diesem Schlachthof hängen. Nackt. Ausgeweidet. Mein Leben auf Genussmittel-Sein reduziert. Die Filetspitzen herausgeschnitten und den Rest für die Aasgeier hängen gelassen: Gefühle, Sehnsüchte, Vertrauen. Entweiht kam ich mir vor. Dem Hohn preisgegeben. Selbst meine Freunde hielten mich nun für seltsam.

„Wieso bist du so unsicher? Fühlst du denn nicht, was du ihm bedeutest?", fragte Guido.

Wie wusste man, was ein anderer für einen empfindet? Ich hatte mich Kjell nahe gefühlt. Ich hatte vertraut. Ich hatte viel für ihn empfunden. Und er belog mich. Kann man sich da nahe fühlen? Ist es weise, sich so einem Menschen nahe zu fühlen?

Wenn Kjell behauptete, Sex nur mit mir zu haben, und damit log, woher sollte ich wissen, dass er die Wahrheit sagte, wenn er behauptete, mich zu lieben?

Ich setzte mich aufs Sofa und steckte mir eine Zigarette an. Die zweite schmeckte schon nicht mehr so abscheulich wie die erste. Und die Übelkeit, die sie verursachte, betäubte das Chaos in meinem Körper. Meine Gedanken aber arbeiteten im Akkord.

Immer wieder versuchte ich mir Kjells Verhalten zu erklären, suchte nach Argumenten, die das, was in mir aus der Spur geraten war, wieder einfädelten.

Guido fühlte sich David verbunden, obwohl beide auch Sex mit anderen hatten. Klar, sonst hätte er sich nicht jahrelang um den sterbenskranken Lebensgefährten gekümmert. Als David im Frühjahr im Krankenhaus lag, brachte Guido ihm Essen, weil David den Krankenhausfraß nicht vertrug. Und von dort ging er in die Szene. Vom Sterbebett seines Liebhabers direkt in den Darkroom. Das war mir damals unter die Haut gegangen. „Wie kannst du das tun?", hatte ich ihn gefragt.

„Es ist keine Frage des Könnens. Ich brauche das. Ich könnte nichts anderes. Verstehst du das nicht?"

Nein, das verstand ich nicht. Ben war HIV-positiv gewesen. Auch wenn er keine Symptome hatte und nichts auf einen baldigen Tod hindeutete, so beschäftigte mich die Tatsache natürlich, dass er krank werden könnte. Die Wahrscheinlichkeit war hoch, dass er vor mir sterben würde. Früher als jemand ohne HIV. Ich hatte mir deswegen viele Gedanken gemacht, aber in keinem Szenario war mir in den Sinn gekommen, dass ich anonymen Sex haben würde, während Ben im Sterben lag.

„Es ist eine Art Schutz", fügte Guido an. „Damit es nicht so wehtut, wenn David tatsächlich stirbt."

Sich mit Fremden einzulassen, um in der eigenen Beziehung nicht so verletzbar zu sein. Das ergab nicht nur einen Sinn, wenn man einen Sterbenden liebt. Ich hätte das längst verstehen können. Nie war mein Hunger auf fremdes Fleisch größer gewesen als während meiner Beziehungsversuche.

Vorwände fanden sich genug: Im Laufe der Monate lernte man den Partner kennen, vor allem seinen Körper. Jeder kauft einem das Argument ab, dass das Körperliche weniger und weniger Überraschungen birgt. Und welcher Partner kann schon alle Bedürfnisse erfüllen? Aber selbst wenn man in den Praktiken übereinkommt, so bleibt doch ein Trumpf, der immer sticht: „Ich muss meinen Marktwert testen."

Ausgerechnet mit Kjell erlebte ich etwas ganz anderes. Neues. Nach all den Steigerungen bis hin zu SM kam ich plötzlich so ganz ohne Akrobatik aus. Zwar erst seit acht Monaten, aber immerhin.

Aber angenommen, Kjell benutzte mich wirklich? Hätte er mir dann den Code zu seiner Kreditkarte gegeben? Hätte er mich in die Kirche mitgenommen und neben sich platziert, wo alle mich sehen konnten? Liebte er mich am Ende wirklich und schämte sich nur ein bisschen?

Da waren wieder die Zweifel. An mir selbst. Für dieses Territorium hatte ich einfach keine Landkarte.

Ich ging zurück an den Rechner. *Mein dicker schwedischer Schwanz in deinem engen russischen Hintern ... Soll ich ihn dir vorher auslecken?* Ich druckte das aus. Als Beweis. Wenn die Zweifel wieder kamen. Und packte meine Reisetasche.

Dann setzte ich mich aufs Sofa und zündete mir die nächste Zigarette an. Niemand konnte mir besser sagen, was mit mir los war, als Ben. Zwei Jahre Beziehung waren zwar emotional eine Katastrophe gewesen, aber im Laufe der Zeit hatten wir beide unser Innerstes nach außen gekehrt. Gute Freunde hätten wir füreinander abgegeben, aber eben keine Liebhaber.

„René, was ist passiert?" Er klang so schockiert, so ahnend, so mitfühlend, dass ich zur Antwort nur schluchzte. Da waren die Gefühle dann. Schmerzhaft zwar, aber auch befreiend.

Als ich nach und nach die Geschichte herausgestottert hatte, sagte er: „Dann weißt du jetzt wenigstens, wie es mir gegangen ist."

„Das ist nicht fair, mir das vorzuwerfen, Ben. Ich habe dir von Anfang an gesagt, dass ich keine monogame Beziehung eingehen werde. Schon bei unserem ersten Gespräch."

„Und es dir damit verdammt einfach gemacht. Du hast doch genau gewusst, wie sehr ich dich liebe. Dass ich dich nicht aufgeben würde, ganz gleich, was du machst."

Ja, er hatte an mir festgehalten – „geklammert" wäre der richtige Ausdruck – und behauptet, er brauche Zeit, um sich an eine offene Beziehung zu gewöhnen. Stattdessen hackte er in einer Tour auf mir herum und machte mir Vorwürfe.

„Ben, was hätte ich tun sollen? Mit dir Schluss machen, um dich zu schützen?"

Ben knallte den Hörer hin. Das konnte er gut. Aber inzwischen verletzte es mich nicht mehr.

Mangelnder Ehrlichkeit kann auch die Unfähigkeit zugrunde liegen, die Wahrheit zu sagen. Wie eine Diashow blitzten die Gesichter der Männer auf, denen ich versprochen hatte, sie wieder anzurufen, obwohl ich gar kein Interesse an ihnen gehabt hatte. „Um sie nicht zu verletzen!", hatte ich mir eingeredet. Dabei gibt es kaum etwas Verletzenderes als Lügen. Ich hatte es nur nicht kapiert, weil ich nicht dabei war, als sie begriffen, dass sie belogen worden waren.

Wollte Kjell mich vielleicht gar nicht? Ertrug er mich nur, weil ich mich ihm an den Hals geworfen hatte? Aber auf Gran Canaria war er doch hinter mir her gewesen. Er hatte doch zu mir gesagt: „Kommst du mich mal besuchen?"

Ich rief niemanden mehr an. Ich hatte schon genug Stimmen in meinem Kopf, die gegeneinander anschrieen. Mit jedem Gespräch wären es nur noch mehr geworden.

Hätte ich nur mit Tim gesprochen; vielleicht hätte mich das an seinen dreißigsten Geburtstag erinnert. An den Abend, den er nur mit mir allein feiern wollte. Die Cocktailtour und seine Offenbarung im *Roses*.

„Manchmal lasse ich mich nehmen, nur um dem anderen eine Freude zu machen", gestand er mir dann in ziemlich alkoholisiertem Zustand.

„Klasse", erwiderte ich. „Die meisten denken nur an sich selbst. Sex ist ein Geben und Nehmen, das hat schon Hermann Hesse in seinem *Siddhartha* geschrieben."

„So meine ich das nicht", sagte Tim, und seine Stimme brach. „Ich empfinde nichts dabei. Im Gegenteil."

Querelle fällt mir heute dazu ein. Der Hauptdarsteller in Fassbinders gleichnamigem Film verliert beim Würfelspiel absichtlich, um vom Bordellwirt Nono genommen zu werden. Fassbinder wollte damit vermutlich nur etwas über die Geilheit sagen, ich weiß es nicht. Für mich war es Ausdruck höchster Verzweiflung. Etwas gegen den eigenen Willen zu tun, nur um geliebt zu werden.

Zu bleiben und mit Kjell über alles zu reden war das einzig Richtige. Es war erwachsen, es war klug, es zeugte von meiner Reife. Einfach zu verschwinden wäre pubertär gewesen. Natürlich. Zu bleiben war aber zugleich meine Art, beim Würfelspiel zu Gunsten des anderen zu schummeln.

Als Kjell nach Hause kam, rief er „Kuckuck", um mich an die Tür zu locken, wie immer, wenn er von der Arbeit nach Hause kam. Ich konnte nicht so tun, als wäre nichts geschehen. Ihn aber an der Tür mit meiner Entdeckung zu überfallen wollte ich auch nicht. So blieb ich sitzen. Ließ ihn suchen. Bis er mich fand.

„Ach, da bist du!"

„Ich muss mit dir reden", sagte ich und deutete auf den Sessel.

Er sah den halbvollen Aschenbecher. Dann wanderte sein Blick zu den leeren Bierdosen.

„Warum kannst du mir nicht die Wahrheit sagen?", fragte ich.

„Wovon sprichst du?"

„Ich weiß, dass du nicht im Tivoli warst, sondern dich mit jemandem getroffen hast."

Er lachte. „Ach, mein kleiner *författare*. Hast du dir wieder Geschichten ausgedacht?"

Meine Zweifel reckten ihr hässliches Haupt. „Er heißt Pjotr und kommt aus Russland", schrie ich heraus. Meine Stimme brach. „Du warst nicht im Tivoli, sondern hast dich mit ihm im Flughafen getroffen. Mit dem Gleitmittel in der Tasche. Und benutzt hast du es auch. Du hast dich sogar noch dafür bedankt."

Kjell sank in sich zusammen. Der große, bullige Schwede, an den ich mich monatelang angelehnt hatte. Zerstört. „Wie hast du es rausgefunden?"

Ich war zu entsetzt, um zu antworten. Es stimmte also. Es stimmte also. Ich konnte es nicht fassen. In mir wehrte sich alles gegen diese Erkenntnis. Vermutlich hätte ich es nicht mal geglaubt, wenn ich mit eigenen Augen dabei zugesehen hätte.

„Ich schäme mich so", sagte er. „Du solltest nicht wissen, dass Papa so was macht."

Seine Verzweiflung war nicht gespielt. Sie knüpfte an die Tränen an, die er bei jedem Abschied geweint hatte. Obwohl ich es selbst nicht verstand, obwohl es völlig irrational war, tat er mir Leid. Ich war verletzt, und das blieb ich, aber mein Zorn verflog.

Am nächsten Morgen stand Kjell vor mir auf. Ich hörte das Rauschen der Spülung und wartete, dass er zurück ins Bett kroch. Zurück unter unsere Decke. Von dem Geschehenen fühlte ich mich wund. Ich hatte Sehnsucht nach seinen Armen, seinen Küssen am Morgen. Aber er kam nicht wieder. Die Kaffeemaschine brodelte, das wichtigtuerische Brummen der Mikrowelle drängte sich dazwischen.

Er hätte die ganze Nacht nicht geschlafen, sagte er. „Ich habe über alles nachgedacht. Es geht einfach nicht, René."

„Was meinst du?"

„Mit dir. Mit mir. Du wirst mir nie wieder vertrauen. Ich habe unsere schöne, reine, unschuldige Liebe beschmutzt." Seine Stimme brach. „Der Fleck wird immer bleiben." Dann weinte er.

Ich verstand die Welt nicht mehr. Er hatte mich belogen. Ich hatte ihm verziehen, und nun wollte er die Beziehung beenden.

„Ich war mein ganzes Leben so unglücklich", erklärte er. „Ich wusste von Anfang an, dass das hier ein schlechtes Ende nehmen würde. Wie alles in meinem Leben. Ich hatte so viel Talent. Alle haben das gesagt. Und sieh, was aus mir geworden ist! Ein Kirchenmusiker, der kleine, untalentierte Mädchen auf der Flöte begleitet."

„Aber du hast doch in Kopenhagen gesungen. In Mailand. In München." Als ich aufschaute, seinen gebrochenen Blick erfasste, wusste ich, dass er beruflich über die Grenzen seines Dorfes nie hinausgekommen war.

Seine Verzweiflung kroch in mich hinein. „Aber es muss doch nicht immer so weitergehen. Man kann sein Leben ändern. Vielleicht nicht alles. Aber das hier, die Beziehung zwischen dir und mir, liegt allein in unserer Hand."

Kjell schaute mich durch seine verheulten Augen an. Zweifelnd. Fragend. Ich konnte sehen, dass er mit sich rang.

„Gib uns eine Chance!" Ich forderte das. Aber es war eine Bitte. Eine verzweifelte Bitte. Ich konnte nicht aufhören. Nicht jetzt. Ich wollte nicht schon wieder weglaufen.

Da klingelte das Telefon.

Kjell nahm ab und ging damit ins Schlafzimmer. Dort sprach er mit gesenkter Stimme. Das einzige, was ich verstand, war *„besökare från Tyskland"*.

Das Klingeln von Kjells Telefonen wurde zu Fliegeralarm. Ich lief, ich rannte, suchte Deckung und verschanzte mich. Abgeschlossen von der Außenwelt nahm ich das Einschlagen der Bomben allenfalls noch als Vibrieren wahr.

„Ich kann nichts dafür, *min älskling*", sagte Kjell-Åke. „Sie rufen mich an, nicht ich sie. Sie sind geil und wollen Sex. Dann telefonieren sie eine ganze Liste ab. Sobald ich auflege, wählen sie die nächste Nummer."

Ich sah das Schlachthaus vor meinem inneren Auge. „Ich höre dich nie *min vän* sagen", erwiderte ich. „Immer nur *besökare från*

Tyskland. Warum sagst du ihnen nicht, dass du jetzt einen Freund hast?"

„Weil es diese Menschen nichts angeht. Komm her, mein Söhnschen. Komm in meine Arme!"

Ich hatte so Sehnsucht nach ihm. Ich hatte so Sehnsucht nach unserer Vergangenheit, unserer kleinen, heiligen, ungestörten Welt.

Vor dem nächsten Abschied steckte ich Fotos von uns in einen Briefumschlag und schrieb darauf *Vielen Dank für die wunderschönen Tage, die wir miteinander hatten* und steckte ihn in das Buch, das Kjell gerade las. Am Abend würde er ihn finden. Am Abend, wenn ich schon wieder in Berlin war. In meiner Wohnung. Wo ich hingehörte. In meinem Leben. Und er in seinem.

„Sehen wir uns wieder?", fragte Kjell, als ich mir die Jacke schon übergeworfen, aber die Schuhe noch nicht angezogen hatte. Wir standen auf der Schwelle.

Wie sagt man Nein, wenn man Nein fühlt, sich aber ein Ja wünscht? Wie sagt man Nein, wenn man Nein meint, aber Zweifel hat, dass man es am nächsten und übernächsten Tag noch aushält?

„Sag einfach Ja", bat er leise.

Ich folgte seinem Wunsch, dann setzte ich mich hin, um mir die Schuhe anzuziehen. Es war spät, ich musste zum Flughafen. Ich wollte nach Hause, wo immer das war.

Er machte Anstalten, niederzuknien, sich auf sein schmerzendes Knie zu stützen.

„Nein!", sagte ich und schob ihn an den Schultern von mir. Aber er stemmte sich gegen mich, beugte sich vor mir nieder und band mir die Schuhe zu. Gesagt hat er nichts. Ich konnte auch nichts sagen. Es gab nichts mehr zu sagen.

Am Flughafen fiel es mir schwer, die Rolltreppe in das Terminal hinaufzufahren, weil sie mich direkt zu den Toiletten brachte, in denen sich der Mann, mit dem ich mir eine Zukunft wünschte, in die Vergangenheit gelogen hatte.

Ich hatte diese Szene in den letzten Tagen so oft gesehen: Wie Kjell dem Russen begegnet, sie einander die Hand schütteln, dann den Moment abpassen, in dem sie unbeachtet gemeinsam hinter der Tür verschwinden können. Und dann Sex auf Kommando. Hose runter, Gleitmittel, hoffentlich Kondom. Ich konnte diese Szene nie zu Ende denken, ohne dass sich das flaue Gefühl von Übelkeit einschlich.

Ich schluckte hart, hielt mich am Geländer fest und ließ mich hinaufziehen. Starr und emotionslos.

Nach der Landung in Berlin schaltete ich mein Handy ein, da wartete schon eine Nachricht von Kjell auf meiner Mobilbox. Zu Hause ein Anruf auf meiner Mailbox. Ich war froh, dass auch ein Anruf meiner Lektorin auf mich wartete, wo denn das überarbeitete Manuskript bliebe. Daran hatte ich gar nicht mehr gedacht.

Arbeit war die beste Ablenkung. Ich setzte mich noch in derselben Nacht daran. Arbeitete bis in die frühen Morgenstunden, schaltete das Telefon ab und schlief vier Stunden, um mit der nächsten Schicht zu beginnen.

Am Nachmittag, als ich die Lektorin mit Hilfe einer Lüge um Verlängerung bat, sah ich schon das Lämpchen blinken, das mir verpasste Anrufe ankündigte. Aber ich durfte keine Zeit verlieren.

Am Abend gönnte ich mir eine Mini-Pause und rief meine E-Mails ab: *Wo bis du? Sende disch küsse und ein gute nach,,,, Papa*

Ich hatte mir vorgenommen, mit niemandem darüber zu sprechen. Weil ich Angst hatte, dass jemand erkennen würde, wie verzweifelt ich war. Als Steve anrief, um zu hören, wie die Geschichte ausgegangen war, platzte es dann trotzdem aus mir heraus.

„Ich hab nicht gedacht, dass du so spießig bist“, erwiderte er erstaunt. „Lass ihn doch mal Sex haben! Hab ein bisschen mehr Verständnis für das Alter.“

„Mal? Sein Telefon geht in einer Tour. Wenn ich nicht dort bin, geben sich die Typen wahrscheinlich die Klinke in die Hand.“

„Du redest, als würde er in einem Bordell leben. Das kann doch gar nicht stimmen. Er ist fünfundsechzig! Abgesehen davon, dass man in dem Alter nicht mehr so einfach Sex kriegt, hat man gar nicht so viel Lust darauf."

„Er kann nach Malmö fahren, Kopenhagen ist nicht weit, und in Helsingborg drückt er sich andauernd rum. Vergiss nicht das Internet. Darüber kommst du auch mit Männern an den entlegensten Orten in Kontakt."

„Die Häufigkeit ist doch gar nicht relevant, René. Es geht dir doch um was anderes."

„Stimmt. Um die Lügen."

„Aber nein. Es ginge dir doch nicht besser, wenn du es wüsstest."

Hatte er Recht? Ich musste an das Ostertreffen denken, als ich Michael mit nach Hause genommen hatte. Als ob Ben es gerochen hätte, rief er an. Nachts um halb drei. Ich sagte, dass ich müde sei und schlafen wolle, aber er ließ nicht locker. „Du bist doch nicht allein. Das spür ich."

Ich zögerte. Die Wahrheit würde einen gehörigen Aufstand produzieren, das wusste ich. Aber lügen wollte ich nicht. Ich hatte nichts zu verbergen. „Michael ist zum Ledertreffen nach Berlin gekommen und hatte keinen Schlafplatz."

„Betreibst du neuerdings ein Hotel?"

„Ben, schrei mich nicht an! Er ist ein alter Freund ..."

„Das ist mir wohl bekannt. Du hast mir die Fotos von euren Sexpartys gezeigt. Wäscheklammern, Harnröhrendilatoren, Nadeln, all dieses kranke Zeug. Und nun willst du mir weismachen, dass er auf der Gästecouch schläft?"

„Ben. Mein Partner bist du. Michael weiß, dass ich dich liebe."

„Aber deinen Schwanz kannst du ihm mal eben leihen, ja? Nein, nein, mein Freund, so funktioniert das nicht. Du redest immerzu von Liebe, hast aber nicht die geringste Ahnung, was das ist." Dann knallte er den Hörer hin.

„Hast du jetzt ein Problem?", fragte Michael. Er lag in meinem Bett, seine Kleider hatte er im ganzen Schlafzimmer verstreut. Wie ein Hund, der sein Revier markiert. Unter der Decke war er nackt.

Ich hatte Sex mit Michael. Wilden, hingebungsvollen Sex. Seine weichen Lippen gekostet, mich von seinem geschmeidigen Körper halten lassen. Und Ben war zu Hause in München gesessen. Sechshundert Kilometer entfernt. Was hätte er schon fühlen sollen? Wenn ich, sein Partner, nicht bei ihm war? Nicht physisch. Nicht mit meinem Herzen, ja, nicht mal mit den Gedanken. Weil ich ihm ja die Wahrheit gesagt hatte. Ist die Wahrheit Entschuldigung genug?

„Lass deinem Schweden doch einfach das kleine Vergnügen", gab Guido mir zum Abschluss auf den Weg. „Nimm es erwachsen und werd endlich schwul! Monogame Beziehungen gibt es nur in Märchen."

Kjell bemühte sich. Ich wollte ihm wenigstens ein Lebenszeichen mailen. Deshalb klickte ich auf *Antworten*, und das Fenster öffnete sich. Da las ich, dass er mir um 1:35 geschrieben hatte. Um dreiundzwanzig Uhr hatte er mir noch auf Band gesprochen, er liege schon im Bett, weil er so müde sei.

Die Lektorin hatte mir das Versprechen abgenommen, in drei Tagen fertig zu sein, was an sich schon kaum zu schaffen war. Ich hätte also an der Übersetzung arbeiten sollen, aber ein Verdacht ließ mich stattdessen das Blatt mit den Webadressen hervorziehen, die ich zusammen mit Passwörtern in Kjells Schreibtisch gefunden hatte.

Ich verurteilte das Nachspionieren, ich fand es widerlich und grauenvoll, wenn Menschen, vor allem Partner, dahin kamen, einander nicht mehr zu vertrauen. Auf keinen Fall wollte ich mich auf dasselbe Niveau von Lügen und Betrug begeben, wie er es getan hatte. Aber ich konnte nicht anders. Zwischen Kjells Liebesversprechen und seinem Verhalten klaffte eine tiefe Schlucht. Ich konnte das immer noch nicht verstehen.

Ich surfte auf die angegebenen Internetadressen: Kennenlern-Portale auf Schwedisch. Zwar war ich der schwedischen Sprache noch nicht mächtig, aber das Eingabefenster der Suchfunktion konnte ich finden. *BjörnPapa.* Kurz darauf hatte ich sein Profil vor der Nase.

Natürlich sagte das noch gar nichts. Auch ich hatte ein Profil, hatte es aber schon seit Monaten nicht mehr benutzt. Aber da stand eine Uhrzeit und ein Tag. *Senast inloggad* musste „Zuletzt eingeloggt" bedeuten. Es war in der Nacht zuvor, ein Uhr achtunddreißig.

Nur was da stand, konnte ich nicht verstehen.

„Die Mata Hari des Internet", frotzelte Steve. Da hatte er noch keine Ahnung, wie sehr mich diese Entdeckung aus der Spur brachte.

Sein Freund Gerbert war Sprachwissenschaftler, weswegen er zwar noch lange kein Schwedisch konnte, aber zumindest mehr davon verstand als ich. Gerbert ging es sehr sachlich an: „Willst du nicht lieber mit deinem Freund darüber sprechen? In solchen Fällen geht der Schuss meist nach hinten los."

Aber ich ließ mich nicht davon abbringen. Ich wollte wissen, was Kjell in seinem Profil über sich schrieb.

Es dauerte Ewigkeiten, bis Gerbert die paar Zeilen Selbstdarstellung zusammengestöpselt hatte. Als er dann das Wort *stället* nachschlagen musste, wurde ich ungeduldig.

„René, jetzt atme mal tief durch. Du bist ja völlig überreizt. Das tut dir nicht gut."

Steve hatte Recht. Und er hatte nicht Recht. Selbst aus heutiger Sicht, da ich weiß, wie viel mich das kostete und wie wenig ich dadurch gewann, wüsste ich nicht, was ich jemandem in dieser Situation raten würde. Ich war dabei, meinen Verstand zu verlieren, und auch aus über einem Jahr Abstand ist das nicht übertrieben. In einer Welt voller Lügen gibt es keinen Halt.

„Das Wort finde ich nicht. Vielleicht ist es Umgangssprache. Könnte ‚Gestell' bedeuten oder ‚Ständer'. Musst du das so genau wissen?"

„Mein Freund preist seinen Ständer an, und du fragst mich, ob mich das interessiert. Gerbert, ich bitte dich ..."

Gedankenlos zündete ich mir eine Zigarette an. In einer Nichtraucherwohnung. Da wurde Steve ärgerlich. „Entweder kriegst du dich ein, oder ich werde dich bitten, dir woanders Hilfe zu holen." Dann nahm er mir die Zigarette aus der Hand und versenkte sie in der Toilette.

Da übersetzte Gerbert mir den letzten Satz aus Kjells Profil. *Är öppen för nya bekanskaper som kan leda till en ärlig och uppriktig relation.* Kjell war nicht nur offen für neue Bekanntschaften, er suchte sogar eine „ehrliche und aufrichtige" Beziehung.

Ich lag weich. Die verschwommenen Farben manifestierten sich zu einem Himmel voller Engel. Stuck an den Rändern, ein Fenster zur Linken. Gerberts besorgtes Gesicht plötzlich über mir. Steves aufgeregte Stimme. Ich richtete mich auf. Sie hatten mich aufs Sofa gelegt.

„Hier, trink das!" Gerbert reichte mir ein Glas Wasser, und mit jedem Schluck kam die Aufregung zurück.

Natürlich rief ich Kjell an und sagte ihm, dass ich seine Profile gelesen hatte. Und natürlich versicherte er mir aufrichtig, schwor er mir, dass er diese Seiten schon lange nicht mehr benutzte. Früher hätte er sich ihrer einmal bedient, aber nach einer schrecklichen Begegnung hätte er genug davon gehabt.

„Ich hab doch gesehen, dass du drin warst."

„Ja ... Ab und zu gucke ich nach, weil mir Freunde schreiben."

„Und warum sagst du, dass du um elf schon ins Bett gehst, die Mail an mich hast du aber erst um halb zwei geschrieben?"

„Ich hab gelesen, und gerade als ich das Licht ausmachen wollte, musste ich daran denken, wie weit weg du bist. Ich hab dich so vermisst. Zwei Tage deine Stimme nicht gehört. Eine Mail zu schreiben hat mir geholfen."

Ich suchte in dieser Welt der Lügen immer noch Halt, aber es war hoffnungslos.

Und doch machte ich weiter.

Um Kjells neuerliche Aussagen zu überprüfen, richtete ich ein eigenes Profil ein. Aus Mangel an Schwedischkenntnissen auf Englisch. Behauptete, Austauschstudent aus Italien zu sein, gab mir die Maße des Russen und suchte im italienischen Netz ein Foto, das ihm ähnelte. Als *RomeoSE* tickerte ich Kjell an und gab vor, auf ältere Herren zu stehen.

Natürlich antwortete er mir. Aber was bedeutete das schon? War es Betrug, einem Fremden zu antworten? Würde ich Kjell davon erzählen, wenn mir jemand schriebe und ich antwortete? Wieder war ich keinen Schritt weiter.

Sollte *RomeoSE* sich mit Kjell verabreden? All die irrsinnigen Umwege und Kosten in Kauf nehmen, nur um dann vor ihm zu stehen. Das würde doch nur beweisen, dass es nicht die geringste Vertrauensbasis für eine Beziehung gab. Weder von seiner, noch von meiner Seite. Dann konnte ich es gleich lassen.

Aber da war immer noch der Faktor Hoffnung. Hoffnung, dass er sich nicht darauf einließ. Aber was würde das beweisen? Nichts! Vielleicht konnte Kjell die Verabredung nicht wahrnehmen, weil er eine andere hatte. Oder weil er ahnte, dass ich hinter der Mail steckte. Jetzt, da er wusste, dass ich seine Profilnamen kannte.

„Hallo, mein Söhnschen. Vermisst du Papa nicht?"

Was sollte ich antworten? Ich vermisste ihn schrecklich. Aber ich traute ihm nicht. Und was noch schlimmer war, ich traute mir selbst nicht: War das alles nur Projektion? Sagte Kjell am Ende die Wahrheit? Gab es wirklich nur mich, und alles andere war banaler Zeitvertreib?

„Doch, ich vermisse unsere schönen gemeinsamen Tage." Das war nicht gelogen. Aber es war auch nicht die Wahrheit.

Die Sache entwickelte sich mehr und mehr zum Kampf gegen Windmühlen. Der Liebhaber Kjell wurde zu meinem Feind. Und das Schlimmste daran: Obwohl ich es wusste, konnte ich ihn nicht verlassen, denn etwas Seltsames geschah mit mir. Je mehr Lügen er mir auftischte, je größer der Betrug, desto mehr kam ich zu der

Überzeugung, dass das, was ich erlebte, nicht wahr sein konnte. Dass mit *mir* etwas nicht stimmte. Dass *ich* mich irrte.

Die Anrufe meiner Lektorin ließ ich unbeantwortet. Stattdessen ging ich in die Szene. Ich versuchte das, was ich früher getan hatte: mich mit Sex über den Schmerz hinwegzutrösten. Meine Parameter zurückstellen. Aber es ging nicht mehr. Ich konnte keine sexuellen Gefühle mehr für Fremde entwickeln. Stattdessen redete ich mit den Männern. Erzählte ihnen alles, den Altersunterschied, von dem Dildo, den Internetseiten, meiner Verletzung. Anonymität ist der beste Schutz. In der Fremde kann man eine so ungeheuerliche Nähe entwickeln. Wenigstens scheinbar.

Man hörte mir zu. Einige hatten ähnliche Erfahrungen durchgemacht. Viele bestätigten meine Ansicht, wie grauenvoll Menschen in der Szene miteinander umgehen. Und trotzdem endete immer mal wieder ein Gespräch mit einem „Zu dir oder zu mir?“ Ich flüchtete.

„Söhnschen, wo bist du? Ich habe schon dreimal angerufen. Hast du mich vergessen? Papa vermisst dich. Komm zu mir, mein Liebchen.“

Ich irre herum. Was mache ich hier eigentlich?

Ich fahre an den Straßenrand und atme durch. Der Friedhof liegt in der entgegengesetzten Richtung, das weißt du doch ganz genau.

In dieser Stadt habe ich mich immer verfahren. Obwohl sie so klein ist. Schon beim ersten Mal, als er mich allein ließ, mit dem 100-Kronen-Schein und dem: „Koch uns was Leckeres!“ Ich hangelte mich von bekannter Lokalität zu bekannter Lokalität im Zickzackkurs zum Supermarkt und zurück. Heute, an meinem letzten Tag, irre ich wieder.

Dabei weiß ich ganz genau, was ich zu tun habe. Ich tue es nur nicht.

Später wurde ich oft gefragt, wie ich Schwedisch so schnell lernte. Ich zitierte dann die alte Dame, die unsere Jugendgruppe in der

Kirche oft betreut hatte und ihre Vielsprachigkeit damit begründete, dass die Liebe der beste Lehrer sei. Kjell bekräftigte das dann voller Stolz, weil nicht mal er die Wahrheit kannte.

Eines der kostenpflichtigen schwulen Portale, auf denen Kjell sich regelmäßig herumtrieb, speichert eingehende und verschickte Mails. Eine Datenbank seiner Vergangenheit, aus deren Analyse ich zu erkennen hoffte, ob ich eine Zukunft mit ihm haben könnte. Immer wenn ich ihn schlafend oder arbeitend wusste, loggte ich mich ein, kopierte die Briefe und übersetzte sie Wort für Wort.

Nichts, was ich nicht selbst schon geschrieben hätte. Aus dieser Distanz jedoch erschreckend. Die Sprache der Liebe pflegt ihre eigene, besondere Grammatik. Wie viele Worte braucht der Zigeunerknabe bei Rilke, um zu werben? Und hier?

30x8 bi cut dom neg- ISO BBB bare ov, av, ns, tabulos.

Kein Reim, keine Metrik und oft voller Lügen. So wie man sich beim anonymen Sex nicht mehr auf den anderen einlässt, sondern am besten ohne Erregungsphase gleich zum Höhepunkt gelangt, nimmt man sich auch im Schrift-Verkehr nicht die Zeit, Sätze zu formulieren. Diese Mails zu übersetzen war daher aus vielerlei Hinsicht schwierig.

Gänzlich unbeleckt ging ich jedoch nicht daran, sonst wäre das schwedische Wörterbuch so nützlich gewesen wie ein japanisches. Zwei Monate zuvor hatte ich Kjell von einem seiner Chöre abgeholt. Weil ich zu früh dran war, setzte ich mich vor der Kirche in die Mittagssonne. Bald strömten die älteren Herrschaften an mir vorüber. Schwedisch distanziert. Aber eine Dame mit bitterschokoladefarbenem Haar und knallrotem Lippenstift sprach mich an. Ich verstand kein Wort.

„Das ist mein Freund“, hörte ich Kjell von der Kirchentür rufen. Auf Deutsch. Schnell kam er zu uns gelaufen. Sein Strahlen. Erregung im ganzen Körper.

„*Jaså*“, rief sie aus und schüttelte meine Hand. „Ich bin die Joke. Was macht ein Deutscher in unserem kleinen Dorf?“ Ihr Deutsch hatte einen ausgeprägten Akzent, aber es war annähernd perfekt. Ein wenig modulierter vielleicht, von schwedischem Singsang durchwirkt. Oder weil sie eine Diva war. Vierundachtzig Jahre alt. Während des Krieges hatte sie sich mit Auftritten in Hamburger Matrosenbars über Wasser gehalten, später als Sängerin klassischer Werke auf Beerdigungen. Oft fünf am Tag.

„René." Und als ich ihre Hand losgelassen hatte, sagte ich: „Ich besuche Kjell-Åke." Unsicher. Er hatte mich *meinen Freund* genannt, aber bedeutete das in Schweden das Gleiche wie in Deutschland?

„Er ist *författare*", sagte Kjell mit geschwollener Brust.

„*Javisst*. Und nun willst du über uns schreiben?" Sie kicherte mädchenhaft, und Kjell fiel lauthals ein. Schwer und bewegend hallte es durch die engen Gassen von Råå. Harmonisch, kontrapunktisch. Ein Lachduett.

Mehr als ein Grinsen brachte ich nicht zustande, ich fühlte mich zu unsicher.

„Dann musst du jetzt Schwedisch lernen." Jokes kleine, schwarze Augen blitzten mich an. Wusste sie Bescheid?

Mit der Sprache hatte ich mich noch nicht auseinander gesetzt. Ich wusste, dass man vieles anders aussprach, als der Deutsche es erwarten würde. Allein der Name Kjell-Åke.

„Dann bringen Sie es mir bei!", sagte ich frech.

„Sie?" Für Joke kam das einer Beleidigung gleich. Meine erste Lektion. Die Schweden zieren sich nicht mit einem sperrigen *Sie*. Sie duzen munter drauf los, quer durch alle Schichten und Autoritäten.

Auf dem Heimweg sagte Kjell: „Schwedisch kann ich dir auch beibringen." Und gleich darauf versuchte er, mir die Zahlen beizubringen. „*Ett, två, tre, fyra, fem, sex, sju* ..."

„Hü?"

„*Sju! Sju!*" Kjell machte es mir vor, aber meine, was Fremdsprachen anbelangt, italienisch trainierte Zunge tat sich schwer, diesen Laut zu produzieren.

„Offener. Du musst die Buchstaben offener denken. Ja, und jetzt mehr Luft, als würdest du das Ü anschieben wollen ... Besser, besser. Stell dir vor, der Buchstabe ist ein Flugzeug und deine Zunge eine Startbahn ... Gut, mein Sohn. Gut!" Er gab mir einen Kuss auf die Wange. „Jetzt nur noch vor dem Ü eine Art Schlagloch. Dann hast du es.“

Es dauerte Monate, bis ich diese Zahl richtig aussprechen konnte. Faktisch alle Worte, die mit der Buchstabenkombination sk und sj anfingen oder mit einem „tion“ endeten.

Nach den Zahlen kamen die Buchstaben. Das U ist ein Ü, das Å ein O und O ist U. Uwe buchstabierte er O V E.

„Und K ist ein SCH“, sagte ich stolz, weil ich schon wusste, dass Fleisch, *kött*, „schött“ ausgesprochen wird.

„Zumindest manchmal“, erwiderte er.

Joke wohnte im Norden von Helsingborg. Man musste am Schloss Sophiero vorbei und dann nach rechts in eine Neubausiedlung, in der die Häuschen aussahen wie aneinandergesteckte Legosteine.

Sie begann mit den Pronomen. *Jag, du, han/hon, den/det, vi, ni, de*. Die Hälfte davon sprach man anders aus, als man sie schrieb. *De* wie „dom“, das konnte ich mir noch merken. Dass aber *hon* „hun“ ausgesprochen wurde, wollte mir einfach nicht in den Kopf. Und dieses offene „a“ in *jag* ... Da lobte ich mir mein Italienisch, das abgesehen von der ci- und gi-Konstruktion wenigstens in seiner Aussprache vorhersehbar war.

Das erste Verb, das ich lernte, kannte ich – „gehen“, *gå* –, auch wenn mein Englisch katastrophal ist. „Wir gehen, *vi går*.“ Schon war wieder alles beim Teufel.

Vill, „wollen“. *Läser*, „lesen“. *Äta*, „essen“. *Hitta*, „finden“. Es ging, es ging. Und dann erklärte sie mir etwas, das für Minuten meinen Glauben an das Gute in der Welt wiederherstellte. In der schwedischen Sprache werden die Verben nicht konjugiert. Statt einem bin, bist, ist, sind, gibt es in jedem Tempus nur eine Verbform für alle Pronomen. Das klang gut. Das klang richtig gut.

Und dann machte sie mir mit der Deklination von Hauptwörtern alle Hoffnungen zunichte, diese Sprache jemals zu beherrschen. Ob ein bestimmter Gegenstand oder nur irgendein Gegenstand gemeint ist, drückt der Schwede durch die Endung aus, die er an das Hauptwort anhängt.

„Bestimmte und unbestimmte Nomen?“

Joke rückte unsere beiden Trinkgläser auf dem Tisch zusammen. „Wenn ich sage, ‚Nimm dir ein Glas!‘, dann ist das unbestimmt, weil du das eine oder das andere wählen kannst.“ Dann stellte sie mir meins unter die Nase. „Wenn ich aber sage, ‚Nimm dir dieses Glas‘, dann spreche ich von diesem hier. Das ist das bestimmte. Irgendein Trinkglas, *ett glas*. Das bestimmte Glas, *glaset*. Mehrere unbestimmte Gläser, *några glas*. Bestimmte Gläser, *glasen*.“

Zudem werden die Hauptwörter je nach Geschlecht, *en* oder *ett*, unterschiedlich dekliniert. In diesem Dschungel aus verschiedenen Endungen verirre ich mich noch heute.

Aber jetzt brauche ich das ja nicht mehr zu lernen.

Jemand klingelte an meiner Tür. Halb in Trance, weil ich seit Tagen nur wenige Stunden schlief, öffnete ich. Sophie.

„Wieso rufst du nicht zurück?“ Sie drängte mich zurück in die Wohnung. Im Wohnzimmer lag der Laptop noch mit Kjells Internet-Profil auf dem Bildschirm. Überall bedruckte Seiten. Zerknülltes Papier. Eine eingetrocknete Kaffeetasse, Weinflaschen.

Sie schnupperte. „Du rauchst wieder? Ich dachte, der Arzt hätte dir das verboten.“

„Nur ein oder zwei.“

Sie schob die Zeitung zur Seite und entblößte einen vollen Aschenbecher.

„Jetzt sag mir nur, dass dich die Übersetzung so stresst“, sagte sie und nahm eine Seite auf. Sie las, und ihre Augenbrauen hoben sich.

„Nein, Kjells Vorstellung von Liebe“, sagte ich und zog mir die Schlafanzughose nach oben.

Sophie deutete hinter mich. Ich drehte mich um. Durch die offene Tür zum Schlafzimmer war ihr Blick genau auf den Spruch von Dorothy Parker gefallen: *Ich bin zu jung für die Monogamie.*

„Das muss weg“, sagte ich und wollte gehen, um es abzunehmen. Da sagte sie: „Bist du denn jetzt reifer?“

Es dauerte einen Moment, bis sich meine Gedankenmaschine in Gang setzte. Konnte dieser Satz etwas anderes bedeuten, als ich bisher angenommen hatte? Ich dachte, Parker spräche von Schönheit und Jugend. Nur die Alten, die keinen mehr abkriegten, und die Hässlichen, die noch nie einen abgekriegt hatten, wünschen sich die Monogamie. Hieß es etwa: Nur unerfahrene Menschen sind nicht reif genug, um sich für jemanden zu öffnen? Vielleicht war das keine Frage des biologischen Alters.

Sophie scheuchte mich unter die Dusche. „Und dann gehen wir raus. Spaziergang, Essen, was auch immer. Nur raus. Und zieh die Vorhänge auf, es ist sechs Uhr abends!"

Als ich aus der Dusche kam, hielt sie eins von Kjells gerahmten Fotos in den Händen, die ich auf dem Schrank stehen hatte. Er war gerade dabei, über einen Zaun zu klettern. Von unten nach oben aufgenommen. Hinter seinem Kopf nur der blaue Schwedenhimmel.

„Schwer zu glauben, dass dieser freundliche, alte Herr dich so aus der Bahn werfen kann."

Ich nahm ihr das Bild aus der Hand. Aber die Sonne stand tief, das Glas reflektierte. Je mehr ich Kjell anstarrte, desto mehr sah ich von mir selbst.

4.

fick [fik] bekam
ramla [ˇramla] (um-, hin-)fallen, stürzen
bums [bɵms] sofort, sogleich

Ich hatte mich verloren. Aufgrund all der Erinnerungen war ich plötzlich irgendwo gelandet, wo ich mich nicht mehr auskannte. Die Vergangenheit hat so viel Kraft.

Lurvar schaut mich an. Große Augen, fragender Blick. Als säße Kjell-Åke an seiner Stelle. Kjell hat immer gespürt, wenn mit mir etwas nicht stimmte. Selten gefragt, oft nur meine Hand genommen, in seinen Schoß gezogen und gehalten. Mit beiden Händen. Fest. Wie ein Kletterer, der seinen Freund vor dem drohenden Absturz bewahrt. Es schien so klar, wer wen hielt.

Ich brauche frische Luft. Ich halte an, schalte den Motor ab und steige aus, um mich zu orientieren. In diesem Moment hätte er mir so einfach helfen können. In seiner Heimatstadt kannte er sich aus. Keine Stelle, die ihm nicht vertraut war.

Der Wasserturm steht hinter mir. Dann muss das Meer rechts davon liegen. Ich befinde mich also irgendwo im Norden der Stadt. Wie konnte ich mich nur so verfahren?

Eine Zigarette. Ich rauche wieder. Seit zwei Wochen. Dabei hatten wir aufgehört, an dem Tag, an dem wir zusammengezogen sind. Es war so leicht gegangen.

Ich rauchte wieder. Heimlich, damit meine Freunde es nicht mitkriegten. Ich wollte nicht, dass sie mich an den Schatten auf meiner Lunge erinnerten. Deshalb der Balkon. Und die Pfefferminzbonbons. Und das Raumspray.

Ich schnippte gerade die Asche in die Dachrinne des Nachbarhauses, und während ich mich über das Geländer lehnte, hatte ich die Vorstellung zu fallen. Nein, da wollte ich mich noch nicht umbringen, das kam erst später. Es war einfach nur ein Bild, wie so vieles, was man sich einbildet.

Ich fand diese Szene einen großartigen Einstieg in den Roman. Thomas fällt. Scheinbar aus Versehen. Und während er fällt, fragt er sich: *Warum passiert mir das? Ich habe doch gar keinen Grund …*

Und indem er nach einem Grund sucht, erzählt er die Geschichte seiner Beziehung zu Håkan, die so liebevoll begann. Erzählt mit derselben Leichtigkeit, wie andere über sexuelle Abenteuer sprechen. Mit derselben Doppelbödigkeit. Aber der Leser versteht mehr und mehr, dass der Erzähler keine Ahnung hat, was wirklich in ihm vorgeht. Dass er auf einer Bühne steht und krampfhaft versucht, etwas zu inszenieren, womit er andere von der Leere in seinem Leben abzulenken sucht: mit dem Silberbesteck von *Christofle* und dem dazu passenden *KPM*-Geschirr. Mit dieser „Herrgott, wie kann er sich so was nur leisten?"-Wohnung. „Er ist so reflektiert …", sagen die Leute über ihn. „Er versteht etwas von Musik, interessiert sich für Fußball und kann, ja wirklich, er kann sogar mit einer Bohrmaschine umgehen. Männlich ist er, hat aber keine Scheu, seine weiblichen Anteile zu zeigen. Ein Hansdampf in allen Gassen. Dieses Selbstbewusstsein. Wo nimmt er das nur her?"

Thomas hält diese Bühne für das wahre Leben. Ihm erscheint das Publikum, das ihn kritisiert und bejubelt, imaginär. Statisten.

Nein, Requisiten, die man je nach Bedarf abstaubt, in Szene rückt, dann einlagert.

Ich drücke die Zigarette aus, ihr entsteigt ein letztes Fädchen Rauch, dann Stille. Nur das Flackern des Windes in meinen Ohren. Lurvar ist auf den Fahrersitz geklettert, sein Speichel hat die Scheibe verschmiert. Er schaut mich noch immer mit großen Augen an. Was machst du da?, scheint er zu fragen. Kommst du wieder?

Ich öffne die Tür, er will raus, aber ich halte ihn zurück. Viertel nach drei. „Komm, wir fahren zu Papa", sage ich. Er spitzt die Ohren.

Ich starte den Wagen und fahre rückwärts aus dem Gelände heraus, dann wende ich mich nach rechts und steuere nach Westen. Der Friedhof kann nicht weit von hier sein.

Während ich das dritte Rondell umrunde, sehe ich hinter dem nächsten schon die rote Backsteinmauer. „Meine letzte Adresse", hatte Kjell bei einem meiner ersten Besuche gescherzt. „Ohne Briefkasten."

Ich war schockiert. Er flocht diese oder ähnliche Floskeln über sein nahes Ende noch oft in Gespräche ein. Höchstens zwei Jahre gab er sich noch. Ich tat es als Pessimismus ab. Woher hätte ich wissen sollen, dass der Tod so nah war? Die ganze Zeit.

„Du siehst ja janz anners aus, als ick erwartet hawe."

Dieser Mann, der in Wirklichkeit viel kleiner war, als die Fotos auf seinem Profil erwarten ließen, zögerte einen Moment, als müsste er sich erst überwinden, mich in seine Wohnung zu lassen.

„Wie denn?"

„Na, stämmiger ebent. Dett Foto is doch alt, wa? Du hast total abjenomm."

Das Foto auf meinem Profil hatte ich in dem Monat geschossen, bevor ich Kjell-Åke kennen gelernt hatte. Hatte mich das alles so mitgenommen?

„Keene Panik, ick hab keene Angst vor Eeds."

Aids? „Wie kommst du denn darauf?"

„Is ja jut. Wusst nich, dass du so empfindlich reagiers." Dann trat er zur Seite und machte mir den Weg frei.

Er bot mir Mineralwasser an, ich wollte Bier. Hatte er nicht. Aber Schnaps. Die Worte kamen. Sie reihten sich aneinander, stellten sich auf wie Dominosteine und warteten auf den Anstoß. Noch konnte ich sie zurückhalten, aber es wurden mehr und mehr. Sie würden nicht lange warten.

Ich legte eine Hand um seine Schulter, die andere ihm auf den Schenkel.

„Ähm, bevor wa fick'n jehn, sollt ick dir vielleisch sang, dett icke zumines positiv bin. Soll keena behauptn, ick hätt ihn nich jewahnt."

Ich hielt ihn fest, fuhr ihm mit der Hand unters T-Shirt. Er war glatt, die Haut geschmeidig, ein wenig muskulös und sehr warm.

„Ich hab 'n Gummi mit", erwiderte ich.

Er zog mich ins Schlafzimmer. Wir fielen aufs Bett und zogen uns gegenseitig die Kleider vom Leib. Sein Körper brannte auf mir. Beim Küssen war ich vorsichtig, man kann nicht vorsichtig genug sein. Ein Biss und alles ist vorüber. Es gibt mehr als empfindliche Lippen.

Ich streichelte und knetete, er aalte sich unter meinen Händen. Die Bettdecke rutschte zu Boden, ich spürte die Feuchtigkeit zwischen seinen Beinen. Wenn ich ihm jetzt einen blasen würde ... Du bist verrückt!, sagte ich mir, und zu ihm: „Schluckst du eigentlich auch?"

„Na klar!", antwortete er.

Keine Stunde später lag er still in meinem Arm und streichelte meine Brust. Setzte Küsse wie Punkte auf meine Haut. Ich spürte seinen Atem.

Der Rausch, in dem ich mich zu verlieren gehofft hatte, war schnell verklungen. Nähe hatte ich gesucht, nun lag mein Sperma im Magen eines Fremden. Wofür?

Doch blieb ich liegen. Weil ich nicht hinauswollte, in das Maul der großen Dunkelheit. Zurück in die Leere meiner Wohnung oder die Einsamkeit einer Bar voller Menschen. Ich wollte eine Stimme hören, die mich meinte. Ich wollte jemandem alles erzählen, der es am nächsten Morgen schon vergessen haben würde.

„Wie kann man sich im 21. Jahrhundert noch infizieren?", fragte ich.

„Wemma immer *bare* rumfickt ..."

Ich schob ihn vorsichtig von meiner Schulter und setzte mich auf. „Wieso hast du das gemacht?"

Er stützte sich auf. „Weil ett mehr Spaß macht." Er schaute aber nicht mich an, sondern nahm meinen Penis in die Hand, drückte nachfließendes Sperma aus der Harnröhre.

„Schreckt es viele Leute ab, wenn du ihnen sagst, dass du positiv bist?"

Er führte die Finger zu seinen Lippen. „Nee, janich. 's jibt Leute, die wollen sogar trotzdem ohne jefickt wern." Dann leckte er daran.

„Machst du das dann?"

„Watt denkste? Fühlt sich doch rischtisch jeil an, wenn det so rinnspritz. Da ist man sisch doch gleisch vie näher. Voll die Intimität."

Ist das Nähe, wenn man jemandes Leben in Gefahr bringt? Ist man intimer mit dem Fremden, weil man sich von ihm infizieren lässt? Nähe und Intimität basierten doch auf Respekt. Auf Wertschätzung. „Und was ist mit dem Virus?"

„Wer 'n jesundet Immunsystem hat, dem machen so 'n paar Viren doch nüscht."

Mythen. Alles nur Mythen. Ich hatte einmal Sex mit einem Architekten, der mir mein Sperma von der Bauchdecke leckte.

„Das ist aber nicht safe", sagte ich.

„Der Virus stirbt doch, sobald er an der Luft ist", erwiderte er und ignorierte dabei völlig die Tatsache, dass nur die Viren an der Oberfläche sterben. Alle in Flüssigkeit eingeschlossenen leben munter weiter.

Ein anderer wollte mir einreden, dass ich mich bei ihm nicht anstecken könnte, weil seine Viruslast unter der Nachweisgrenze lag.

„Bei mir war det Immunsystem einfach platt", fantasierte mein Date weiter. „Von 'ner schweren Jrippe. Pech jehabt."

Er stand auf, nahm sich den Cockring ab und hob die Bettdecke vom Boden, die er am Fußende ordentlich faltete. Dann setzte er mit melancholischem Tonfall hinzu: „Schade nur, dat der, von dem ick ett hab, nich ma in mir abjespritzt hat."

Als ich draußen mein Handy wieder einschaltete, hatte ich einen Anruf von Kjell auf der Mobilbox. Es gehe ihm sehr schlecht. Er lege sich jetzt schlafen. Die Mitteilung war von neun Uhr.

Er hatte seit Tagen über Schwäche und Fieber geklagt. Seine Krankheiten. Die Angst vor Krebs stand ganz oben auf der Liste, und sie war so groß, dass er nicht einmal zum Arzt gehen wollte. Jedes Mal, wenn es ihn irgendwo juckte, sollte ich seine Haut auf Veränderungen untersuchen. Und immer diese Erkältungen. Aber so schlecht wie auf der Mailbox hatte er sich nie zuvor angehört.

Ich rief ihn sofort an, es war kurz vor zehn, und weckte ihn tatsächlich. Sobald er meine Stimme erkannte, begann er zu weinen. Unter Stottern brachte er heraus, dass er mit einem Freund im Konzert gewesen sei und dort einen Schwächeanfall erlitten habe. Herzrasen, Schweißausbruch, schwarz vor Augen.

„War der Arzt schon da?"

„Nej, nej, nej. Ich bin zu schwach. Ich will nur schlafen. Morgen früh muss ich arbeiten."

„Arbeiten?" Ich war außer mir.

„Gute Nacht", sagte er und legte auf. Ich rief gleich wieder an, um ihn zum Arzt zu mahnen, aber die Leitung war tot. Er hatte ausgehängt.

Ich geriet in Panik. Was, wenn es nun wirklich ernst wäre? Niemand in Kjells Bekanntenkreis hatte meine Adresse, sie kannten nicht einmal meinen Namen. Falls ihm etwas zustieße, würde ich es nur erfahren, wenn ich hochfuhr.

Ich jagte den Taxifahrer durch die Stadt. Zu Hause angekommen, suchte ich Flugverbindungen übers Internet. Für den kommenden Morgen war nichts mehr frei. Erst wieder am Abend. Den

Bus hätte ich nehmen können. Aber auch dann wäre ich erst um halb drei in Schweden gewesen. Mit dem Flugzeug nur wenige Stunden später.

Die Nacht der Zigaretten. Whiskey konnte ich nicht mehr trinken; mein Magen war zu angeschlagen. Wein dämpfte meine Aufregung.

Am Morgen rief er mich an und riss mich aus meinem Sofaschlaf. Er hätte seinen Freund Olle angerufen und gebeten, ihn zur Arbeit zu fahren. Er war atemlos, geschafft, verzweifelt.

Wie konnte er nur so wenig auf sich selbst achten?

„Du fährst jetzt nicht in die Kirche! Du wirst Olle bitten, dich zum nächsten Arzt zu fahren!"

„Es ist Sonntag. Da sind die Arztpraxen in Schweden geschlossen."

„Dann eben *in eine Scheiß-Klinik*!"

Ich versuchte immer wieder, Kjell über sein Mobiltelefon zu erreichen, aber immer sprang seine Mobilbox an. Ich hatte bereits so viel geraucht, dass meine Lunge schmerzte. An Essen war nicht zu denken.

Es wurde Abend, bis er dann endlich abnahm. Im Wagen. Auf der Fahrt zurück von der Uniklinik in Lund. Ich hörte das Motorengeräusch im Hintergrund, die Verbindung war schlecht.

Eine Lungenentzündung. Sie hätten es beim Röntgen festgestellt. Tabletten müsse er nehmen. Antibiotika. Es gehe schon besser.

Es war Herbst. Die Sonne immer noch warm, die Nächte mild. Wie kann man bei so einer Wetterlage eine Lungenentzündung bekommen?

Dass ich zu ihm fliegen wollte, wehrte er ab. „Aber wer kocht für dich? Du sollst doch sicher im Bett bleiben. Oder nicht?"

„Olle ist hier. Er versorgt mich gut."

„Muss der nicht morgen arbeiten?"

„Doch. Aber ich komme zurecht."

„Der Flug ist schon gebucht."

Jetzt nach rechts abbiegen und dann noch mal rechts. Ich kann nicht. Ich kann es nicht. An der Ampel trete ich aufs Gas und fahre am Friedhof vorbei.

Soll ich Schweden hinter mir lassen, ohne ans Grab zu gehen?

Ohne zu wissen, dass Kjell auf der schwedischen Seite des Öresunds auf mich wartete, war es noch viel schlimmer, den Terminal zu durchqueren und am Schalter um eine Bahnfahrkarte anzustehen, der direkt neben den Toiletten lag. Während ich wartete, gingen dort Männer ein und aus. Lauter Kjells. Lauter Pjotrs. Ein jeder mit Gleitmittel in der Tasche und nur einem im Kopf.

Wegschauen half nicht.

Obwohl Kjell nicht in Svågertorp wartete, erfüllte mich Hast. Als würde meine bloße Ungeduld den Zug schneller vorantreiben. Die Sundbrücke erlebte ich diesmal in ihrer vollen Länge. Das Wasser glitzerte in der Sonne. Ein paar Segelschiffe waren unterwegs. Klein wie Stecknadelköpfe auf blau-silbern schillerndem Samt.

Svågertorp, Malmö Syd. Dann Malmö Central. Das Warten war schrecklich. Anderthalb Stunden später war ich angekommen. Im Sonnenschein. Die Temperatur um halb zehn am Morgen noch angenehm. Ich nahm den Bus bis zum Marktplatz, schleppte meinen Koffer durch den Bauernmarkt, überquerte die Straße und wanderte Richtung Norden. Dann konnte ich das Haus schon sehen. Meine Füße schmerzten, so angespannt war ich gelaufen.

Zahlencode in den Türöffner eingeben, hinauf in den dritten Stock. Völlig verschwitzt kam ich an.

Kjell stieg gerade aus der Dusche, als ich die Tür aufschloss. Er sah magerer aus; er musste drei Kilo abgenommen haben. Seine Haut war trotz der vielen Sonne grau, seine Augen klein. Er schwitzte, und als ich von der Umarmung aufschaute, sah ich Tränen in seinen Augen.

Tagelang kümmerte ich mich um ihn. Ich holte Medikamente aus der Apotheke, fuhr einkaufen, kochte, half ihm aus dem Bett, in die Kleider und ins Bett zurück. Es gab viel, worüber ich mit ihm reden musste. So konnte es nicht weitergehen. Nicht mit diesen Lügen. Nicht mit meinem Misstrauen. Ich musste schließlich wissen, woran ich war. Aber vorher sollte er erst zu Kräften kommen.

Das Telefon läutete. Ich brachte es Kjell ans Bett und setzte mich dazu. Ich hatte mir vorgenommen, es ihm nicht länger leicht zu machen, mich zu hintergehen. Olle. Kjell hatte mir erzählt, dass Olle ein ehemaliges Sexabenteuer war, das er vor Jahren am Strand kennen gelernt hatte. Nun war er sein engster Freund.

Er rief an, um zu hören, wie es Kjell nun ging.

„Lad ihn zum Essen ein!", flüsterte ich, und Kjell tat es.

Zwei Stunden später war ich mit Kjells Wagen auf dem Weg nach Dösjebro, um Olle abzuholen. Am Abend war es mit den Zügen zu umständlich. Nach neun Monaten der erste Freund von Kjell. Und dann gleich allein.

Olle wartete wie verabredet am Straßenrand gegenüber der Tankstelle. Weil er Kjells Wagen kannte, kam er auf mich zu. Schwarze Sonnenbrille, der Bart eines Hafenarbeiters, Tätowierungen auf den Muskel bepackten Armen, weite, schmutzige Jeans, ausgeleiertes T-Shirt. Achtundzwanzig. Er musste wirklich ein Hafenarbeiter sein. Einer, nach denen Querelle lechzen würde. Männlich, grob, einfältig, einfach. Essen, Bier, Sex. Was hatte Kjell in ihm gesucht? Oder wenn Olle ihm etwas bedeutet hatte, was suchte Kjell dann in mir?

Deutsch sprach Olle nicht, auch kein Italienisch. Aber Englisch. Meins war katastrophal, aber das stellte sich eher als Vorteil heraus, denn so mussten wir uns auf das Wesentliche konzentrieren.

„Ihr kennt euch schon lange, was?"

Im Internet habe er Kjell kennen gelernt, vor nicht ganz einem Jahr. Also nicht am Strand. Und nicht vor vielen Jahren. Wenigstens stimmte überein, dass sie es nach zweimal missglücktem Sex dabei belassen hatten.

„Ich finde es klasse, dass du gekommen bist", sagte er. „Kjell wusste, dass du fliegen würdest, sobald du erfährst, dass er eine Lungenentzündung hat."

„Ach wirklich? Manchmal kann ich gar nicht so genau einschätzen, was ihm an mir liegt."

„Uh ja. Kjell redet in einer Tour von dir. Wie gut du kochst. Wie gut du Auto fährst. Wie intelligent du bist. Er verehrt dich."

Ich kapierte das immer noch nicht. Dabei passte alles so gut zusammen.

Ich briet Scholle, *Rödspätta*. Paniert, mit heißer Butter übergossen, rohen Zwiebeln, Kartoffeln und Brokkoli. Von ihrer Unterhaltung schnappte ich nur Bruchstücke auf. Kjell übersetzte das eine oder andere ins Deutsche, Olle ins Englische. Ich gab mich gelassen, aber ich beobachtete ganz genau. Nichts deutete darauf hin, dass mehr zwischen den beiden war als Freundschaft.

Auf dem Heimweg bedankte ich mich noch einmal bei Olle, dass er Kjell, nachdem der zusammengeklappt war, nach Hause gebracht hatte. Schließlich hatte Olle dann mit dem Zug zurückfahren müssen. Am Sonntagabend war das sicher mit einer langen Wartezeit verbunden gewesen.

„Keine Ursache. Ich bin ja nur froh, dass mir die Zigaretten ausgegangen sind, sonst hätte ich nie in die Kabine reingeschaut."

Kabine? Konzert hatte Kjell gesagt. War Kjell auf der Toilette umgefallen? Ich fieberte nach einer Möglichkeit, Olle auszufragen, ohne ihn misstrauisch zu machen. „Ja, das war echt Glück. Wie hast du ihn da nur rausgekriegt?"

„Nicht einfach bei seinem Gewicht. Die Gänge in dem Pornokino sind verdammt eng."

Die Antibiotika schlugen an. Kjells Zustand stabilisierte sich. Aber die Medikamente produzierten Nebenwirkungen. Die Haut juckte, sein Urin trübte sich ein, er hatte Magenschmerzen und wurde zunehmend geruchsempfindlicher. Gut ging es ihm wahrlich nicht. Aber ich konnte nicht länger warten.

„Kjell. Ich verstehe jetzt, dass du dich schämst. Für Dinge, für die man sich nicht schämen sollte. Und deshalb sprichst du nicht darüber. Schlecht fühlst du dich trotzdem. Das schafft Distanz zwischen uns. Die macht mich unsicher. Ich stelle Fragen, bohre nach, du ziehst dich noch weiter zurück. Das ist ein Teufelskreis. Wir kommen da nur raus, wenn wir ehrlich miteinander reden."

„Du bedeutest mir alles", antwortete er und ließ seine Hand kraftlos auf meinen Unterarm sinken.

„Nein, nein, Kjell. Das reicht nicht mehr. Jetzt musst du die Karten auf den Tisch legen. Alle!" Ich stand auf, ging zu seinem Schreibtisch hinüber und schaltete den Computer an. Dann wählte ich das erste Portal an.

„Nickname! Passwort!" Ich kannte sie, aber ich wollte, dass er sie mir sagte. Er zögerte nur kurz, dann wälzte er sich aus dem Bett und setzte sich neben mich und gab die Worte ein.

Er übersetzte mir den Text, mit dem er für sich warb, und erklärte das Beziehungsgesuch damit, dass er die Seiten eingerichtet hatte, bevor wir uns kennen gelernt hatten. Er habe schon vergessen, dass das da noch stand. Und es sei natürlich unsinnig. Ich könne das löschen.

Dann las er mir die beiden Briefe vor, die ich schon kannte. *Sven23* hatte ihm vorgeschlagen, ihn Montagnachmittag besuchen zu kommen. Gemeint war der Montag vor meiner Ankunft, und in dieser Zeit war Kjells Telefon seltsamerweise drei Stunden lang tot gewesen. Erklärt hatte er mir das mit einem Gewitter, was wohl die Leitungen lahm gelegt haben musste. So oder so kannte er keinen *Sven23*.

Sugaphon entschuldigte sich in der Mail, es Freitag nicht mehr geschafft zu haben. Aber der Samstagabend würde ihm gut passen.

„Hier schreibt man solche Dinge. Das bedeutet gar nichts."

Verbalverkehr hatte ich selbst oft genug betrieben oder war Teil davon geworden. Mit Unbekannten, die ich dann nie zu Gesicht bekam. Andere Verabredungen hatten durchaus zum Ziel geführt. Zumindest manchmal.

Ich suchte Beweise, die nicht zu finden waren. Selbst wenn ich hätte nachforschen können, ob er diese Männer kannte, ob er Sex mit ihnen hatte, einmal, fünfmal, täglich, was hätte das ausgesagt? Dass er log? Aber das wusste ich doch schon. Es konnte

Scham sein, wie er behauptete, und er konnte mich benutzen. Die Antwort darauf würde er mir nie geben. Keiner meiner Freunde konnte das. Ich hatte nur die Wahl, ihm zu vertrauen oder es sein zu lassen. Vertrauen war die einzige Lösung. Vertrauen in mich selbst. Vertrauen in ihn. Aber genau das konnte ich nicht.

Als mir das klar wurde, als mir klar wurde, dass ich mich immer wieder und immer nur im Kreis drehte, ließ ich erschöpft den Kopf auf den Tisch sinken.

Kjell nahm mich in den Arm und zog mich ins Bett. Es fühlte sich so gut an, an seiner Brust zu liegen. So richtig. Da war etwas Größeres, nicht Fassbares zwischen uns. Ich konnte die Beziehung nicht aufgeben. Uns nicht. Ich durfte es nicht. Kjell war eine Chance. Ich hab das gespürt. Ich habe es tief innen gewusst. Auch wenn ich das Warum und Wie noch nicht verstand.

Und da, als ich aufgegeben, als ich eingesehen hatte, dass dieses Spiel durch Fragen und Antworten, durch Schnüffeln und Bespitzeln, durch Misstrauen und Zorn nicht zu gewinnen war, begann er zu reden. Von Olle und Yngve. Von Anders, Lars, Pelle und Gunnar. Von Yxlyan, Thorgny, Krister und Max. Der eine stotterte, der andere war Installateur, der dritte verheiratet. Krister lebte mit einer Lesbe zusammen, Thorgny verdingte sich als Stricher, hätte von Kjell aber nie Geld verlangt. Der Polizist ließ sich gern von hinten nehmen, während er seine eigene Waffe anguckte. Yxlyan sprach kein Wort Schwedisch, und dann war noch die Geschichte mit dem Spanier unten am Hafen. Pelle hatte zwei Pferde. Zwergponys, die er über alles liebte, und Sigbjörn litt unter epileptischen Anfällen, weswegen er seit Jahren keine Arbeit mehr annehmen konnte.

Kjell redete, wie es schien, Stunden, und es war kein Ende in Sicht. Er sprach ruhig, ohne Übertreibung, detailliert, ohne pornographisch zu werden. Als wäre das sein Leben.

Auf eine Art war ich fasziniert. So ein großer Zirkel von Sexbuddys. Als Fünfundsechzigjähriger. Dabei hätte mich das am wenigsten überraschen sollen, fühlte ich mich doch selbst von ihm angezogen.

Eine Spur von Stolz mischte sich unter meine Zuneigung für ihn. Und ein klein bisschen Neid war auch dabei. Kjell hatte sich das geschaffen, was ich mir in beziehungslosen Phasen immer versucht hatte, aufzubauen. Sexbuddys schützten vor Ansprüchen. Gleichzeitig war man immer versorgt. Wenn man keine Lust auf die Jagd verspürte, würde schon einer Zeit haben.

Funktioniert hatte das bei mir nie. Vielleicht weil das Angebot in Berlin zu groß ist. Die einen gaben sich schnell zu vertraut. Allein so ein Anruf: „Hi, René, was machen wir heute Abend?" Wir? Dieses implizite „Du musst von nun an dein Leben mit mir absprechen!" Die anderen verhielten sich bei mir, als wären sie zu Hause. Zappten nach dem Sex durch die Kanäle im Fernsehen, legten die Musik auf, die ihnen gefiel, gingen an den Kühlschrank. Wieder andere begannen in Babysprache mit mir zu sprechen. Machten mich zu ihrer Mutter, wo wir noch nicht mal Freunde geworden waren.

Auch ich selbst hatte bei dem einen oder anderen das Bedürfnis nach mehr Nähe verspürt. Und bin abgeblitzt. Weil er schon eine Beziehung hatte. Oder ein Spruchband über dem Bett hängen hatte: *Ich bin zu jung für die Monogamie*. Es war nicht leicht, Männer zu finden, die genau die Lücke füllten. Kjell hatte das offensichtlich geschafft.

Aber je länger seine Aufzählung dauerte, desto mehr wurde ich an dieses Bild erinnert: Männer. Nackt. An Haken. Im Schlachthaus. Die Augen verdreht. Die Körper ausgeweidet. Blut.

„Wir sind doch Jäger", hörte ich Tims Stimme. „Wir können gar nicht monogam sein." Leben wir denn immer noch in der Steinzeit?

Ich setzte mich auf und schaute auf Kjell hinab, dessen Augen vor Müdigkeit inzwischen ganz klein waren. „Und jetzt sag mir, was du von mir willst?"

Er stemmte sich hoch. Es strengte ihn sichtlich an, aber er wendete alle Kraft auf, um auf dieselbe Höhe mit mir zu kommen. „Ich will das nicht mehr, verstehst du das nicht? Ich will dich. Ich will mit dir zusammensein."

„Aber das schaffst du doch offensichtlich nicht. Genauso wenig wie du es schaffst, ohne Süßigkeiten auszukommen."

Er wendete sich beschämt ab und schüttelte den Kopf. „Glaubst du denn, dass mir das Spaß macht? Sie kommen hier rein und ziehen sich aus. Das ist so erotisch wie beim Arzt. Ich kann ihnen beim Sex nicht mal in die Augen schauen. Und dann sitzen sie in meiner Küche, trinken Kaffee und reden. Von ihren Frauen. Von ihren Problemen. Von ... ich weiß nicht was. Alles Zeug, was mich keinen Furz interessiert."

Es machte mich still. Routine, natürlich. Daran hatte ich nie gedacht. Die stellt sich selbst zwischen Sexbuddys ein. „Warum tust du es dann?"

„Ich weiß nicht." Er ließ den Kopf hängen. Er schüttelte ihn in Abständen. Kraftlos. „Ich brauche das. Das ist meine Freiheit."

„Freiheit nennst du, etwas zu tun, was du nicht gerne tust?"

„Es gibt mir das Gefühl, jung zu sein. Sie lieben mich."

Kjell wollte raus. Nach einer Woche Bettruhe hielt er es zu Hause nicht mehr aus. Er musste sich bewegen.

Wir machten einen Ausflug nach Helsingborg. Aßen Eis. Schauten nach einem Paar Schuhe. Vor der Auslage eines Juweliers blieb er stehen und studierte Eheringe. Mir pochten die Halsschlagadern. Dass Ringe nichts bewiesen, wusste ich, aber natürlich hätte ich mir trotzdem einen anstecken lassen. Das wollte ich jedoch auf keinen Fall zeigen, so konzentrierte ich mich auf die Auslage des kleinen Afrikashops daneben. Holzschnitzereien, Räucherstäbchen, bunte Stoffe. Nichts, was mich interessierte.

Oben im Park vor dem Kärnan, dem alten Turm, der die Stadt überragt, hielt ich es dann nicht mehr aus. „Warum hast du in die Auslage des Juweliers geguckt?"

„Weil mich Schmuck interessiert."

„Eheringe?"

Bevor er etwas darauf erwidern konnte, sirrte sein Mobiltelefon. SMS. Ich zuckte. Dieses Geräusch ließ mich noch immer erschaudern. Kjell fingerte seine Brille aus der Jackentasche.

Noch bevor er sie aufsetzen konnte, sirrte es wieder. Und noch einmal.

Kjell hatte sichtlich Mühen, auf die SMS-Funktion seines Mobiltelefons zuzugreifen. Wieder dieses Sirren. Dieses nervenaufreibende Sirren. Ich hätte das Handy am liebsten über die hohe Mauer in die Stadt hinuntergeworfen.

„Werbung", sagte er und nahm die Brille ab, aber das Sirren ging weiter.

„Du musst die SMS löschen, es warten weitere auf dich."

Er schaute mich fragend an, offensichtlich wusste er nicht, wovon ich sprach. Da nahm ich es ihm aus der Hand.

Es war tatsächlich Werbung. Ich löschte sie. Die vorhergehende war von mir. Löschen. Noch eine von mir. Löschen. Sirren. Eine neue. Zu diesem Zeitpunkt hätte ich das Handy zurückgeben sollen. Aber ich tat es nicht.

Kjell musterte mich. Ich musterte ihn. Vertrauen oder sein lassen? Das war die Wahl. Ich entschied mich für Vertrauen und gab ihm das Telefon zurück.

Er las. Sirren.

„Anders aus Lund", sagte Kjell. Den Namen kannte ich. Der Eintrag im Kalender: *Geburtstag Anders*. Welche der vielen Geschichten seine war, daran konnte ich mich allerdings nicht erinnern.

„Was will er?"

„Ach, so ein schlechter Mensch. Er hat eine neue Freundin und möchte, dass ich Sex mit ihm habe, während sie dabei zuschaut."

Ich schluckte. Nicht, dass mir die Vorstellung fremd war. Dreier hatte ich in verschiedenen Konstellationen selbst genossen. Mit meinem Liebhaber, Marcus, damals und dem Skin aus dem Park. Oder mit dem österreichischen Pärchen, das zum CSD nach Berlin gekommen war. Nie hatte ich das befremdlich gefunden. Aber mit einer Frau? Dass Kjell Show-Sex veranstalten sollte, erschreckte mich. Dass er es vermutlich schon getan hatte, noch mehr.

„Wirst du mitmachen?", fragte ich, einen ganzen Schwarm von Gefühlen im Gefolge der Worte. Angst. Hoffnung. Ohnmacht.

Kjell winkte ab. „Ich weiß nicht, wie er auf die Idee kommt, mir zu schreiben. Wie kann er nur annehmen, dass ich so etwas Schlechtes tun würde?"

War es wirklich so abwegig, Kjell dazu einzuladen? Ich hätte ihm das sehr wohl zugetraut.

Wir gingen hinunter durch die Fußgängerzone. Kjell war still und in sich gekehrt. Oder war das nur meine Wahrnehmung, weil ich die Szene noch so bildhaft vor Augen hatte? Kjell von links hinten im Halbprofil gefilmt. Der Mann nackt auf allen Vieren vor ihm, den Kopf gehoben, damit er seiner Freundin, die angezogen auf einem Stuhl sitzt, in die Augen schauen kann und die Erniedrigung genießen. Kjell als Werkzeug, benutzt von einem fremden Paar. Das sich hinterher über ihn unterhalten wird. Mit dem er nichts zu tun hatte. Das schon am nächsten Tag einen anderen suchen würde und Kjell vergessen hat. Während er vermutlich annahm, dass sie ihn dafür liebten. Als ob er ihnen deswegen auch nur einen Pups bedeutete.

Als wir nach Hause kamen, hatte Anders auch auf den Anrufbeantworter gesprochen. Die Nachricht dauerte fast zehn Minuten, und obwohl ich kaum verstand, was er sagte, spürte ich die Glut in seinen Worten, die Geilheit, mit der er Kjell-Åke zu locken suchte.

„Warum schaltest du nicht ab?", platzte es aus mir heraus. Viel zu scharf. Viel zu barsch.

Kjell schien mich nicht zu hören. Tief versunken stand er da. Da drückte ich auf den Knopf.

Nun schaute er auf. Sein Blick so verändert. Seltsam. Unbekannt. Dann ging er an mir vorbei aus dem Zimmer. Ich folgte ihm. Das war der Moment. Jetzt musste Klarheit her. „Was ist mit dir los?", fragte ich.

„Nichts." Er setzte sich ans Klavier und begann zu spielen.

„Spiel jetzt nicht! Hör mir zu! Sag mir, was mit dir los ist! Seit den SMS bist du so seltsam."

„Ich? *Du* bist seltsam."

Dass er nicht mit mir sprach, machte mich nur noch wütender. „Du willst das doch. Du willst doch hinfahren und es mit den beiden treiben. Ich bin dir nur im Weg, nicht wahr?"

„Du glaubst doch nicht, dass ich so etwas tue?“ Er stand auf und ging weg. Ich hielt ihn am Arm fest. Fast hätte ich ihm eine gescheuert.

„Bist du verrückt geworden?“ Er entriss sich mir und flüchtete.

„Ich?“, schrie ich. „Ich, verrückt? Du bist krank …“ Und dann veranstaltete mein Zorn einen Kehraus. Alle Verletzungen und Enttäuschungen der letzten Monate ergossen sich in einem einzigen spuckenden Strom von Vorwürfen über einen Kjell, der immer kleiner wurde. Erst als er die Schlafzimmertür hinter sich zuschlug, sank ich völlig erschöpft auf das Sofa. Ich war am Ende. Emotional. Mein Kopf leer. Mein Körper schwirrte wie ein Bienenstock.

Wie viel Zeit verging, bis er wiederkam, weiß ich nicht mehr, ebenso wenig, welche Worte er benutzte. Aber er gab mir Recht. Er sei ein schlechter Mensch, und er hätte keinen Freund wie mich verdient. Deshalb sollte ich jetzt packen und gehen. Er schmiss mich raus. Nicht nur aus seiner Wohnung, sondern aus seinem Leben.

Ich erstarrte. Ich konnte nicht glauben, was geschah. Nach allem, was ich für ihn getan hatte, schickte er mich nun weg.

„Vielleicht können wir Freunde bleiben.“ Der berühmte Satz. Diesmal von ihm. „Du bist der beste Mensch, der mir je begegnet ist.“

Es machte mir Angst, dass er so erschreckend gelassen klang. Gefasst. Ruhig. Erregung, Wut oder Übertreibung wären ein Hinweis auf Unsicherheit gewesen. Auf Überreaktion. So klang seine Entscheidung unumstößlich. Betoniert.

„Ich sehe an deinen Augen, dass wir das nicht können“, schlussfolgerte er aus meiner Sprachlosigkeit. Dann stand er auf, holte sein Portemonnaie von der Garderobe und blätterte fünfzehn 100-Kronen-Scheine auf den Tisch. „Für den Flug!“

Ich schob das Geld mit einem Ruck von mir. Seit dem ersten Betrug, als ich ihn anschrie, er solle nicht immer für alles bezahlen, weil ich nicht sein Strichjunge sei, hatte ich mir gewünscht, dass er mal wieder bezahlte. Es hatte etwas Heimeliges gehabt, wenn er seine Börse öffnete und Geld herausnahm. Und wenn es nur zwanzig Kronen für Eiskrem waren.

Nun wollte er mein Rückflugticket bezahlen. Damit ich aus seinem Leben verschwand. Für immer.

Ich war abwechselnd fünf Menschen. Der eine schlug mit den Türen und packte in Windeseile seine Sachen.

Der andere war von Kjell fasziniert. Natürlich. Das war ich immer gewesen. Diesmal von der Klarheit. Weil er einen Schlussstrich zog, den ich nicht ziehen konnte. Nicht mal mit Ben hatte ich das geschafft. Hatte mich immer wieder eingelassen, obwohl mich die Überzeugung längst eingeholt hatte, dass es keinen Weg mehr zueinander gab. Hatte seinem Betteln nachgegeben, diskutiert, wo es keine neuen Argumente mehr gab. Geliebt, obwohl die Lust schon längst begraben war. Entschuldigt, was nicht zu entschuldigen ist: Vorwürfe, Beschimpfungen, körperliche Angriffe. So war Kjell nicht. Er war nicht kraftlos. Nicht feige.

Der dritte René lief Kjell, der vor ihm flüchtete, hinterher. Suchte das Gespräch. Wollte verstehen. Flehte, weinte sogar.

Der vierte René war erleichtert. Dieses Hin und Her hatte mich entwurzelt. Weniger zwischen Schweden und Berlin als zwischen dem „Ich liebe nur dich" und dem Gefühl, belogen zu werden. Zudem wurde ich mit dem Abschied das Damoklesschwert los, einen alternden Lebensgefährten versorgen zu müssen.

Und über all dem schwebte ein fünfter René, der aus großem Abstand auf mich herunterschaute, auf uns, auf die Szene. Dem vor lauter Kopfschütteln schwindelig wurde.

Als alles gepackt war, nahm ich die Fotos von dem Notenständer, der im Flur zum Wohnzimmer stand. Die wichtigsten Menschen in seinem Leben. Ein Porträt von seiner Mutter. Sepiafarben. Leichter Silberblick. Das Haar hochgesteckt. In den Augen noch die Zuversicht einer nicht einmal Dreißigjährigen, die das Leben noch vor sich glaubt, die keine Ahnung davon hat, was sie alles erwartet, deren Zukunft aber schon geschrieben war.

Später, als ich erfuhr, dass sich ihre Hoffnungen nicht erfüllten, konnte ich das seltsamerweise sehen. In den abfallenden Zügen der Augenbrauen, in dem spitzen Zulaufen der Mundwinkel. Als ob sie schon gewusst hätte, dass es nicht gut ausgehen wird. Nicht für sie, nicht für ihren Mann, nicht für ihren Sohn.

Und die Fotos von der Opernsängerin Birgit Nilsson lagen dort. Zeigten Kjell, der ihre Hand schüttelte, wie sie ihre Wange an die seine drückte, das Gesicht halb von einem Blumenstrauß verdeckt. Und ein ganzer Stapel von Söhnschen René lag dort. Nackt am Strand, die Füße im Sand, den Wald dahinter. Dazwischen ein Mann. Unscharf. Mit neugierigem Blick auf die Szene, der Alte fotografiert den Jungen. Seine Augen auf meine Genitalien gerichtet. René vor dem Berliner Dom. René beim Eis essen. René auf dem Balkon mit den Fingern in Blumenerde.

Als ich die Fotos in die Hand nahm, schoss Kjell aus der Küche.

„Die von mir nehm ich mit", sagte ich kurz. Trocken. Bitter. „Die landen doch sonst nur im Müll. Dafür bin ich mir zu schade."

Kjells Augen wurden weit. Ein Anflug von Zorn. Oder Panik? Dann schnappte er nach Luft. „Nein. Nein! Lass sie mir!" Vorsichtig, aber bestimmt nahm er mir die Fotos aus der Hand. Als wären es Vögel. Zart. Zerbrechlich. „Es ist das einzige, was mir von dir bleibt."

Einsicht? Umkehr? Ja, ich hoffte immer noch. Diese Stimme, die sagte, dass es so nicht enden konnte, war noch nicht verstummt. Auch wenn ich sie nicht kannte. Nicht wusste, ob sie Teufel oder Engel war. Ob ich ihr glaubte, weil sie Wahrheit sprach, oder ich sie nur zur Wahrheit machte.

„Was willst du eigentlich?", fragte ich. „Ich dachte, du willst mich loswerden?"

Ich konnte nicht verstehen, wie man lieben, aber zu einer Beziehung nicht fähig sein kann. Wie man die Liebe in einer Traumwelt hegen und nähren, sie aber nicht leben kann. Wie man von der Liebe träumen kann, ohne sie zu fühlen.

Ein Wort würde mich das später verstehen lassen. Ein Schlüsselwort, das alle Puzzlestücke meines Lebens zu einem Bild formte. Sieben Buchstaben, die mich nicht nur verstehen machten, sondern alles veränderten, was ich bisher über die Liebe wusste. Aber dafür musste ich noch ein ganzes Jahr lang warten.

„Ich schicke dich weg, weil ich dich liebe“, sagte Kjell. Dann drückte er die Fotos an seine Brust, ging ins Schlafzimmer und schlug die Tür hinter sich zu.

Ich schicke dich weg, weil ich dich liebe. Was für ein Satz. So paradox. Und doch nichts als pure Weisheit.

Mit dem Zug zum Flughafen Kastrup. Vielleicht würde ich diese Strecke wirklich zum letzten Mal fahren, dachte ich und versuchte daher, sie genau wahrzunehmen. Neues in der Landschaft zu entdecken. Erinnern. Festhalten, was schön gewesen war. Später würde ich nie wieder nach Schweden fahren können. So wie ich nie wieder nach Italien gefahren bin. Aber so sehr ich durch die Scheibe nach draußen blickte, ich sah nicht die Weiden, die Städte, die Bahnhöfe, den Sund. Kein Lund, kein Malmö, kein Svågertorp. Nur Bilder von mir, von uns, von Kjell-Åke. Und immer wieder den Abschied, den letzten.

Kjell hatte mich trotz allem zum Bahnhof gefahren. Sogar zum Zug gebracht. Wieder meine diesmal sehr schwere Reisetasche getragen, weil ich alles gepackt hatte, was von mir in den letzten Monaten dort geblieben war. Er trug sie, wie er immer alles getragen hatte. Als wäre dieser schwarze Sonnentag ein Tag wie alle anderen gewesen.

Ich konzentrierte mich auf den Boden unter meinen Füßen und atmete tiefer als sonst. Von der Tankstelle wehte Benzingeruch herüber, ein Hauch von Gummi legte sich an meine Nasenwände und mochte nicht mehr schwinden.

Während Kjell mein Ticket löste, starrte ich ihn an, in der festen Überzeugung, dass ich an diesem Bild nur das Richtige entdecken müsste, um die Unwirklichkeit zu entlarven. Die Geldbörse zitterte. Seine Hand zitterte. Ich schaute auf, unsere Blicke trafen sich. Schrecken in seinen Augen. Es war nicht mehr mein Problem.

„Ein Foto von deinen Händen“, sagte ich. Seine warmen, in ihrer Grobmotorik so liebevollen Hände, die nun zitterten. Wie bei einem Greis, der die Anfänge von Parkinson zeigt. Die rechte mit dem gekrümmten Zeigefinger, dem Knoten am letzten Gelenk. Rheumatisch steif und doch so zärtlich. Ich würde sie vergessen. So wie man alles vergisst. Der Gedanke war mir unerträglich. „Ich habe deine Hände nie fotografiert."

Kjell schüttelte den Kopf. Ich zog die Kamera hervor und setzte mich auf eine Bank, legte seine Hände auf meinen Schenkel und drückte ab. Einmal, zweimal, dreimal. Um sicher zu gehen. Er wehrte sich nicht.

Als ich aufschaute, weinte er wieder. Ich hatte keine Tränen. Dann stand er auf und ging. Wortlos. Nicht mal ein Lebwohl. Ich schaute hinter ihm her. Die Jeansjacke. Die Jeans. Die Turnschuhe. Keine Spur der Erleichterung. Ich wollte ihn immer noch.

Im Flughafen von Kopenhagen setzte ich mich in die Lounge. Vier Stunden bis zum Abflug. Den Blick auf das Rollfeld, eingeschlossen in schallgeschütztes Glas hörte ich nur ab und zu das aufgeregte Rascheln einer Zeitung, spürte das Beben, wenn eine Maschine mit voller Schubkraft die Startbahn hinunterbrauste. Die Stille. So allein.

Im Schneesturm meiner Gefühle setzten sich die Erinnerungen zu ganz neuen Mustern zusammen. So dreist, wie Kjell mich auf Gran Canaria angesprochen hatte. Der erste Kontakt ein Griff in den Schritt. Angetrunken war er. Zwei Flaschen Whiskey in einer Woche. Der Sex zügellos. Nimmersatt. Fordernd, vereinnahmend. Und die Lügen. Verschweigen, dass er betete. So eine Kleinigkeit. So scheinbar unwichtig. Gefallen wollte er mir. Er hatte mir nur gezeigt, wovon er glaubte, dass es meine Zustimmung hervorrufen würde. Treue hatte er mir vorgespielt. Weil er annahm, dass ich sie forderte. Und weiter gewildert.

Und nun die SMS. Ihr Sog so stark, dass Kjell dafür opferte. Eine Beziehung. Einen Menschen, zu dem er oft gesagt hatte: „Du hast mir die Tür zu einer neuen Welt geöffnet." Und manchmal: „Vor dir wusste ich nicht, was Leben wirklich bedeutet." Und einmal: „Du gibst mir so viel. Keine Lügen, keine Illusionen. Du bist mein Messias."

Ich hatte es als Dramatik abgetan, bestenfalls als romantisch eingestuft. Dass er mir Komplimente machen wollte. Was, wenn das für ihn wirklich wahr wäre? Wenn ich, der alles andere als ein Messias war, tatsächlich ihm als ein solcher erschien? Was sagte das über die Menschen, mit denen er vor mir zu tun hatte? Was sagte das über sein Leben? Über ihn?

Kjell hatte auch gesagt: „Es gibt Kräfte, die sind stärker als die Liebe." Ich hatte gedacht, er spräche vom Tod. Was anderes konnte ich mir nicht vorstellen.

Seine Hast, wenn das Telefon läutete. Jeder Anruf so wichtig. Sex, um das Alter zu verdrängen. Sex zur Selbstbestätigung. Sex, um akzeptiert zu werden. Sex, um in dieser Welt zurechtzukommen. Das waren die stärkeren Kräfte. Sex war zu einem Überlebensmechanismus für ihn geworden.

„Du hast es doch nicht für Geld getan." Der Therapeut kam mir wieder in den Sinn. „Für einen Jugendlichen gibt es viele Wege, an Geld heranzukommen. Und wenn es Stehlen ist. Warum hast du deinen Körper hergegeben?"

„Ich hab mich so verloren. Warum bist du mir nicht vor zwanzig Jahren begegnet?", hatte Kjell gefragt.

Ich begann zu ahnen, warum die Hauptfigur Thomas nach der Nacht mit Håkan sagte: „Wer weiß, was mir damit alles erspart geblieben ist."

Erleichterung hätte sich einstellen sollen, aber ich war nur traurig. Dass ich ein Anker für Kjell war, hatte ich verstanden. Ein Rettungsring für einen, der so weit abgetrieben war, dass er die Hoffnung, je wieder festen Boden unter die Füße zu bekommen, aufgegeben hatte. Aber noch immer hatte ich nicht verstanden, was Thomas an Håkan findet.

Ich versuchte, mein Leben wieder aufzunehmen. Einkaufen im Naturkostladen. Mich mit Bergen von leckeren Nahrungsmitteln verwöhnen, meine Sinne, meine Gedanken, meine Gefühle wieder nach Berlin zurücklocken. Ich ging ins Sportstudio, um bekannte Gesichter zu sehen, Fitnesstalk zu führen, aber es drängten sich immer nur all die schlechten Worte über Kjell auf meine Lippen.

Ich dachte daran, Tim anzurufen. Und Sophie natürlich. Und all die anderen. Aber sie fühlten sich so weit weg an. Als wären sie keine Freunde. Nur Erinnerungen.

Wo war mein Leben geblieben, meine Freunde, ich?

Vom Verlag hatte ich ein Schreiben erhalten. Zweitausend Euro Abzug vom Übersetzungs-Honorar, weil sie die Überarbeitung einem anderen übertragen mussten. Keine persönliche Anmerkung der Lektorin. Mein Leben war dabei, auseinander zu fallen. Aber es berührte mich nicht. Und es berührte mich nicht mal, dass es mich nicht berührte.

Ich wollte einfach nur wieder ein Leben haben. Meins. Zwei Tage versuchte ich, wieder zu mir finden. Aber ich kam mir vor wie eines dieser Lebewesen, von denen Sophie gesprochen hatte, als wir noch Kinder waren. Die auf der Erde leben, aber in einer anderen Geschwindigkeit, so dass sie nicht wahrgenommen werden, keinen Kontakt mit den Menschen aufnehmen können.

Zwei Tage in einer fremden Welt, da rief Kjell zum ersten Mal an. Nachts, um halb zwölf, ich sah seine Nummer auf dem Display.

Mein Herz schlug schneller, aber ich konnte nicht abnehmen.

„Das Leben ist so leer ohne dich“, hinterließ er auf meiner Mailbox. „Du bist alles, was ich hatte. Verzeih mir!“

Da war das Leben dann – ich spürte es in jeder Zelle. Pulsierend. Frisch. Leicht. Aber ich beherrschte mich und rief ihn nicht zurück. Ich wollte nicht einfach so weitermachen. Ich wollte eine kluge, kühle Entscheidung treffen und begann daher, die Für und Wider dieser Beziehung abzuwägen.

Einmal war das Ja in mir so stark, dass ich am liebsten sofort einen Flug gebucht hätte. Dann wieder sah ich diesen unüberwindbaren Berg von Problemen zwischen uns: mit einem Mann zu leben, der ständig anderen hinterherjagte, der sich bei jeder SMS von mir abwendete, der mir nicht die Wahrheit sagen konnte, das hielt ich nicht aus. Nein.

Nach vielen Stunden des Abwägens und einem Gedankenschweren Kopf beschloss ich, ihm zu mailen. Damit er las, dass ich ihm nicht böse war. Denn das war ich wirklich nicht. Und diese Last von ihm zu nehmen. Und als ich mich am Morgen an den Computer setzte, fand ich eine Mail von ihm: *Ich vermisse dich so. Dein „„„„„*

Von acht Uhr morgens. Hatte er etwa die ganze Nacht gechattet? Im Nu war ich auf seinem Profil, sah, dass er nicht online war, loggte mich ein und fand einen Chat zwischen ihm und *Sugaphon*.

Kommst du wirklich?, hatte Kjell um Viertel nach elf in der Nacht zuvor geschrieben.

Klar, lautete die Antwort. *Geduscht habe ich schon. Nun rasiere ich mir nur noch die Rosette, dann trink ich viiiiiiel Wasser. Du weißt schon, wofür ...*

Wie lange wirst du noch brauchen?

Bin so gegen Viertel vor zwölf bei dir. Stimmt der Zahlencode noch?

Sugaphon. Erst ein paar Wochen zuvor hatte Kjell geleugnet, die Person zu kennen, die sich hinter dem Profilnamen verbarg.

Nichts davon war neu. Trotzdem wollte es mir einfach nicht in den Kopf.

Vermisst du mich auch, wenn du Sex mit anderen hast?, schrieb ich Kjell und hängte eine Kopie des nächtlichen Chats mit an, um uns weitere Lügen zu ersparen. Dann legte ich mich wieder ins Bett. Ich fühlte mich so unendlich schwach.

Kjell rief nicht mehr an. Er schickte nicht einmal eine Mail.

Aber Tim. Schon die zweite. *He, hast du deine Tage? Warum antwortest du nicht? Wann kommst du aus Schweden zurück? Ich vermisse dich!*

Es war, als schriebe mir ein Fremder. Ich antwortete nicht.

Sophie hatte versucht, mich mobil zu erreichen. Ich hörte ihre Nachricht nicht ab. Ich fühlte mich schwächer und schwächer. Dabei lag ich ohnehin nur im Bett. Dämmerte vor mich hin. Von Schlaf konnte keine Rede sein. Appetit hatte ich längst keinen mehr. Für jedes Glas Wasser, das ich trank, pinkelte ich einen Liter aus. Dann kam das Fieber.

Irgendwann zerschnitt das Klingeln des Telefons diesen Zustand. Ich nahm ab. Tim. „Teuerste, das wird dich mehr als eine Totes-Meer-Maske kosten. Ich fühle mich total vernachlässigt."

„Ich hab Fieber", brachte ich mit Müh' und Not heraus, meine Zunge klebte beim Reden am Gaumen. Jede Bewegung kostete eine ungeheure Anstrengung.

„Du hörst dich ja grauenhaft an. Warum rufst du nicht deine Hausärztin und engste Vertraute an? Ich werde sofort den Hubschrauber auftanken lassen."

Ich brannte. Mein Leib glühte. Aber es fühlte sich gut an. Wie Fegefeuer.

„Klingt nach Reinigung", sagte Sophie, die keine fünf Minuten nach Tim anrief. Er muss sie alarmiert haben. „Ist was Schlimmes passiert?"

„Nein, alles bestens."

„Was ist mit Kjell und dir?"

„Ich sagte doch, alles bestens. Schatz, ich muss auflegen." Dann ließ ich den Hörer sinken.

Als Tim eine Stunde später vor meiner Tür stand, musste er Sturm läuten, bis ich ihn hörte. Ich schaffte es noch, ihm zu öffnen; was danach passierte, daran erinnere ich mich nicht mehr.

5.

lida [ˈliːda] leiden
lita [ˈliːta]: ~ *på ngn* jmd trauen, sich auf jdn verlassen

Meine Leberwerte waren dramatisch hoch.

Tim hatte mich ins Bett geschleppt und mir literweise Wasser eingeflößt, weil ich völlig ausgetrocknet war. Mir Paracetamol gegeben, um das Fieber, 39 Grad, zu senken, und Blut abgenommen.

„Hepatitis?“ Ich war von den Socken, als Tim mit dem Ergebnis anrief.

Daraufhin erklärte er mir Übertragungswege und Symptome *en détail*: Hautjucken, brauner Urin, Geruchsempfindlichkeit, Appetitlosigkeit, Nachtschweiß. Kjell hatte diese Symptome während der Lungenentzündung gezeigt. Ich musste mich bei ihm angesteckt haben. Bei ihm wurde die Hepatitis wohl von der Lungenentzündung kaschiert. Vielleicht bekam er die Lungenentzündung nur aufgrund des geschwächten Immunsystems.

Wie sagte er noch am Tage, bevor er mich rausgeschmissen hatte? „Du fragst, ob ich dich liebe? Würde ich meine Zunge bei dir reinstecken, wenn ich dich nicht lieben würde?“

Seine Zunge musste auch anderswo gewesen sein, sonst hätte er sich nicht anstecken können. Und diese Vorstellung verletzte mich mehr als die Tatsache, dass er mich angesteckt hatte.

Blind vor Wut schrieb ich Kjell, was er angerichtet hatte. Es war mir egal, ob er sich schlecht und schuldig fühlte. Im Gegenteil.

Mein Fieber stieg. Ich trank. Ich schlief. Ich trank. Tim kam so oft er konnte, wechselte Bettwäsche und Schlafanzug, half mir beim Duschen.

„Glaub bloß nicht, dass ich das aus Freundschaft tue. Ich tue nur meine ärztliche Pflicht. Das wird eine saftige Rechnung, Liebes."

Sophie kochte mir Gemüse ohne Fett. Und erzählte mir von ihrer neuesten Entdeckung. Einem japanischen Forscher, der Wasser unterschiedlichen Reizen ausgesetzt – Musik, Worten, Sprache –, es gefroren und die Kristalle fotografiert hatte. Ob Beethoven, Händel oder Mozart ob *Danke*, *Liebe* oder *Idiot,* immer bildete das Wasser andere Kristalle aus. Schöne, hässliche, erschreckende, verstörte, perfekte.

„Das Wasser speichert gute wie schlechte Informationen", sagte Sophie. „Wenn du dir nun vorstellst, dass der menschliche Körper zu zwei Dritteln aus Wasser besteht ..."

Ich war zu schwach, um eine tiefschürfende Diskussion darüber zu führen. „Erfahrungen werden im Körper gespeichert. Das wissen Therapeuten doch schon seit langem", sagte ich und zog die Decke hoch über die Brust.

„Aber ihre Behandlungsmethoden sind nur mittelmäßig erfolgreich. Indem man den alten Käse wiederkäut, festigt man nur die negativen Strukturen."

„Was ist die Alternative?"

„Sich positiven Reizen aussetzen. Sich mit liebevollen, positiv denkenden und handelnden Menschen umgeben. Mit Blumen. Mit Schönheit, Kunst, Natur. Verstehst du nicht, wie bahnbrechend diese Information ist?"

Nein, da verstand ich es noch nicht. Aber später, als ich Kjell wirklich kennen lernte und die Zusammenhänge in seinem Leben deutlich wurden, da kapierte ich, wie eins immer auf das andere folgt: Das Kind, das sich nicht gewollt fühlt, nicht zugehörig, flüchtet in Sexabenteuer. Zieht den Selbstwert aus Anzahl der Liebhaber und Sexpraktiken. Erreicht die selbstgesteckten Ziele nicht, weil der Sog zu den Sexpartys und in die Pornokinos größer ist als der zum Klavier und zu den Gesanglehrern. Selbstverachtung aufgrund von Scham. Noch mehr Sex, um das nicht spüren zu müssen, und so weiter. Ein Teufelskreis.

Mein Verständnis kam rechtzeitig genug, um Kjell besser begegnen zu können. Für mich selbst kam es zu spät.

Kjells Anruf erreichte mich am nächsten Abend. Er klang ernstlich besorgt. Aber diesmal wurde ich nicht weich.

„Was hast du genau?“, fragte er.

„Meine Haut juckt, als hätte ich in Brennnesseln gelegen“, antwortete ich. „Was ich pinkle, ist dunkelbraun, meine Kacke fast weiß. Aber das kennst du ja alles von dir selbst.“ Ich war immer noch so unglaublich wütend, ich hätte ihm die Symptome am liebsten durchs Telefon geschoben.

Kjell war empört. Wie ich nur denken konnte, dass er mich angesteckt hätte. Er hatte keine Hepatitis, er hätte nie eine gehabt. Bei der Untersuchung auf Lungenentzündung hätte man das doch im Blut sehen müssen.

So dramatisch hohe Leberwerte wären natürlich selbst einer Putzfrau aufgefallen. Aber vielleicht hatten sie sich erst danach erhöht. Oder man hatte ihm gar kein Blut abgenommen. „Geh zum Arzt, und lass dich testen, dann wirst du's schon sehen!“, sagte ich und knallte den Hörer hin.

Ich lag in meinem durchschwitzten Bett, das Haar verklebt, die Haut kalkig, die Augen gelb. Obwohl es Ende November noch warm war, hatte ich die Heizung aufgedreht; die Scheiben beschlugen. In meinem Zorn fand ich mich abstoßend, hatte kein bisschen Mitleid mit mir.

Und ich dachte natürlich an Kjell. Der vermutlich vor seinem Computer saß. Fiebernd. Wartend. Auf das junge Fleisch. Ein erwachsener, talentierter, intelligenter Mann. Der Liebe haben könnte und sie zugunsten schneller, allzu vergänglicher Kicks aufgab. Wie lange würde er noch andere kriegen? Wie lange würden sie ihm noch abnehmen, dass er dreiundfünfzig war? Sexualkraft ließ nach, oder nicht? Womit konnte er dann noch locken? Ein großes Glied ist uninteressant, wenn es nicht mehr funktioniert. Mit Geld?

Irgendwann würde er sich nicht mehr versorgen können. Ich sah ihn im Bett liegen, zu keiner Erektion mehr fähig. Die Fensterscheiben, die ihn von der Welt trennten, beschlagen von schlechten Träumen.

Mein Fieber blieb aufgrund der Medikamente im erträglichen Bereich, dennoch kamen die Träume. In meinem Delirium spielten alle mit: die Eltern, Sophie, Ben, Giancarlo, Kjell. Und das Grab tauchte wieder auf. Die Stille. Es dauerte viele durchfieberte Tage, bis ich mich an das erinnerte, worüber in meinem Elternhaus nicht gesprochen werden durfte.

Julie-Marie. Ich hätte darum wissen müssen, weil ich meine Mutter oft an dem Grab gesehen hatte. Hinter der Kirche, in deren Gemeinde sie so engagiert war. Jahrelang war ich dem Grab beim Gottesdienst nahe gewesen. Auch an den Abenden in der protestantischen Jugendgruppe, wenn Tim und ich Tischtennis spielen sollten, wir aber lieber in der Ecke saßen und physikalische Gesetze nachzuweisen versuchten.

Nur einmal hatte ich mich an den sonnigen Platz gewagt, wo man die Autos nicht hörte. Zu Julie-Marie. Meiner Schwester. Über die niemand sprach. Als hätte sie nie existiert. Als wäre sie nicht drei Jahre alt geworden. Als hätte es die Küsse auf ihre Hände und Füße nie gegeben, als hätten ihre Augen nie geblinzelt. Beim Schrei, dem ersten. Und dem letzten Atemzug.

Einmal, nur einmal, war ich an ihrem Grab. Weil mir der Therapeut geholfen hatte, die Erinnerung auszukramen. Aber ich war in einem großen Abstand geblieben, nah genug, um ihren Namen zu lesen und das Todesjahr, das mein Geburtsjahr ist.

Ich hätte so gern eine Schwester mit dem Namen Julie-Marie gehabt.

„Manchmal ist die Trauer über den Verlust eines Kindes so stark, dass Eltern nicht darüber reden können“, hatte der Therapeut erklärt. „Manchmal können sie die Trauer nicht verwinden. Manchmal ertragen sie es nicht, wenn gelacht wird, weil sie sich selbst die Freude verbieten. Manchmal können sie niemanden mehr lieben, weil sie glauben, damit die Liebe zu dem Toten zu verraten.“

Manchmal, manchmal, manchmal. Er hatte mich rasend gemacht mit seinen ganzen Manchmals. Ich wollte das nicht mehr hören. Ich wollte nicht erinnert werden. Ich wollte kein Mitgefühl empfinden, die Eltern nicht verstehen, nichts entschuldigen. Zum Zeitpunkt, als er mir das alles erklärte, fand ich es nur gerecht, dass sie litten. Nach dem, was sie mir angetan hatten.

Sie hätten den Brief nie öffnen dürfen. Es war ein Verbrechen, sogar vor dem Gesetz. Das hellblaue Luftpostpapier. Mit fast unsichtbaren hellen Linien. So dünn, so ... verletzlich. Es roch immer ein wenig nach Diesel, auch daran erinnere ich mich. Ein Geruch, den ich mit dem ölig triefenden Motor seines Mopeds verband. Mit Wildheit. Mit Leben. Mit meinem neuen Leben, fern der beängstigenden, erdrückenden Stille, in die ich hineingeboren war. Das Wissen um seine Existenz ließ mich alles ein wenig besser ertragen.

Es war noch während der Ferien. Mutter hatte mich zum Frisör geschickt, bevor die Schule wieder anfing, sonst hätte ich die Post abfangen können. Wie ich es fast jeden Tag getan hatte.

Wir schrieben einander, die Pläne, die wir ausgeheckt hatten. Weil wir eine Lösung suchten. Eine Rettung. Mit siebzehn. Robinson-Crusoe-Fantasien, fern jeder Realität, aber Heil versprechend.

„Damit ich das Italienisch nicht wieder verlerne“, hatte ich den Eltern vorgelogen, wenn ich mich mit den Briefen in mein Zimmer verzog, und sie hatten wohlwollend genickt.

„Der Sohn hat einen Brieffreund in Italien, wissen Sie?“, sagten sie im Supermarkt. „Er spricht und schreibt jetzt fließend Italienisch! Vielleicht wird er mal Diplomat oder so etwas.“

„Man sagt, er sei so gut in der Schule", wurden sie angesprochen.

„Ja, nur Einsen." Die Drei in Sport verschwiegen sie immer.

„Hat er denn schon eine Freundin, der junge Mann?"

Ich war siebzehn. Alle hatten eine Freundin mit siebzehn. Man hatte mit siebzehn eine Freundin zu haben. Aber der einzige Versuch, den ich mit einer Frau gestartet hatte, war die Lehrstunde „französische Küsse" mit Sophies Freundin.

Zwei Jahre noch zum Abitur. Natürlich hätte ich es sausen lassen, wenn wir nur gewusst hätten, wohin.

Ich eilte vom Frisör nach Hause, da lag der Brief. Auf dem Esstisch. Geöffnet. Einsam zwar, nicht von Geiern umkreist, aber zerfleddert. Entweiht. Das rote Klebeherz, mit dem Giancarlo das Kuvert verschlossen hatte, war zu einer Wunde geworden. Als hätte man meinen Brustkorb geöffnet und nicht wieder zugenäht. Giancarlo, mein Herz. Seine Worte, *Amore mio,* preisgegeben, dem prüfenden, dem missbilligenden Blick des Tages. Des grellen grässlichen Lichtes.

Hilflosigkeit war alles, was ich spürte. Ich riss den Brief an mich, verschlang die Zeilen gleich dort, als befürchtete ich, dass sie sich auflösen und im Nirgendwo verschwinden könnten. Dann legte ich ihn zurück. Genau so, wie ich ihn dort gefunden hatte, auf die weiße, immer glänzende Tischplatte, die nie einen Kratzer abbekam. Ich wollte so tun, als wäre er nicht da. Mich totstellen. Ich atmete flach. Verschwand. Vor meinen eigenen Augen. Es war pure Magie.

Sie sagten nichts. Die Eltern gingen wohl davon aus, dass es genügen würde, mir zu beweisen, dass sie es wussten.

Es genügte wohl. Auf Hochverrat stand Verbannung.

Lita. Jemandem vertrauen. Durch Unterlassen des Zungenschlags wird *lita* zu *lida*, leiden. Indem man unterlässt, etwas zu sagen, was gesagt werden muss, was Vertrauen schafft, erzeugt man Leiden. T ist stark und kraftvoll, wie das Vertrauen. D verzagt, fast weinerlich. Es passt zum Leiden. *Lita* steht aufrecht, gerade, reckt sich gegen jeden Sturm. *Lida* duckt sich, schleicht sich feige von den Lippen. So viel Weisheit in zwei Buchstaben.

In meinen vom Delirium erglühten Sinnen flammten schwedische Worte auf. Zusammenhänge entstanden. Wie Eingebungen. Brennende Büsche, goldene Engel. Ich glaubte zu verstehen. Alles. Als könnte man je alles verstehen.

Ensam. Das Schwedische kann zwischen „einsam" und „allein" nicht unterscheiden. „Ich bin so allein", hatte Kjell so oft gesagt. Obwohl ich da war, sein Kopf in meinem Schoß. Nicht allein zu sein, schützt nicht vor Einsamkeit.

Das Wort „Gefühl" zerfließt auf der Zunge. Das G ist wie eine Rutschbahn, in die man in das sinnliche Vergnügen des Aussprechens hineinschlittert. Das F wird gehaucht wie eine Verheißung. Beim lang gezogenen Ü schieben sich die Lippen lustvoll nach vorn wie zum Kuss. Das L erfordert einen sanften Zungenschlag wie zur Erfüllung des Versprechens. „Gefühl" transportiert sinnlich, was es inhaltlich vermitteln will.

In Schweden heißt Gefühl *känsel*. Gesprochen wird es „Schäntzel". Wie Schnitzel. Weich geklopftes Fleisch. Ein lebendes Wesen dafür getötet. Zerstückelt. Schlachthof. Blut. Es passte. Es passte so gut.

Transportierte die „Liebe" semantisch nicht Weichheit, Zartheit, ja Zärtlichkeit? Wie hart dagegen *kärlek*, „schärleck". Eine ganze Batterie von Morgensternen, Lanzen und Helmen mit Hörnern tauchte vor meinem inneren Auge auf.

Und zwischen all diesen Träumen und Einbildungen und Erinnerungen und Entdeckungen saß Sophie. In einem kuttenähnlichen Trägerkleid. Mit einer Fahrradpumpe in der Hand. Das Haupt seltsam steif auf zarten, weißen Schultern, die so stark wirkten und so zerbrechlich erschienen. Wie eine Hohepriesterin auf einem Thron. Vor ihr spielten die Episoden aus meinem Leben, und sie kommentierte sie. Zauberte Wasserkristalle aus ihrer Hand, die das Gesagte, das Geträumte, das Erlebte bildlich darstellten.

Sternförmig angeordnete Herzen bildet das Wasser, wenn es mit Liebe beschallt wird. „René" dagegen formte einen Strudel. Ein Orkan mit Auge. Eine wirbelnde Windhose.

Der Kristall vom Grab meiner Schwester hatte etwas von einer Margeritenblüte. Julie-Marie. Und die Vorwürfe von Ben? Wenn er mich anschrie. Und ich schwieg. Sophie öffnete ihre Hand, und schwarze Kreuze purzelten heraus wie ein Wasserfall. Schwarze Holzkreuze. Verkohlt. Ein ganzer Friedhof voll.

Dann sagte sie, und ihre Stimme klang wie ein Echo, „Schänna". Sie sprach Schwedisch in meinem Fieber. *Känna* bedeutet „kennen" und „spüren" gleichzeitig. Kann man jemanden erst kennen, wenn man ihn spürt?, fragte ich sie, hastig, hektisch, als hätte mir das Orakel ein Rätsel aufgegeben. Kann man erst spüren, wenn man kennt? Reicht es zu spüren, um zu kennen? Genügt das Kennen, um zu spüren? Oder Kennen im biblischen Sinne, erkennen, Sex haben?

Sophie tippte mit der Luftpumpe auf meine Stirn, und ich erwachte im Traum aus einem Traum.

Ich hatte Kjell gespürt. Den Körper, ja. Im Sex, ja. Aber eben auch in dunklen Stunden. Mit seinen Wirren in meinem Schoß. Seine Verzweiflung bei jedem Abschied, sein innerer Frieden während unseres Zusammenseins. Ich hatte ihn gespürt, und deshalb kannte ich ihn. Da war etwas, das stärker war als alle Worte. Wahrer. Glaubwürdiger als sein Betrug. Bedeutender als meine Angst. Stärker als die Kräfte, die Kjell stärker als die Liebe glaubte.

„Der Kummer dehnet mir die Stunden", sagt Romeo in *Romeo und Julia*. „Weil ich entbehren muss, was sie verkürzt." Auch das kam mir in den Sinn. Die Zeit wollte nicht vergehen. Ewigkeiten schien es her, dass ich gesund gewesen war. Glücklich sowieso.

„Dass die Liebe, die so lieblich scheint, es doch so grausam und tyrannisch meint ..."

Was für ein Unfug. Für die Liebe zu leiden. Das taten nur Tore.

Die erste Phase der Hepatitis fühlte sich wirklich an wie Fegefeuer. Oder wie die Hölle. Ich brannte. Schuldig der missverstandenen Liebe. Aber das Fieber verbrannte auch meinen Zorn.

Ich hatte den Zorn festhalten wollen, weil er mich beschützte. Vor Kjell. Vor der Verführung. Aber er war verbrannt. Am Ende dieses langen vielgesichtigen Traums war der Zorn einfach nicht mehr da.

Ich nahm, was sich wie eine Strafe anfühlte, an. Liegen bleiben wollte ich. Liegen bleiben und warten, bis mich das Fieber austrocknete. Irgendeinen Sinn musste das alles doch haben. Es musste doch einer inneren Logik folgen. Oder werden alle Menschen nur von Moment zu Moment getrieben wie Herbstlaub auf dem Teich vom Wind?

Dort am tiefsten Punkt meines Lebens meinte ich plötzlich einen roten Faden zu erkennen. Zu erahnen. Ich sah ihn nicht, aber ich bekam dieses Gefühl, dass einer existierte. Die Überzeugung. Ich müsste nur sehen. Ich müsste nur richtig hinschauen. Da ging ich alles noch einmal Schritt für Schritt durch. Der erste Moment auf Gran Canaria. Seine dreiste Anmache. Der Alkohol. Die Lügen. Sex bis zum Krankwerden. Diese Vertiefung in die Musik. Das Beten als Anker. Ich hätte das alles schon in der Ferienwohnung sehen können. An der Badehose, die am Fensterkreuz hing. Am Sand auf dem Sofa, an dem verwurstelten Bett und Kjells Zügellosigkeit darin. „Du findest mich seltsam, was?“ „Kommst du mich mal in Schweden besuchen?“ „Es gibt Kräfte, die stärker sind als die Liebe.“

Bei mir selbst begann der Faden in meiner Kindheit. Giancarlo musste mir begegnen. Der Diebstahl, die Flucht, die Therapie, das Theaterspiel, der Roman, die Liebhaber. Masche um Masche wie ein Strickwerk knüpfte sich mein Leben. Ich war mittendrin. Aber was würde daraus werden? Ein Pullover? Strümpfe? Ein Schal?

Ich stand auf. Nun bist du doch bei den Mythen gelandet, sagte ich mir. Beginnst, an Fügungen zu glauben. Bald fängst du auch noch an zu beten.

Es dauerte Wochen, bis das Gelb aus meinen Augen schwand, mein Urin sich aufhellte. Bis Weihnachten war ich zurückgekehrt in die Welt der Lebenden. Klinisch genesen, aber noch krank in der Seele.

Vieles hatte ich meinem Fieberwahn zugeschrieben und daher wieder verworfen. Aber eins hing mir nach. Die Erkenntnis, dass ich *Romeo und Julia* bisher völlig falsch verstanden hatte. Shakespeares Drama handelte nicht von der Liebe. Er ließ seine Protagonisten nicht sterben, um die Kraft der Liebe zu beweisen. Für solche kindlich wunschträumerischen Gedanken war Shakespeare viel zu weise gewesen.

Romeo und Julia waren Kinder. Viel zu jung, um als Liebende ernst genommen zu werden. Viel zu kurz hatten sie einander gekannt, um zu wissen, ob sie wirklich zueinander passten. Den Selbstmord konnte man daher allenfalls als pubertäre Überreaktion werten. Wenn er nur ihre Liebe beweisen sollte.

Aber Shakespeare geht es nicht um Liebe, sondern um die Dummheit. Er zeigt Menschen, die erst viel zu spät erkennen, dass ihr Handeln ins Verderben führt. Die Capulets und Montagues könnten kein größeres Verderben erfahren, als ihre unschuldigen Kinder sterben zu sehen. Aufgrund der eigenen Verblendung.

„Es gibt Kräfte, die stärker sind als die Liebe."

Ja, die Dummheit. Die Verblendung. Die Illusion.

„Sie lieben mich", hatte Kjell über seine Sexbuddys gesagt. Zur Dummheit zählt auch, dass man etwas zur Liebe deklariert, was keine ist.

Am Ende von *Waisenkinder* ließ ich jemanden meinen Protagonisten fragen: „Wo gehen wir eigentlich hin?" Der denkt zur Antwort: „Keine Ahnung. Ist auch nicht wichtig. Wir sind zusammen. Das ist doch die Hauptsache."

Auch das ist keine Liebe.

„... dass die Liebe, deren Augen blind, um an ihr Ziel zu kommen, immer wieder Wege find'." Shakespeare, du Weiser.

Hajo war entsetzt, als er mich sah. Abgemagert, gelbäugig, schwach. In der Daunenjacke, die mich im viel zu warmen Dezember wärmen sollte, war ich nicht mehr als ein Seufzer.

Ich erzählte ihm alles während eines Spaziergangs. Eines sehr langsamen Spaziergangs im Kiez. Viel lieber hätte ich mich an ihn angelehnt. So wie früher, als wir zusammen schliefen. Nackte Haut an nackter Haut. Wärme. Ich sehnte mich nach dieser Unschuld.

„Hast du dich schon auf HIV testen lassen?"

Hajos Frage elektrisierte mich. Auch das war mir während meines Fieberdeliriums durch den Kopf gegangen. Verschwitzt, fiebrig, stinkend. Man hatte Fotos gesehen. In Ausstellungen. Grausames aus einem dunklen Moment der Geschichte.

Kjell positiv? Auch dieser Gedanke war mehrmals aufgetaucht. Und ich hatte ihn immer wieder zu entkräften versucht. Es war sehr wahrscheinlich. Ich hatte die leeren Whiskeyflaschen gesehen. Kein bisschen Vorsicht beim Sex. Was war nach mir noch alles gekommen? Wer war vor mir in seinem Bett gewesen? Auf Gran Canaria? In Schweden? In den vorangegangen zwanzig Jahren?

Auch war mir beim Übersetzen seiner Internetprofile nicht entgangen, dass er zu Safer-Sex keine Angaben gemacht hatte. So etwas lässt doch nur weg, wer nichts mehr zu verlieren hat. Dazu die stete Angst vor Krankheiten, das ewige Reden vom baldigen Tod.

„Ich hätte mich nicht infizieren können", antwortete ich stoisch.

Hajo lief eine Weile schweigend neben mir her. Ich suchte nach einem anderen Gesprächsstoff, weil ich spürte, dass Hajo damit noch nicht fertig war. Aber mir fiel nichts ein.

„Wenn man sich das eine holt, kann man sich theoretisch auch das andere holen. Der Virus ist bei Eintrittspforten nicht wählerisch. Warte ein paar Wochen, dann lass dich testen. Es ist besser, wenn du Bescheid weißt."

Ich nickte nicht einmal, obwohl ich das gerne getan hätte, nur um ihn von diesem Thema abzubringen. Aber es war klar, dass ich mich nicht testen lassen würde. Nicht konnte. In diesem Moment, in dem ich alles verloren hatte, brauchte ich Gründe, die mich zum Weiterleben motivierten. Eine HIV-Infektion taugte dazu garantiert nicht.

Weihnachten und keine Nachricht von Kjell.

Meine Freunde riefen an, hinterließen Nachrichten, luden mich ein, aber mir erschienen sie unerreichbar. Tim und Sophie schuldete ich mehr als eine Flasche Wein zum Dank. Nicht nur wegen der Krankenpflege, sondern für ihre Fürsorge, ihre guten Gedanken, ihre ... ja, vermutlich freundschaftliche Liebe. Aber in meinem Leben schien alles so sinnlos.

Um eine Beziehung konnte es im Leben nicht gehen. Das hatte ich verstanden. Immer wieder hatte ich alles daran gesetzt, mein Glück darin zu finden. Jedes Mal war ich enttäuscht worden. Von den Eltern. Von Giancarlo. Den Liebhabern dazwischen. Ben. Kjell.

Aber wenn es nicht um einen Partner ging, worum dann? Um Karriere? Erfolg? Reichtum? Sextrophäen?

Ich zwang mich zu schreiben. Mehr aus dem Wunsch heraus, mich abzulenken, als um des Schreibens willen. Jahrelang hatte mir das Herumdödeln genügt. Kaffeetrinken hier, Cocktails dort, Tanzen im *SchwuZ*. Eine Reise, Freunde zu Gast, ein Buch, ein Film, Leben. Nun machte mich das wahnsinnig.

In den letzten Monaten hatten sich Anfragen für Sexgeschichten in meinem E-Mail-Briefkasten eingefunden, aber wenn ich über Sex geschrieben hätte, dann sicher nichts Positives. Betrug, Verlust, Enttäuschung, Verrat, das waren jetzt meine Themen.

Ich kramte die Notizen über Thomas und Håkan hervor, die sich im Laufe von nun fast einem Jahr angesammelt hatten. Es waren nicht wenige. Eine Episode um Joke hatte ich erfunden. Wenn Thomas Schwedischunterricht bei ihr nahm, würde sie ihm den Unterschied zwischen „mögen“, „gern haben“, „schätzen“ und „lieben“ beibringen. Um das zu üben, würde sie ihn fragen, was er Håkan gegenüber empfand, und der aufgeklärte Thomas würde natürlich antworten, dass er ihn liebte. Erst das würde Jokes Sinne für die in ihrer Generation noch schändliche Tatsache schärfen, dass Håkan homosexuell war.

Und weil sie im Chor singt, würde sich das natürlich schnell herumsprechen. Von Dorf zu Dorf. Nach und nach würden sich die Leute von Håkan zurückziehen, ohne ihm zu sagen, warum. Er würde laufende Aufträge verlieren und keine neuen mehr bekommen. Das würde die beiden tatsächlich unter Druck bringen.

Killing My Daddy. Als mir der Titel der Geschichte wieder einfiel, wurde ich unruhig. Kjell hatte sich nun seit zwei Wochen nicht mehr gemeldet. Die schauerliche Idee schoss mir in den Sinn, dass dieser Titel, auf den ich lange Zeit zuvor schon gekommen war, vielleicht aus einer Vorahnung heraus entstanden war.

Ohne lange nachzudenken, loggte ich mich ein und surfte zu seinen Sexprofilen. Auf allen Portalen. Seit Tagen keine Aktivität. Ich hackte mich auf seinen E-Mail-Server. In der Box lagen mehrere Briefe. Tage alt. Er war nicht mehr an seinem Computer gewesen. Was sollte ich tun? Seinen Freund Olle anrufen? Dann würde Kjell erfahren, dass ich mich nach ihm erkundigte und es als Zeichen meiner Annäherung interpretieren. In der Pfarrei nach ihm fragen? Dafür war mein Schwedisch zu schlecht. Joke! Aber was würde sie denken, wenn ich sie nach Kjell fragte, anstatt ihn selbst anzurufen.

Meine Unruhe stieg.

Als Sophie anrief, musste ich ihr von meinen Gedanken erzählen.

„Ich dachte, du willst keine Beziehung mehr mit ihm."

„Das stimmt", antwortete ich. „Aber ich mache mir Sorgen."

„Warum?"

„Ist das nicht menschlich?"

„Menschlich ist, an dich selbst zu denken. Du bist krank. Er hat dich mit Hepatitis infiziert. Auf Knien sollte er anrutschen und dich um Verzeihung bitten. Stattdessen klärt er nicht mal die Frage, ob er dich infiziert hat. Und nun machst du dir Sorgen um ihn. Das ist nicht menschlich, René, das ist krank."

In den Ohren eines Außenstehenden musste das krank klingen. Sophie hörte nicht diese innere Stimme, die nur kurzfristig aufgehört hatte, an eine Zukunft mit Kjell zu glauben. Sie fühlte nicht, was ich fühlte.

„Aber ..."

„Kein Aber. Hör einfach auf, René! Hör einfach auf damit! Hörst du?"

Am Tag vor Silvester hinterließ Kjell mir eine Nachricht auf Band. „René, mein Liebschen. Ich wünschte, ich könnte deine Stimme hören. Aber du willst nicht mehr mit Papa sprechen. Das verstehe ich. Du sollst nur wissen, dass ich beim Arzt war. Ich habe keine Hepatitis, und ich hatte keine, verstehst du mich? Du sollst Papa nicht erinnern als ein Mensch, der dich krank gemacht hat."

Seine Nachricht erschütterte mich. Hatte ich ihm etwa Unrecht getan? Natürlich hätte ich mir die Infektion auch beim Japaner geholt haben können. Wo ich doch so gerne Sushi aß. Oder beim Araber. Ungewaschene Hände genügten, um vitaminreichen Petersiliensalat zu einer Bombe für die Gesundheit werden zu lassen.

Das erste Telefonat mit Kjell war glatt und kühl. Zerbrechlich natürlich. Wir sprachen mit leisen Stimmen. Lange Pausen entstanden. Die Worte waren vorsichtig gewählt.

„Du musst verstehen, René. Das ist eine neue Welt für mich."

„Und du musst dich entscheiden, Kjell-Åke. Wenn du mit deinem alten Leben nicht fertig bist, musst du den Weg alleine gehen. Ich kann dir dahin nicht folgen."

„Du bist so weise. Du verstehst alles. Mit deinen braunen Augen. Wie meine Mutter."

„Schleppe ihn doch einfach aufs Gesundheitsamt", sagte Guido. „Ich würde ihn dazu zwingen."

„Ich mache sowieso nur Safer-Sex mit ihm. Selbst wenn er positiv wäre, würde das für mich nichts ändern."

„Oh, doch. Der Virus ändert alles!", sagte Guido. „Diese Medikamente sind Teufelszeug."

„Ben war auch HIV-positiv. Er ist mit den Medikamenten gut zurechtgekommen."

„Dein Blumenhändler aus München? Ja, weil er sie erst seit einem Jahr genommen hat. Du weißt doch nicht, wie es ihm in fünf oder zehn Jahren damit gehen wird."

Fünf oder zehn Jahre? Diese Perspektive hatte ich mir damals nicht einmal erlaubt.

„Kjell könnte einen aggressiveren Virus haben, der schon gegen viele Medikamente resistent ist."

Seine ständigen Erkältungen. Der nächtliche Schweiß. Die Lungenentzündung.

„Resistenzen wird er so oder so entwickeln“, fuhr Guido fort. „Und sobald er alle Medikamente durchhat, muss er warten. Weißt du, was es heißt, warten zu müssen, bis was Neues auf den Markt kommt? Bei einer Viruslast von fünfzehn Millionen und drei Helferzellen?“

Ich wusste es nicht. Aber ich hatte Guido gesehen. Im Frühjahr davor. Als David nur noch Haut und Knochen gewesen war und keines der verfügbaren Medikamente mehr geholfen hatte. Als es ihm von Tag zu Tag schlechter gegangen war. Bis er einen Testplatz für ein noch nicht zugelassenes Medikament ergattert hatte. Zu allem waren sie bereit gewesen. Zu allem.

„Dann kann sich dein Leben innerhalb von Stunden entscheiden. Ich würde mich nie wieder mit einem Positiven einlassen, ganz ehrlich.“

Berlin-Schönefeld. Draußen auf dem Rollfeld tauchte endlich ein Bus auf. Ich fror. Ich war viel zu früh da gewesen.

Menschen strömten in die Halle. Bis zur Tür schoben sie weißen Atem wie Sprechblasen vor sich her. Da war Kjell. Als er mich erkannte, trat ich von der Glastür zurück. Es sollte nicht aussehen, als würde ich warten.

Betont lässig schlenderte er auf mich zu, als würde er gleich beginnen zu tanzen. Lächeln in seinem braun gebrannten Gesicht, sein Bart, sein Haar noch etwas weißer. Solariumsbräune. Für mich?

Er kam näher. Mit jedem Schritt fiel das falsche Lächeln ein bisschen mehr von ihm ab, öffneten sich seine zu Schlitzen zusammengezogenen Augen. Ich wollte nicht, aber ich legte meine Hand auf das Glas. Stoßfest, schusssicher, Hitze resistent. Es drang Kälte in meine Hand.

Kjell blieb stehen. So nah. So unberührbar. Die ganze Unsicherheit in seinen Augen. Scham überspielt mit Übermut. Dann legte er seine Hand von der anderen Seite gegen meine. Aber ich spürte nichts.

Ich hatte damit gerechnet, Gelbes in seinen Augen zu finden, aber Kjell zeigte keine Symptome. Was nichts bewies. „Manche Menschen merken nicht einmal, dass sie eine Hepatitis hatten. Sie erfahren es nur zufällig", hatte mir Tim erklärt. Und natürlich suchte ich nach Symptomen für Aids. Als ob man das sehen könnte. Vielleicht der größte Mythos von allen.

In der S-Bahn legte Kjell seine Hand an meine Wange. „Deine braunen Augen. Die alles sehen. Die alles verstehen." Dass ihn meine Krankheit schmerzte, tat mir gut. Selbst wenn er mich nicht angesteckt hatte.

Zu Hause streichelte er mir über den Körper, die Haut wie Schleifpapier. „Jetzt sind wir wieder zusammen."

„Du musst mit mir reden, Kjell-Åke. Bald kennen wir uns ein Jahr, und ich hab das Gefühl, immer noch nicht zu wissen, wer du bist."

„Du erzählst mir auch nichts. Ich weiß nicht mal, ob du noch Eltern hast."

Ich machte es ihm nicht zum Vorwurf, dass er mich nie nach ihnen gefragt hatte. Ich nahm nur das Telefon und wählte. „Hallo. Ich bin's."

„Hallo?" Und dann nach einer Pause des Bebens: „Mein Junge."

„Ich dachte, du wärst in der Kirche." Ich hatte längst aufgegeben, meine Mutter zu schonen. Ich hätte es gar nicht können. Nur selten noch meldete sich mein Lenorgewissen: „Das kannst du doch nicht sagen. Du tust ihr weh." Meist flossen die Worte ungehindert aus mir heraus. Es war ein Drang. Und tat mir gut.

„Ach. So lange haben wir uns nicht mehr gesehen."

Unsere ganze Beziehung hing an diesen Worten. Mein Leben. Meine Freiheit.

„Deshalb rufe ich an. Ich komme zum Kaffee."

Wir nahmen ein Taxi zu den *Gropius-Passagen*. Ich versuchte Kjell zu erklären, wie das früher hier ausgesehen hatte. Bevor die Amerikanisierung Einzug gehalten hatte. Eine Etage Läden gab es da. *Bolle*. Den Zigarettenladen, aus dem Tim mit einer Schachtel *M* herausgekommen war. Plötzlich. Stolz. Rauchen, das mussten wir auch. Aber nicht eines von diesen langen braunen, extrem schlanken Dingern konnten wir fertig qualmen. Und Feuerwerk gab es dort. Unter dem Ladentisch. Während sich die anderen mit Kanonenschlägen eindeckten, kauften wir Pfennigkracher. Knallfrösche machten uns Angst.

Am anderen Ende der Passage lag damals eine Eisdiele. Mit Sophie ging ich dorthin. An Tagen, an denen sie sich schick fühlen wollte und ich einen Vorwand fand, mich mit ihr wegzuschleichen. Mit langem Löffel fischten wir dann Dosenkompott aus dem Liebesbecher für zwei. Mit abgespreizten Fingern. So wie wir uns vorstellten, dass berühmte Schauspieler aßen.

„Und hier", ich deutete auf die große Wand neben den Rolltreppen, wo früher ein *Woolworth* gewesen war, „hier habe ich das Fußballtrikot geklaut."

„Du hast gestohlen, Söhnschen?"

„Hast du das nie?" Diebstahl. Es passte damals so gar nicht in mein Leben. Und vielleicht war er deshalb so nötig gewesen. Zwei Polizisten brachten mich nach Hause. Sie waren freundlich. Sie hatten Verständnis.

Meine Mutter nicht. Sie machte kein Gezeter, sie brach in Tränen aus. Das war viel schlimmer.

„Du warst ihr einziges Kind", analysierte der Therapeut. „Eins hatte sie schon verloren. Kannst du das nicht verstehen?"

Erwischt zu werden war noch cooler. Als ich in den Polizeiwagen einstieg, tat ich es mit geschwellter Brust. Weil ich die Augen der anderen sah. Die großen, verschreckten. Erst als meine Mutter weinte, bekam ich den Eindruck, ein Verbrecher zu sein. Dass ich etwas wirklich Schlimmes angestellt hatte.

„Sie muss dich sehr lieben", sagte Kjell.

Als Kind hatte ich natürlich keine Ahnung von Gropius. Wir turnten auf den Bäumen herum, radelten über die präzise ausgemessenen Wiesen und beschmierten die Wände dieser Bauten. Aufgeschlagenen Büchern ähnelten sie. Dreizehn Stockwerke hoch, sechs Parteien pro Etage.

Seither waren die Bäume um einiges gewachsen. Eine Gartenkolonie war dazugekommen. Käfige über die Fußballfelder gesetzt worden, von Kletterwein überwuchert. Hinter dem U-Bahnhof lag der Teich, auf dem ich mit meinem Vater den ferngesteuerten Mississippidampfer fahren lassen durfte. Rechts des Weges zog sich ein kleiner Hügel entlang. Wenn ich mir vorstellte, dass wir damals mit den Schlitten, ja mit Skiern gar dort heruntergerutscht waren, musste ich lachen. Er hatte Schulterhöhe.

Kjell war überrascht, wie neu das alles für mich schien. „Wie lange warst du nicht mehr hier?"

„Weiß nicht genau." Doch, ich wusste es. Ziemlich genau siebzehn Jahre.

Ich hatte die Eltern drei Jahre zuvor zum ersten Mal wieder besucht. Als niemand mehr über mein Buch sprach. Nachdem der Film aus den Kinos verschwunden war. Als mich die Talkmaster alles gefragt hatten, was man fragen konnte. Ich hatte ein Taxi genommen und mich direkt vor der Haustür absetzen lassen, damit ich nicht auf diesen Wegen laufen musste. Weil sie mich an die Zeit vor Italien erinnerten. An meine Kindheit. Kühl wie ein Teich im Wald, im Herbst. Und trübe, ungeklärt. Aber eben auch voll abgeschiedener Unschuld.

Drei Jahre zuvor dachte ich, dass ich mit den Eltern an etwas anknüpfen sollte. Zehn Jahre nach der Therapie. Allein Julie-Maries wegen. Vielleicht gab es ja sogar ein Foto von ihr. Von uns zusammen. Sie zu vergessen erschien mir so unfair. Unwürdig. Als Bruder fühlte ich fast so etwas wie eine Schuld.

So reiste ich mit vielen Fragen an, aber als ich dann da saß, mit Uwe und meiner Mutter am Esstisch ohne Kratzer, fielen sie mir nicht mehr ein. Die alte Stille legte sich über mich. Ich schlürfte den Kaffee, wofür ich früher gerügt worden wäre. Ich schaute in ihre Augen, ich spürte ... nichts. Stocherte in meinem Lieblingskuchen, den sie für mich gebacken hatte. Bis mir die Gabel aus der Hand fiel. Ein Klirren.

„Tja, dann geh ich mal wieder", brachte ich gerade noch heraus.

„Komm mal wieder vorbei", sagte meine Mutter.

Und Uwe: „Lass uns wieder treffen."

Erst draußen im Aufzug, in dem wir als Kinder die Neonröhre herausgedreht und uns im Dunklen versteckt gehalten hatten, um die Nachbarn dann während der Fahrt mit Ächzen oder an den Wänden kratzen zu erschrecken, kamen die Gefühle zurück. Schwere. Trauer.

Aber das erzählte ich Kjell nicht. Er hätte es nicht verstanden. Wie sollte er auch? Ich verstand es ja selbst nicht.

Kjell und ich nahmen den Aufzug nach oben.

Mein Vater stand schon im Gang, als die Tür unter hydraulischem Stöhnen hinter uns zuschlug. Sein Haar war grau. Er war älter geworden. Ein Lächeln. Nur kurz. Bis er Kjell sah. Dann der fragende Blick.

Und da huschte ein Grinsen über mein Gesicht. Zumindest innerlich. Vielleicht hielt er Kjell für einen Polizisten.

Ich stellte sie einander mit ihren Vornamen vor und vermied, meine Beziehung zu erklären. Nicht aus Heimlichkeit. Sie sollten ruhig rätseln.

Kjell duzte meine Eltern. Nicht, weil sie jünger waren, sondern einfach, weil man in Schweden das Sie nicht mehr kennt. Für ihn war es ganz natürlich. Meine Mutter reagierte pikiert.

Ich zeigte Kjell die Wohnung. Er sollte alles sehen, damit er sich ein Bild machen konnte, woher sein Söhnschen kam. Im Wohnzimmer war noch immer mit derselben Tapete aus den Siebzigern tapeziert. Das Schlafsofa als ausklappbare Ledergarnitur in Saharabeige, ein Couchtisch mit Messinggestell und Acrylplatte. Hinten in der Ecke die Glasbausteine. Damals der letzte Schrei. Das Esszimmer mit dem Blick bis auf den gegenüberliegenden Gropiusbau. Eckbank mit rotgestreiften Kissen. Der weiße Tisch. Der verhasste weiße Tisch.

Aus meinem Kinderzimmer war ein Arbeitszimmer geworden. Vater hatte seinen Computer darin aufgestellt, meine Möbel waren voller Bücher. Sammelbände *Die besten Erzählungen*. Es irritierte mich, dass sie die Urkunde an der Wand hatten hängen lassen. Es war das Zimmer eines verlorenen Sohnes. Ich war für sie gestorben. Für einen Moment schwand mein Übermut.

Und beim Kaffee dann das Gespräch.

„Du siehst nicht gut aus …" „Mein Junge" konnte sie sich gerade noch verkneifen.

Das Weiß meiner Augen war noch immer gelblich verfärbt, meine Haut zu grau für Winterblässe. „Nur eine kleine Hepatitis."

Es war mir eine Genugtuung, sie stammeln zu sehen.

„Aha, aus Schweden. Sind Sie zum ersten Mal in Berlin?"

Und Kjell antwortete in seinem deutsch-englischen Kauderwelsch. „Nein, ich kenne Berlin ganz gut. War schon öfter hier. Immer nur kurz. Faszinierende Stadt. Würde gerne hier leben."

„Woher können Sie so gut Deutsch?"

Sie fischten. Natürlich wollten sie wissen, wer er war. Warum er hier war.

„Ich liebe Schubert und Mendelssohn und Brahms und Wagner. Habe in meiner Jugend viele Lieder gelernt." Das erklärte mir dann seinen Hang zur Romantik.

„Oh, ein Musiker also …" Und so ging es dahin.

Geschirrgeklapper. Es kam das feine auf den Tisch. Kaffee?

Eine Schwarzwälderkirsch. Meinen Nusskuchen machte sie nicht mehr. Auch ein Zeichen.

Erst beim Abschied, wir hatten uns schon die Hände geschüttelt, sagte ich, nur leise, damit Kjell es nicht hörte: „Übrigens, das ist euer Schwiegersohn."

Die Tür fiel viel zu schwer ins Schloss. Das Echo schlug hart gegen unsere Ohren. Kjell zuckte zusammen.

„Betonburg", sagte ich und drückte gelangweilt auf den Aufzugknopf.

Kjell wollte nun alles genau wissen. Und so erzählte ich vom Job meines Vaters und der Hauswirtschaftslehre meiner Mutter und ihrem Engagement in der Kirche. Dass das vielleicht mit dem frühen Tod meiner Schwester zusammenhing, erwähnte ich nicht. Ich hätte zu viel erklären müssen. Zu wenig wusste ich. Das Verbotene hatte immer noch große Macht.

„Deine Eltern sind fantastisch." Kjell machte einen Sprung, als wäre er gerade von Daniel Barenboim zum Lunch eingeladen worden. Er hatte sich ein völlig falsches Bild gemacht.

„Weißt du noch, dass ich dir mal von Giancarlo erzählt habe?"

„Deinem ersten Freund in Italien, ja?"

Und dann erzählte ich Kjell den Rest, den ich beim ersten Mal unterschlagen hatte. Dort auf dem Weg zu meiner Grundschule. Wo auf den Wiesen, über die wir als Kinder gejagt waren, nun puppenhafte Reihenhäuschen standen.

Ja, Giancarlos und meine Liebe mag ein Kindertraum gewesen sein, eine Illusion pubertierender Jungs in emotionalen Nöten. Wer kann das schon beurteilen? Aber es gab eben auch diese Realität, dass wir, eben weil die Eltern den Brief geöffnet hatten, nie eine Chance bekamen, unsere Zuneigung füreinander zu prüfen.

Ich erzählte Kjell von dem geöffneten Brief und den folgenden Tagen, in denen die Stille drückend wurde, weil das Unausgesprochene der Luft den Sauerstoff raubte wie ein schwelendes Feuer. Mein Blick war getrübt, brennend vom unsichtbaren Ruß.

Klar waren nur Giancarlos Lippen. In meinen Träumen. Am Tage und in der Nacht. Seine Versprechen. Das nächtliche Beieinanderliegen im Zimmer, in dem auch sein Bruder geschlafen hatte. Die Spiele im Wald. Der Duft von wilder Minze und Lavendel. Das Stehlen von Kirschen aus den Hainen. Der offene Brief war, als hätte man dies alles die ganze Zeit über beobachtet und nun dem geilen, sensationslüsternen Blick der Öffentlichkeit preisgegeben.

Und ich erzählte Kjell von meinen verzweifelten Telefonaten mit Italien und den Gesprächen mit der Mutter, die Giancarlo verleugnet hatte. Beim Fußballspiel sei er. Auf einem Schulausflug. Bei seinem Onkel im Weinberg.

Wann er denn wiederkäme, hatte ich gefragt. Dann ihr schweres Schlucken, die unterbrochene Leitung. Bis ich kapierte, was ich nicht kapieren wollte. Dass auch sie Bescheid wusste. Dass sie uns trennen wollten. Die Eltern.

Aber ich war ein Romeo, Giancarlo nicht nur eine Julia für mich, sondern ein Symbol für ein Leben, das endlich lebenswert schien. Fern der Stille und der steten Depression der Eltern. Wie sollte ich verzeihen, dass ich seit siebzehn Jahren Liebe suchte und nur immer Enttäuschung fand?

Kjell-Åke lauschte still, verzog den Mund, als würde er meine Bitterkeit schmecken, nickte nur ab und zu, um mir zu zeigen, dass er mich hörte. Dann, kurz bevor ich sagen konnte, dass Giancarlo aber keine Julia gewesen war, sagte er: „Du solltest deinen Eltern nicht böse sein. Eines Tages sind sie nicht mehr da, dann wirst du sie vermissen. Vergiss nicht, ein Leben ohne Mutter ist kein Leben!"

Die Mutter, die Mutter. Bei Kjell drehte sich alles um die Mutter. Ich hätte ihre Augen. Ich könne alles durchdringen wie sie. Ich könne kochen wie sie. Ich liebte ihn wie sie. Aber was war nur mit seinem Vater?

Bis dahin hatte ich nur ein Foto gesehen, als sein Vater noch nicht Vater war. In einem Vergnügungspark posierend. Die Mütze so tief ins Gesicht gezogen, dass man die Augen nicht sehen konnte. Der Hintergrund verblasst. Links ein Karussell, rechts oben ein Reklameschild von einer Kneipe. Ein Foto aus einer Zeit, als Kjell seinen Vater noch lieben konnte. Was es implizierte, war dem Sohn vermutlich nie aufgegangen.

Erst bei der Vorbereitung für den Umzug bekam ich mehr Fotos zu sehen. Die Augen, klein und spitz wie Stecknadeln. Wenn es schon unangenehm war, ihn anzuschauen, wie viel unangenehmer musste es gewesen sein, mit ihm aufzuwachsen?

In Kneipen hatte der Vater seine Zeit nicht abgesessen, aber er hatte Probleme mit dem Alkohol. In Phasen. Unvorhersehbar. Katastrophal endend.

Manchmal sei er völlig betrunken nach Hause gekommen. Habe die Mutter vor den Augen der Kinder geschlagen, die Kinder danach, während die Mutter hilflos zusehen musste. Nicht selten sei Blut geflossen.

„Kinder?" Ich horchte auf. „Du hast Geschwister?"

„Eine Schwester."

„Das hast du mir nie erzählt."

„Ich hab dir vieles nicht erzählt."

Und dabei blieb es auch. Viel erfuhr ich nie. Auch später nicht. Von einer Winternacht hörte ich, in der er mit seiner Schwester und seiner Mutter stundenlang in der Kälte durch den Schnee stapfen musste, bis das Poltern im Hause aufgehört hatte, bis sie annehmen durften, dass der Vater im Rausch endlich eingeschlafen oder vielleicht, hoffentlich, gefallen und gestorben war.

Von dem Garten des Onkels erzählte Kjell, in dem sommers herrliche Erdbeeren wuchsen, und von einem kleinen Kjell, der hinging, um sie, wie alle Kinder der Großfamilie, zu pflücken, der Vater ihn aber mit den Worten wegschickte: „Was willst du hier? Hier will dich keiner. Geh nach Hause!"

Und von der Katze, die ihm zugelaufen war. Kjell war keine fünf Jahre alt. Dem Verbot des Vaters, sie zu behalten. Aber sie war Kjells einziger Freund. Sein Verbündeter in dieser rauen Welt. Er konnte sie nicht wegschicken, so wie er sich selbst immer weggeschickt gefühlt hatte. Er konnte sie nicht wegschicken, weil sie ihm gezeigt hatte, dass sie ihn mochte. Dass er für sie wichtig war.

So versteckte er sie in der Waschküche. Im Kessel. Legte Wäsche über sie, damit sie nicht entdeckt wurde, und brachte ihr Essen. Aber am Abend begann sie zu maunzen. Vielleicht aus Langeweile. Vielleicht aus Sehnsucht.

„Hast du dieses Vieh etwa doch behalten?"

Kjell hatte den Kopf eingezogen und verneint.

Er log nicht aus Boshaftigkeit. Lügen war ein Überlebensmechanismus. Früh hatte er ihn gelernt.

Seine Geschichten waren so anders als meine. Gewalt hatte ich nicht kennen gelernt. Keine physische. Und doch konnte ich mich in seine Welt hineindenken, hineinfühlen. Wir teilten den Horror, am falschen Platz aufgewachsen zu sein. Als hätten sich die Störche, die uns zur richtigen Familie hätten bringen sollen, verflogen oder uns vor Erschöpfung oder Langeweile oder als lustigen Streich woanders abgesetzt.

„Du musst lernen zu reden", hatte mein Therapeut immer gesagt und mich mit dem Prinzip der katholischen Beichte bekannt gemacht. Auf die Absolution könne man pfeifen, fand er, aber das Zuhören, ohne zu werten, sei eine der heiligsten Gaben, die die Kirche zu bieten hat.

Ich wiederholte das Kjell gegenüber, und er nickte, weil er verstand, warum ich ihm das erzählte. Ich hatte mir nicht träumen lassen, dass die Gespräche mit dem Therapeuten mir jemals zu etwas nütze sein würden.

„Ich muss dir alles erzählen", erwiderte er. „Es ist an der Zeit."

Und so erfuhr ich mehr und mehr über ihn. Nicht gleich. Nicht immer alles. Oft nur Bruchstücke. Filmausschnitte, die das Bild, das ich von Kjell hatte, schärfer und schärfer werden ließen. Wie ein Polaroid, das sich langsam entwickelte.

Von seiner Jugendzeit erzählte Kjell, als er in Kopenhagen lernte und an Wochenenden lieber in Hauseingängen schlief, als nach Hause zu fahren. Von den Live-Shows, die in den siebziger Jahren plötzlich erlaubt wurden. Wo er nachmittagelang Paaren beim Kopulieren zugeschaut und seinen kompletten Lohn dafür geopfert hatte. Von den Sexpartys, die in den Achtzigern aufgekommen waren, und dem Alkohol und den Zigaretten, die er brauchte, um das alles zu ertragen. Von den Pornokinos, die wie Pilze aus dem Boden schossen, und dem Internet, das alles in sich vereinte: Filme, Fotos, Chats, Verabredungen. Von seiner zunehmenden Einsamkeit. Seiner Selbstentfremdung. „Es war wie ein Irrgarten. Ich habe mich so verloren. Oft wusste ich nicht mehr, was ich noch tun sollte. Bis du kamst. Bis zu dem Moment in deinem Schoß. Der hat alles verwandelt."

Er hatte also nicht gelogen, als er mich seinen Messias genannt hatte. Übertrieben hatte er. Maßlos. Aber nicht gelogen.

Ich hatte selbst schon vieles miterlebt. Und ich hatte noch mehr gehört. Was Kjell zu berichten hatte, übertraf jedoch alles. Natürlich machte es mir Angst. Die Kräfte, die ihn trieben, schienen übermächtig. Nie hätte ich es mit ihnen aufnehmen können.

In einer Nacht, als Kjell neben mir schon schlief, sein Körper ruhig geworden war und Wärme verströmte, da schien das alles dann plötzlich einen Sinn zu ergeben. Wie er gelebt hatte. Wie ich gelebt hatte. Dass wir uns begegnet waren. Bislang hatte ich ihn für den Pflegevater gehalten, der mich aus dem Waisenhaus geholt hatte. Dabei war er ebenso ein Waisenkind wie ich. Nur älter. Meine Zukunft also. Er hatte mir gezeigt, worauf ich zusteuerte. Und mich davor bewahrt.

Und wieder sprach Kjell davon, dass er mit mir leben wollte. In Berlin. Da. Gleich beim ersten Mal. Nach allem, was geschehen war. Und fortan immer wieder. Bei jedem Besuch. Ich hätte verstehen müssen, dass er es Ernst meinte. Er hatte es auch davor immer Ernst gemeint.

Es war nur logisch und konsequent. Er wollte raus aus seinem „alten Leben", wie er das nannte. Weg von den Pornokinos, weg von den Kontakten, die immer wieder anriefen, weg vom Alleinsein, wenn ihn die Dämonen aufsuchten, ihn aus dem Haus trieben, hinein in den Rausch, ganz gleich in welcher Form. Die ihn lockten: „Ist doch nur Sex. Das hat doch mit Liebe nichts zu tun." „Männer sind Jäger, es liegt ihnen im Blut." „Sex ist gesund. Der Mensch kann ohne Sex nicht leben."

In meiner Nähe fand er Schutz vor ihnen.

Natürlich wäre Berlin auch kulturell viel attraktiver. Er fände leichter Anschluss an Gleichgesinnte, die Auswahl an Theatern, Museen, Opern und Kirchen war unvergleichbar größer. Trotzdem konnte ich mir einen Umzug immer noch nicht vorstellen. Nicht weil ich Probleme im Zusammenleben erwartete, sondern weil ich es nicht glauben konnte. Ich konnte nicht glauben, dass es so einfach gehen könnte.

Ein bisschen Hoffnung hegte ich doch.

Ich fuhr mit Kjell zum Felleshus, den nordischen Botschaften. An einem schwedisch kalten Januartag. Aß mit ihm im *Munch's*

Hus, der öffentlichen Kantine im obersten Stock, die von einem Norweger bewirtschaftet wird. Damit Kjell sah, dass heimatlicher Boden nur eine halbe Stunde von meiner Wohnung entfernt lag. Ich zeigte ihm die schwedische Kirche, zu der man mit dem Fahrrad in zehn Minuten gelangte. Dort lauschten wir beim Gottesdienst den Worten des Pfarrers, der aus Småland kam, einer Gegend, keine Autostunde von Kjells Heimatstadt entfernt. Tranken Kaffee, knabberten an Zimtschnecken, denselben geschmacklosen, klebrigen Dingern, wie sie im Supermarkt um die Ecke von seiner Wohnung verkauft werden. Und blätterten in *Sydsvenska Dagbladet*, einer südschwedischen Tageszeitung. Im *Der Alte Schwede*, einem Restaurant unweit des Savignyplatzes, bekam er Pyttipanna, ein schwedisches Nationalgericht serviert.

Barenboim dirigierte in der Philharmonie. Kjell verehrte den Dirigenten. Ich hatte Sitzplätze hinter dem Orchester gewählt, damit Kjell ihm auf den Baton schauen konnte. Und während Brahms Erster, während Kjell völlig von den Gesten des Dirigenten gefesselt war, studierte ich ihn in Ruhe: seine Ohren, seinen Bart, das Haar so grau, den Hinterkopf, die tränenden Augen und die immer verbogene Brille.

Konnte ich mir ein Zusammenleben vorstellen? Jetzt, wo ich anfing zu wissen, wer er war? Mich selbst besser kennen lernte? Nein, ich hatte keine Angst. Nicht mit ihm zusammen.

Weil es ein Benefiz-Konzert war, gab es hinterher Häppchen. Bier, Wein, Pralinen, Kaffee.

„*Fantastiskt, helt fantastiskt*“, resümierte Kjell und goss das zweite Glas Weißwein begeistert seine Kehle hinunter. Die Musik hatte ihn aufgeladen, er schien wie unter Adrenalin.

„Norwegen?“, fragte eine Dame, die mit uns den Aschenbecher teilte.

„Schweden“, antwortete ich.

„Ihr Vater?“ Sie schien schon leicht angetrunken, ihr Stand war unsicher, ihre Augen wässrig.

Die Frage musste kommen. Und ich hatte lügen können, ihr die Geschichte erzählen, die ich mir für meine Romanfigur Thomas ausgedacht hatte, und prüfen, ob sie funktionierte: Thomas betrachtet auf der Überfahrt mit der Fähre Fotos von Håkan. Verliebt. Sehnsüchtig. Eine Mitfahrerin beobachtet ihn dabei und zieht verächtlich schnaubend ihre beiden Kinder von ihm weg wie von einem Kranken.

Er bemerkt es und sagt: „Mein Vater. Ich hab ihn erst jetzt kennen gelernt. Ist er nicht wunderschön?" Dann hält er ihr die Bilder hin, woraufhin sie ihn nach der Geschichte fragt. Die Mutter hatte einen One-Night-Stand bei einem protestantischen Kirchentag in Berlin, usw. Am Ende ist die Frau ganz gerührt.

Aber ich band unserer Gesprächspartnerin keinen Bären auf. Ich arbeitete daran, die Welt der Illusionen zu verlassen. Papa und Söhnschen, das war ein Spiel von Waisenkindern.

„Nein, nicht mein Vater", antwortete ich. „Mein Partner."

Kjell hielt den Atem an.

„*Vi är i Berlin*, Papa", formte ich mit den Lippen und beobachtete, wie er sich entspannte.

Der Gatte kam hinzu. „Adelaide, hier bist du. Ich hab dich schon überall gesucht."

„Diese beiden Herren hier haben mich prächtig unterhalten."

„Ich hole uns noch einen Wein", sagte ich. „Darf ich Ihnen etwas mitbringen?"

„Gerne. Noch so einen." Sie hielt mir ihr Glas hin und gab mir einen Kuss auf die Wange. „Vielen Dank."

„Adelaide, du solltest wirklich ..."

„... noch ein bisschen was trinken", fiel sie ihrem Mann ins Wort und hielt sich vertraulich an seinem Arm fest, nicht ohne uns gegenüber mit den Augen zu rollen. Dann nahm sie Kjells Hand und sagte zu mir: „Ich werde auf Ihren Kollegen gut aufpassen."

Kjell drückte das zarte Geschöpf gegen seine breite Brust.

Später traf ich Adelaide dann noch einmal. Am Konfektstand. „Ich muss ein paar Betthupferl sammeln, um meinen eifersüchtigen Gatten wieder gut zu stimmen."

„Haben Sie ihm denn nicht gesagt, dass wir ..."

„Aber nein! Der soll sich ruhig ein wenig Gedanken um mich machen."

Als wir in die klirrende Kälte hinaustraten, sagte Kjell: „Komm, wir nehmen ein Taxi und fahren ins *Prinzknecht*." Seine Augen leuchteten. Ein Glanz, der mir nicht gefiel. Dämonisch.

„Ach, weißt du", sagte ich, „ehrlich gesagt, bin ich totmüde." Das war nicht gelogen. Der Tag war anstrengend gewesen, und unseren letzten Abend wollte ich nicht in einer verrauchten Kneipe verbringen. Nicht verderben lassen von der Macht, die ich noch immer größer glaubte als unsere Liebe.

„Du hast Recht", sagte er. „Wir fahren nach Hause. Du und ich. Es gibt nichts Besseres."

Am letzten Tag besuchten wir die Gewächshäuser im Botanischen Garten. Orchideen, Lotusblüten, schwimmende Schildkröten. Und dort, unter Palmen, nahm er mich an der Hand. Ganz selbstverständlich. Als wären wir schon immer ein Paar. Als gäbe es nur unsere Liebe. Ohne Vergangenheit und ohne Zukunft, keine anderen Menschen. Keine Dämonen. Keine Kräfte.

Er staunte. Über die Pracht. Die Vielfalt. Kindlich. Weil er noch nie einen botanischen Garten besucht hatte. Aber die Luft machte ihm zu schaffen. Draußen kalt und eisig, drinnen stickig warm. Ich stützte ihn beim Gehen, er musste öfter rasten.

Da sah ich dann den alten Mann in ihm. Dreiunddreißig Jahre trennten uns. Wie man die Dinge auch drehte, es war einfach sehr wahrscheinlich, dass er eines Tages sich nicht mehr selbst versorgen können würde. Im Rollstuhl geschoben werden müsste. Würde ich das tun? Würde ich es wollen? Auch dann noch, wenn Jahre vergangen waren, das Verliebtsein verflogen, die sexuelle Anziehung verblasst? Wollte ich mir das antun, dass mein Leben vielleicht schon mit fünfzig von der Sorge um den gebrechlichen Liebhaber bestimmt sein würde?

Kjell könnte auch hundert Jahre alt werden und immer quietschfidel dabei bleiben. Oder umfallen und auf der Stelle tot sein. Mit diesen Gedanken wollte ich mich beruhigen, aber sie drängten eine Frage wieder an die Oberfläche: „Wann hast du dich zum letzten Mal auf HIV testen lassen?", fragte ich. Dort unter Palmen. Die Pflanzen schluckten den Schall.

„Ich habe nie Sex mit Männern gehabt, die ich nicht kannte."

Eine Lüge. „Du hattest Sex mit mir. Weißt du noch, was du auf Gran Canaria mit mir gemacht hast?"

Er warf mir einen Blick zu. Von oben herab. Nur kurz. Er wusste es nicht mehr, schon weil er zu betrunken gewesen war. So wie er die meisten Männer vergessen hatte, um die er sich bemüht hatte. Aber er konnte es sich sehr wohl vorstellen. „Ich konnte dir doch vertrauen. Oder?"

War Kjell wirklich so maßlos naiv? Glaubte auch er dem Mythos, dass man sehen könne, welchen Samen man trinken darf und welchen nicht?

„Wir lassen uns gemeinsam testen. Okay?" Ich dachte, unser Verhältnis wäre stark genug. Sein Vertrauen groß genug.

„Nein. Niemals!" Er ließ meine Hand los, stand auf und ging davon. Schneller als zuvor.

Ich lief hinter ihm her, hielt ihn fest. „Du solltest wissen, ob du positiv bist. Wenn man frühzeitig mit der Therapie beginnt, sind die Überlebenschancen am größten."

Erst wenige Wochen zuvor hatte Guido mir einen Vortrag gehalten, dass das eine Lüge ist. Infiziert zu sein ist bei weitem nicht so unproblematisch, wie es einem die Pharmafirmen gerne vorgaukeln, mit über die Wiese springenden Männern und liebevollen Umarmungen beim Kochen.

„Niemand weiß, wie das mal ausgehen wird", erklärte Tim, mit dem ich nach dem Gespräch mit Guido darüber diskutierte. „Im Moment häufen sich die Fälle von Positiven, die ohne Vorankündigung plötzlich umfallen und mausetot sind. Und worüber kein Mensch spricht, ist, dass der Virus aufgrund der vielen Medikamente immer resistenter wird. Es ist ein Wettlauf mit der Zeit."

„Therapien interessieren mich nicht", murmelte Kjell. „Wenn ich es habe, will ich keinen Moment mehr leben."

„Jetzt bist du dramatisch."

„Nein, du kannst das nicht verstehen. In meinem Leben ist immer alles schief gelaufen. Wenn ich positiv wäre, würde ich das Kostbarste verlieren, das ich habe."

Der Abschied war nun noch schwieriger. Das Kennenlernen hatte uns einander näher gebracht, aber auch die Berge gezeigt, die es zu überwinden galt. Himalayas.

Mit der Nähe wurde mir auch deutlich, wie nah der Verlust mir war. Eine E-Mail genügte. Eine SMS oder eine Autofahrt nach Helsingborg. Kjell mit einem anderen. Für mich unerreichbar.

Da war die Demut dann. Die Demut, die mich von Anfang an so fasziniert hatte. Ich konnte Kjell nicht halten. Nichts, was ich tat, sagte, dachte oder fühlte, würde ihn halten.

„Flieg mit, Söhnschen!", bettelte Kjell am Flughafen und drückte mein Gesicht so fest an seine Brust, dass es mir schwer fiel zu atmen. Ich spürte wieder diese Hitze in seinem Atem. „Lass Papa nicht allein!"

Endlich verstand ich auch die Abschiedstränen. Angst, durch die Tür in seine alte Welt zurückzutreten.

„Du betest. Jede Nacht", sagte ich. „‚Und führe mich nicht in Versuchung.' Warte nicht auf Gott! Tu es selbst!"

Ich war ruhiger geworden. Als Erstes schickte ich der Lektorin eine Mail, dass mich etwas Unvorhergesehenes ereilt hatte, weswegen ich nicht einmal in der Lage gewesen war abzusagen und ihr das bei einem persönlichen Gespräch gerne erklären würde.

Kein Unfall. Kein Todesfall. Keine Lügen. Die Wahrheit sagte ich ihr. Eine Depression. Dass ich vorher so etwas noch nicht erlebt hatte. Lähmung. Erstarrt sein. Bis hin zum totalen Verlust von Lebenswillen. „Es ist mir klar, dass Ihnen Entschuldigungen nicht weiterhelfen, wenn die Druckmaschinen warten. Ich wollte mit diesem Gespräch vor allem an die sieben Jahre Zusammenarbeit davor anknüpfen, in denen es ja immer reibungslos geklappt hatte."

Tim und Sophie musste ich einladen. Wollte ich. Unabhängig voneinander. Mich bei beiden bedanken fürs Händchenhalten und Grießbreikochen, für ihre direkten Worte und die Freundschaft.

Und ich setzte mich erneut an Thomas und Håkan. Ich hatte so viel erlebt, da müsste sich doch eine Geschichte daraus stricken lassen.

Killing My Daddy. Den Titel fand ich noch immer spannend. Neugier weckend. Aber ich konnte mir nicht vorstellen, wie die Geschichte ausgehen würde. Weil ich kein Ende für Kjell und mich sah. Weil ich nicht wahrhaben wollte, worauf meine Beziehung zu Kjell hinauslaufen würde. Ich wehrte mich so sehr gegen das Ende, dass ich beschloss, *Killing My Daddy* nicht düster ausgehen zu lassen. Wenn ich den Titel behalten wollte, durfte der Mord allenfalls im übertragenen Sinne stattfinden. Den „alten" Daddy umbringen. Sein schlechtes Leben. Indem Thomas ihn in eine Welt holt, die so viel besser ist, dass Håkan nicht zurück will. Eine nette Überraschung, schließlich erwartet der Leser, dass die Story auf einen tatsächlichen Mord hinausläuft.

6.

sinnesro [ˇsinəsruː] Gelassenheit

Es passierte, was aller Vorhersehung nach nicht möglich war. Was weder Kjell noch ich wirklich erwartet hatten, was nur in unseren Wünschen real gewesen war. Ohne unser Zutun kehrte eine Art Alltag in unsere Beziehung ein. Ich arbeitete an einer Übersetzung, schrieb kurze Geschichten und konstruierte an Thomas und Håkan herum. Kjell sang auf Hochzeiten und Beerdigungen, gab kleine Konzerte und sprang ein, wenn Organisten erkrankten.

Er kam für ein paar Tage nach Berlin, ich flog nach Schweden. In der einen Woche spazierten wir am Sund entlang zu unserer Bank und schauten hinüber nach Ven, in der anderen Woche wanderten wir in Potsdam durch den Park von Schloss Sanssouci. Wir aßen *Rödspätta* in Borstahusen und Palak Paneer in der Akazienstraße. Kjell viertelte Äpfel und fütterte mich damit vor dem schwedischen und vor dem deutschen Schlaf.

Als uns im März Lurvar begegnete, an einem regnerischen, einsamen Sonntag beim Spaziergang um die Zitadelle, waren wir plötzlich eine Familie. Ich hatte mich hinter einen der Betonklötze gestellt, die Schweden im zweiten Weltkrieg als Panzerabsperrung dienten, und als ich den Reißverschluss hochzog, stand der Hund neben mir.

„Wo hast du denn den her?“, fragte Kjell.

„Das ist Per-Olof“, antwortete ich. So viele Geschichten um Kjells ersten Hund hatte ich gehört. So viel hatte er mir von der Liebe zu ihm erzählt. Ich sagte es aus Spaß. Dabei war Lurvar ein Windhund. Graubraun. Aristokratisch feingliedrig. Wenn auch durchtriebener als die überzüchteten Tiere. Nicht schwarz. Und dick. Wie der Labrador.

Kjell kniete nieder. „Bist du Per-Olof?“

Der Hund ging mit geducktem Kopf und vorsichtig wedelndem Schwanz zu ihm hinüber, legte sich vor Kjell auf den Rücken und ließ sich kraulen.

Wir taten, was man tun sollte. Meldeten es der Polizei, liefen durch die Stadt und kontrollierten an den Bäumen und Laternenpfählen, ob jemand einen „Steckbrief“ ausgehängt hatte, gaben eine Anzeige auf. Nichts. Wir ließen ihn in verschiedenen Stadtvierteln von der Leine, annehmend, fürchtend, er würde die Fährte zu seinem Zuhause aufnehmen, aber er legte nur die Ohren an und wedelte vorsichtig mit dem Schwanz, bewegte sich aber nicht von unserer Seite.

Wir holten den alten Korb von Per-Olof aus dem Keller und legten ihn mit einer neuen Decke aus. Noch bevor wir damit fertig waren, drängte sich Lurvar hinein, drehte sich dreimal im Kreis und schlief dann sofort ein. Lurvar trank aus Per-Olofs Schüssel und fraß aus seinem Napf. Ich taufte ihn Lurvar, Zottel. Gab ihm einen der Kosenamen, die ich mir für Kjell ausgedacht hatte und nicht mehr benutzte.

Ich kaufte ein, ich kochte. Ich wischte Kjell den Rasierschaum aus den Ohren, packte seine Sachen, bevor er zur Arbeit fuhr, fand alle Gegenstände, die er verlegt hatte, nahm ihn in den Arm, wenn er mal wieder völlig kopflos durch die Wohnung lief und sich vom Leben überfordert fühlte. Ich nannte ihn immer noch Papa. Er sagte noch immer, „mein Söhnschen“, in Wahrheit wurde ich immer mehr zu seiner Mutter. Später, als wir eine Beziehung führten wie alle anderen, nannte er oft mich Papa. Papa und Sohn, das ist keine Frage des Alters.

Das Schwedisch kam ganz von selbst. Es bestand keine Not mehr, es zu lernen. Nun konnte ich die Sprache lieben. Zum Beispiel dafür, dass sie Worte geboren hat, die viel aussagekräftiger sind als ihre deutschen Entsprechungen. Welches Kind kann sich unter dem Wort „Waise" etwas vorstellen? *Föräldralöst barn*, elternloses Kind, dagegen erfordert keine Erklärung. Auch kennt das Schwedisch keine Halbwaisen, sondern nur Vater- oder Mutterlose. Keine Oma, von der man nicht weiß, von welchem Elternteil sie die Mutter ist, sondern *„mormor"*, Mutter der Mutter, oder *„farmor"*, Vater der Mutter. Desgleichen gilt für Onkels und Tanten und Cousinen.

Wie verwirrend muss allein das Wörtchen „vielleicht" für einen Ausländer, der Deutsch lernt, sein? Viel leicht. Vermutet man da nicht eher ein „sehr leicht" dahinter? *Kanske* dagegen heißt „kann geschehen". Und wie schwer fiele es mir, einem Deutschen „Gelassenheit" zu erklären. *Sinnesro*, die „Ruhe der Sinne" erklärt sich selbst.

Und Sinnesro kehrte ein. Unstet nur Kjell-Åkes Veränderungswunsch. Einmal sprach er vom Umzug nach Berlin, blätterte aber im nächsten Moment die Jobangebote in der lokalen Tageszeitung durch. Er rief einen Freund an, um ihm von seinem Umzug zu erzählen, erfuhr dabei, dass in einer kleinen Kirche eine Vikarstelle zu besetzen sei, und bewarb sich. Er setzte eine Annonce in die Zeitung, mit der er seine Wohnung zum Kauf anbot, und schrieb gleichzeitig Aushänge, mit denen er neue Gesangsschüler suchte.

Als Kjell im Sommer den Auftrag für das große Weihnachtskonzert mit Chor und Orchester annahm, schien die Entscheidung gefallen. Er würde in Schweden bleiben und vermutlich bis ans Ende unserer Tage nur vom Umzug reden. Es war ein Gefühl,

Angst hatte ich keine mehr. Das nun wäre wirklich ein mögliches Ende für Thomas und Håkan gewesen.

Es ging. Es ging immer besser. Nur eins hing über unserer Beziehung wie eine schwarze Wolke, die mit ihrem Schatten selbst am schönsten Sonnentag den Blüten ihre Leuchtkraft nimmt. Der HIV-Test.

Kjell wurde immer noch oft krank. Manchmal zweimal im Monat. Erkältungen. Natürlich hätte es auch von der Tatsache herrühren können, dass es in seinem Schlafzimmer aufgrund der Seelage selbst bei geschlossenem Fenster zog. Und sicher war es so, dass Kjell jedes Kratzen im Hals, jede Stimmungsschwankung als Beginn einer Katastrophe ungesehenen Ausmaßes einstufte. Aber ihn plagten nun öfter Durchfälle. Schwäche. Müdigkeit. Zudem nahm er ab. Nicht viel. Aber stetig.

„Weil du so gesund kochst", sagte er, als ich ihn darauf ansprach. „Ich habe noch nie so gesund gegessen."

Und in dunklen Stunden sagte er dann wieder: „Den Winter werde ich nicht überleben." Das machte mir dann doch Angst. In dieser Zeit mietete ich das Grab an.

Über den HIV-Test redeten wir nicht mehr. Wir redeten nicht mehr über Aids. Mittlerweile hatte auch ich Angst vor der Diagnose. Kjell würde mit dem Ergebnis nicht umgehen können, das hatte er nur allzu deutlich gemacht. Falls er positiv wäre, würden wir es früh genug erfahren. Auf eine Weise erfährt man es immer zu früh.

Aber immer, wenn es Kjell nicht gut ging, dachte ich zuerst daran. Was, wenn er Aids hatte? Angst vor der Krankheit hatte ich nicht. Aber vor seiner Angst.

Kjell lag schon im Bett, weil er wieder einmal viel zu früh müde geworden war, und ich putzte mir die Zähne. Ist es denn wirklich besser, mit der Angst vor einem positiven Ergebnis zu leben, als zu wissen, dass man positiv ist, und dann die ständige Angst vor dem Erkranken im Nacken zu haben?

Meine Gedanken drehten sich im Kreise. Als ich in den Spiegel schaute, sah ich, dass mein Mund ganz blutig war. „Scheiß-Zahnfleisch."

Der Zahnarzt hatte mir seit einem halben Jahr eine Zahnfleischbehandlung angedroht. Aufschneiden, vom Zahn abschaben, reinigen, dann wieder zunähen. Ich versuchte alles, um das zu vermeiden: Ultraschallzahnbürste. Zahnsalz. Zahnseide. Antibakterielles Mundwasser. Bis jetzt ohne Erfolg.

„Warte nicht zu lange", hatte er mir mit auf den Weg gegeben. „Es wird nur schlimmer." Der bloße Gedanke an diese Operation ließ mich erschaudern.

Mit dem Hund wurden die Trennungen von meinem Leben in Schweden noch schmerzhafter. Lurvars Blick. Die Trauer. Als ob er nicht verstünde. Wie sollte er auch, wenn ich es schon nicht schaffte?

Wenn ich dann mit Kjell telefonierte, reichte er Lurvar den Hörer, damit der Hund meine Stimme hören konnte. Dann beschrieb Kjell mir seine Reaktion. Wie er den Schwanz einzog. Den Kopf sinken ließ. Rückwärts ging und sich mit einem schweren Seufzer in seinen Korb verzog.

Obwohl ich länger und länger in Schweden blieb, fühlten sich die immer kürzeren Perioden in Berlin jedesmal endloser an. Berlin, mein Zuhause war das bald nicht mehr. Ich begann das Meer zu vermissen, das mir nie gehört hatte. Sogar den Wind, den ich am Anfang gehasst hatte. Die Hügel, die Weite, den Regen. So blieb ich länger und länger und flog nur noch selten nach Deutschland.

Kjell hatte sich mit aller Kraft in sein Weihnachtsprojekt gestürzt, das Programm ausgearbeitet, Solisten gefunden, Noten kopiert und verteilt, den Probenplan festgelegt, Sponsoren gefunden, die Vorankündigungen mit dem Layouter abgesprochen, die Druckerei beauftragt.

Eines Abends sprang er auf und bat mich, ihm auf den Speicher zu folgen. „Das muss alles auf den Müll", sagte er, nachdem er die Tür geöffnet hatte. Ein alter Schreibtischstuhl. Ein zusammenklappbarer Küchentisch. Koffer. Ein Paar Lautsprecher. Drei Kartons. Eine Stange voller Anzüge. Schuhe.

Zurück in der Wohnung begann er, seinen Schreibtisch aufzuräumen. Handvollweise Stifte, Stapel von Visitenkarten, Zettel mit Telefonnummern, meist auf die Eintrittskarten zum Pornokino gekritzelt, wanderten in den Mülleimer. Kondome, Postkarten, Fotos, Briefe. Dann brachte er die vollen Tüten sogar noch gleich zur Tonne. Obwohl es schon weit nach Mitternacht war. Wie um sich selbst zu versichern, dass er es Ernst meinte. Es erleichterte mich, dass all diese Joakims und Vladimirs und Yngves aus meinem Leben verschwanden. Die Plötzlichkeit und Vehemenz überraschten mich aber doch.

Als Kjell wiederkam, schlug die Tür schwer hinter ihm zu. Aber er kam nicht ins Schlafzimmer, wo ich lag und las, sondern verschwand in der Küche, aus der gleich darauf ein erschreckender Seufzer zu mir drang. Wie ein unterdrückter Schrei.

Ich lief zu ihm. Er saß am Tisch und war so bleich wie die Fliesen hinter ihm. Er lehnte sich zurück und hielt sich den Kopf.

Herzinfarkt? Schlaganfall? „Was ist? Was ist?“

Er antwortete nicht, schüttelte nur den Kopf.

Das konnte nicht gut gehen. Ich wusste, dass es nicht gut gehen würde.

Auch mich besuchten die Dämonen. Je mehr das Vertrauen zwischen uns wuchs, desto öfter ließ ich ihn alleine zur Arbeit fahren.

„Ich komme um eins zurück, mein Sohn.“

Um halb eins rief er an. „Ich muss doch noch ein, zwei Lieder spielen. Papa kommt später.“

„Wann?“ So wenig war nötig, um meine Panik hervorzuzaubern. Die Aufregung klopfte mir im Hals. Wie ein Specht. Es schmerzte.

„Ich bin spätestens um halb zwei Uhr bei dir. Das verspreche ich.“

Aber um halb zwei war er nicht da. Ich rauchte noch eine Zigarette. Trank ein weiteres Bier. Schaute auf die Uhr. Ging auf den Balkon, um zu sehen, um zu lauschen. Kein Wagen, kein Kjell. Jede Minute eine Qual.

Auch um Viertel vor zwei war er nicht zurück.

„Was denkst du? Dass er ein Abschiedsficken veranstaltet?“ Sophie war manchmal so erbarmungslos direkt.

„Ja, genau. Er fährt zu seinen Lovern, die er angeblich alle aufgegeben hat, und vergnügt sich mit denen.“

Es war so einfach, alles zu verlieren. Als ob es Sicherheit nicht gäbe. Nur Beweise, an denen ich mich entlanghangelte. Von Tag zu Tag. Von Umarmung zu Umarmung. Von Betrug zu Betrug.

„René. Er sagt, dass er umziehen will“, sagte Sophie eindringlich. „Er will alles aufgeben. Sei doch froh, wenn er sich verabschiedet.“

Ohne meine Freunde hätte ich das nicht durchgestanden. Die Zweifel kamen oft ohne äußeren Anlass. Es war so schwer zu vergessen.

„Du musst dir selbst verzeihen“, hatte ich zu Kjell gesagt, weil er nach seinen Lügen nicht mehr glauben konnte, dass wir zusammenfinden würden.

„Das ist nicht so einfach“, antwortete er.

„Doch, es ist ganz einfach“, hatte ich gesagt. „Du musst es nur wollen.“ Vieles sagt sich sehr leicht.

Einmal kam ich nach Schweden und sah, dass der Dildo nicht in seiner Spielzeugkiste lag, sondern dahinter. Yngve schoss mir in den Kopf.

„Fängst du schon wieder damit an?“, fragte Kjell. Rhetorisch. Und bevor ich antworten konnte, setzte er „Nej, nej, nej, nej, nej“ hinzu. „Das geht nicht. Worauf lasse ich mich da ein?“

Aber ich ließ mich auch auf etwas ein. „Als ich letzte Woche weggeflogen bin, lag er noch drin. Das heißt doch, dass du ihn benutzt hast.“

„Ich habe den ganzen Schrank umgeräumt und dabei muss ich ihn eben daneben gelegt haben. Bist du mit dieser Erklärung zufrieden?"

„Und warum ist die Flasche mit dem Gleitmittel jetzt halb leer?"

„Du hast also geschnüffelt."

„Ja, das hab ich. Weil ich das Gefühl habe, dass du mir nicht die Wahrheit sagst."

Türen knallten. Schweigen. Zorn.

Das Telefon läutete. Ich zuckte immer noch.

„Matte!" Kjells Ausruf des Wiedererkennens.

Matte war Vietnamese. Zwanzig damals. Seit fünf Jahren regelmäßiger Gast in Kjells Schlafzimmer. Sprachbehindert. Adoptiert und einsam. Kjell war „Pflegevater" vieler Waisen.

Matte, und mein Herz setzte einen Takt aus. Die ganze Panik war zurück.

„Ich habe jetzt einen Freund, und zu dem will ich stehen", sagte Kjell. „Lebe wohl!" Dann legte er auf.

Und mein Herz setzte noch einmal einen Takt aus.

Es ging. Es ging immer leichter. Mein Vertrauen. Seins. Kollegen aus der Gemeinde riefen an und fragten nach, weil sie gehört hatten, dass Kjell wegziehen würde. Es sprach sich herum. „Berlin? Warum ausgerechnet Berlin?"

Manchmal antwortete er schlicht: „Warum nicht?"

Manchmal: „Weil Berlin eine großartige Stadt ist."

Manchmal: „Weil ich jemanden kennen gelernt habe, ohne den ich nicht mehr leben will."

Der Umzug wurde realer. September war geplant, aber es waren nur noch zwei Wochen bis dahin. Oktober vielleicht?

„Ich will nicht miterleben, wenn dieser Baum im nächsten Jahr Blüten treibt", sagte Kjell, als er aus dem Küchenfenster schaute.

Ein Schulfreund lud Kjell zu einem Abschiedsessen ein. Den Freunden im Fitnessclub wollte er es sagen, bevor sie es von anderen erfuhren.

„Und was machst du mit deinen Sexfreunden?“, fragte ich.

Kjell kündigte den Auftrag für das Weihnachtskonzert auf. Er kündigte das Abonnement der Tageszeitung, das seine Eltern über sechzig Jahre zuvor abgeschlossen hatten. Und er kündigte seinen Sexfreunden an, dass er umziehen werde. „Wir laden sie alle zusammen ein“, sagte er.

Eine Bierparty. Das klang nach einem würdigen Abschied. Trotzdem war mir mulmig dabei. Fünfzehn seiner „Engsten“, wie Kjell sie nannte. Fünfzehn Männer zwischen zwanzig und siebenundvierzig, mit denen er über Jahre hinweg regelmäßig Sex gehabt hatte. Alle auf einem Haufen. In unserer Wohnung. Gefährliche Umarmungen, verräterische Küsse. Ich würde Hände schütteln, die Kjell angefasst hatten. Wollte ich das?

Obwohl sie wussten, dass er packte, meldete sich zwei Wochen lang keiner von ihnen. Keiner bot seine Hilfe an. Sie riefen nicht mal mehr an. Kein Vladimir, kein Matte, kein Yngve. Nicht Lars, nicht Sven, nicht Lennie und auch die anderen nicht. Selbst Olle hatte just in diesen Wochen Urlaub und bräunte seinen tätowierten Bauch in der Sonne Afrikas. Sie hatten Sex mit Kjell gehabt; die Beziehung mit ihm hatte ich.

Bis zum geplanten Umzug Anfang Dezember blieben nur noch acht Tage. Ich saß in der Praxis und hätte Angst vor dem haben sollen, was mir mein Zahnarzt gleich offenbarte, aber die Gedanken an Kjell beschäftigten mich mehr: Niemals würde er umziehen. Niemals. Das würde nicht geschehen, davon war ich überzeugt. Vorher würde etwas passieren, aber wie sehr ich auch danach fieberte, ich konnte mir nicht vorstellen, was.

„Jetzt kommen wir nicht mehr um die Zahnfleischbehandlung herum“, sagte der Zahnarzt.

Ich sackte noch ein wenig tiefer in den Stuhl. Da war noch ein wenig Hoffnung gewesen, dass ich ohne davonkommen würde. „Aber nicht vor Weihnachten“, erwiderte ich. In meiner Stimme schwang etwas Bettelndes. Ich brauchte alle Kraft für den Umzug. Oder die Enttäuschung darüber, weil er nicht zustande kam.

Als ich gegen dreiundzwanzig Uhr in Schweden anrief, war Kjell nicht zu Hause. Nachrichten hinterließ ich keine mehr.

„Ich war noch draußen und habe Shampoo gekauft.“ „Ich war gerade am Telefon mit Olle.“ „Anneke war hier, und ich habe sie zum Wagen gebracht.“ Wie die Ausrede auch lauten würde, war doch im Grunde egal.

Um halb zwölf rief er dann an. „René. Ich habe nachgedacht.“

Nun kam's. Ich hatte es gewusst. Es musste ja kommen.

„Ich werde die Wohnung nicht verkaufen.“

Absage. Kein Umzug. Trennung auf der ganzen Linie.

„Bist du noch da?“

Ich konnte kaum antworten, so sehr trafen mich seine Worte.

„Ich komme nach Berlin, aber ich will die Wohnung erst mal noch behalten. Drei, vier Monate vielleicht.“

Es war sinnvoll. Natürlich war es sinnvoll. Ich hätte jedem Menschen zu diesem Schritt geraten. Für Kjell, selbst für mich selbst war es eine erwachsene, intelligente Entscheidung. Und doch war ich unglaublich enttäuscht. Die Hintertür blieb offen. Kjell würde nach Berlin kommen und beim ersten Problem den Rückzug antreten. Das Hin und Her würde sich fortsetzen; ich würde immer noch nicht zur Ruhe kommen.

„Wie geht es Lurvar?“, fragte ich, um abzulenken. Mein Zahnfleisch schmerzte.

„Nur noch eine Nacht ohne einander, dann sind wir für immer zusammen“, flüsterte Kjell eine Woche später ins Telefon. Schon am Morgen. Er rief nun mehrmals täglich an. „Kannst du das glauben?“

Ich war wie elektrisiert. Nein, das glaubte ich nicht. Es war und blieb unglaublich.

Ich beendete das Gespräch schnell, weil ich mich seltsam fühlte. Ungewohnt. Erregung loderte in meinem Körper, so stark, wie ich sie lange nicht mehr gespürt hatte. Ein Brennen. Züngelnde Flammen, die hungrig an mir leckten.

Bilder und Fragen: die vertrauten halbdunklen Gänge, feuchte Körper zwischen Schweiß und Lust. Ob sie sich an mich erinnerten? Die Wärme, der Dampf, die Silhouetten, Haut. Wer wohl dort sein würde?

Die Sauna hatte mich immer gelockt. Sobald ich sie für mich entdeckt hatte, mit Anfang zwanzig, und ein paarmal dort gewesen war, kannte man mich, und ich kannte sie. Plötzlich verspürte ich Sehnsucht nach dieser alten Zeit. Mit einem Gefühl, wie ich es aus den Augen jener blitzen sah, die ihr Abituriententreffen erwarteten. Eine Mischung aus Neugier, die sich aus der Distanz des nicht mehr dazu Gehörens nährt, und dem Wunsch, in den alten Klassenverband zurückzukriechen, in die einfache Welt, in der man sich um nichts weiter kümmern musste als um die Hausaufgaben, eine Welt, in der es keinen größeren Feind gab als den Klassenstärksten, der aus irgendeinem Grunde immer die schlechtesten Noten nach Hause brachte, weshalb die Klassenbesten vor seinem neiderfüllten, zornigen Auge ständig Reißaus nehmen mussten.

Es liegt so viel Sicherheit in jeder Routine. Lässig gegen die Wand lehnen, so dass das Handtuch im Schritt eine dicke Falte wirft, sich im Ruhebereich räkeln, bis das Handtuch über die Hüfte hinunterrutscht, oder das Handtuch ablegen und sich in der Dampfsauna vor die Sitzenden stellen.

Ein neues Gesicht an der Kasse. Beim Umziehen war ich aufgeregt, als wäre ich zum ersten Mal dort. Ein junger Mann, vielleicht Mitte zwanzig, musterte mich. Seine verstohlenen, nur scheinbar gelangweilten „Ich interessiere mich gar nicht für dich"-Blicke luden mich auf. Ich drehte ihm den Rücken zu, so dass er mich ungestört betrachten konnte, stellte einen Fuß auf die Bank, um ihm zu zeigen, was ich zwischen den Beinen hatte. Nur mit Mühe konnte ich eine Erektion vermeiden. Dann schlug ich mir das Handtuch um die Hüften, schlüpfte in die Badelatschen und ging, ohne mich umzudrehen.

Die Männer an der Bar blickten wie auf Kommando hoch, als ich an ihnen vorüberging. Der Ruheraum war leer, der Gang dunkel. Auf dem Sofa ein Schlafender. Oder wollte er nur glauben machen, dass er schlief? Rechts zu den Kabinen. Flimmernd von den Filmen, die auf den Bildschirmen spielten. Die feuchte Luft. Der Duft von Rauch.

Ich zündete mir eine an. Eine Silhouette in der Kabine. Unter dem Fernseher. Ich blieb stehen. Erregung. Zog an der Zigarette, öffnete mein Handtuch, als müsste es neu zusammengebunden werden, zeigte mich, wartete auf die Reaktion. Sie kam zu schnell. Er wendete sich mir zu, spreizte die Beine. Ich verknotete das Handtuch, zog an der Zigarette, ging weiter. Es war alles wie früher, als das Pokern noch Kribbeln ausgelöst hatte. Stachen meine Asse oder spielte ich zu hoch und würde von einem Royal Flush gestochen werden?

Das hatte ich für Kjell alles aufgegeben? Das wollte ich nie wieder genießen? Ein Ort voller Männer, nackt wie Kühe am Fleischerhaken im Schlachthof. Und ich ging zwischen ihnen hindurch. Wählte, wurde gewählt. Traumprinz für eine Nacht. Für eine Stunde. Einen Flirt.

Ich eilte zum Whirlpool. Ein junger Skin hatte beide Arme auf den Beckenrand gelegt. Unter der Wasseroberfläche ließ er sich von einem älteren Herrn mit Bart befummeln. Beide schauten mich an, als müssten sie das vor mir verstecken. Der Junge aus Scham, dass er sich mit dem Alten einließ, der Alte, voll des Glücks, junges Fleisch betasten zu dürfen, aber verhalten im Wissen, nur Zaungast zu sein. Geduldet. Kurz. Ich kannte dieses Spiel.

Ich löschte meine Zigarette, knotete mein Handtuch auf, verknotete es an der Heizung und stieg dann die Treppe zum Beckenrand hinauf und in das Wasser hinunter, gemächlich, als müsste ich mich an die Wärme gewöhnen.

Die Erregung hatte meinen Schwanz dick gemacht. Und rot. Und schwer. Er baumelte wie auf Absprung zur Erektion.

Der Skin lächelte mich an und rückte von dem Alten ab. Ein Funken des Zorns in den Augen des Bärtigen, dann, als er mich anschaute, Lächeln. Ein freundliches, einladendes Lächeln. Vorneweg mit Angst, mit der Erwartung, dass er bei mir nicht landen würde, weil man in seinem Alter Hautkontakt allenfalls unter der Wasseroberfläche haben durfte. Oder im ganz Dunklen, Versteckten. Weil man das Alter nicht spürt. Nicht hört. Sich ein Alter nicht unbedingt anders anfühlt als ein Junger. Weil man als Alter im besten Fall die Chance bekommt, einen Jungen zu befummeln, zu belecken, zu trinken, in sich aufzunehmen, aber niemals befummelt, beleckt, getrunken oder aufgenommen zu werden.

Er wusste das. Und er sah, dass ich das wusste. Aber seine Sehnsucht konnte er nicht verbergen.

Es war, als würde mir das Blubbern die Erregung aus dem Körper spülen. Sobald mein Unterleib eingetaucht war, blieb nur noch Trauer. Schnell sank ich ein bis über die Nase, tauchte unter, um die Wärme auch im Gesicht zu spüren, dann lehnte ich mich zurück, die Arme auf dem Beckenrand, so dass ich keinem Blick begegnen musste.

Das Wasser raubte mir die Kraft. Zu dritt im Pool und so unglaublich einsam. Warum war meine Erregung verschwunden? Warum hatte ich keine Lust mehr auf Männer? Mit fünfunddreißig! Das war nicht normal. Ich kannte niemanden, der Ähnliches berichtet hatte.

Und da war die Angst dann. Worauf ließ ich mich ein? Zusammenleben mit einem Liebhaber, das kannte ich so wenig wie Kjell. Ein alter Mann in meinem Leben, jeden Tag. Der Sex dazu benutzt hatte, um vor den Problemen zu flüchten. War ich wahnsinnig zu glauben, dass meine Nähe, meine Liebe ihn davor bewahren würde? Dass sie stärker war als diese dunkle Macht? Ja, ich war so wahnsinnig. Ich glaubte es. Ich war der festen Überzeugung.

Da spürte ich etwas zwischen meinen Beinen. Ich ließ mich tiefer sinken, die Luftblasen, die unter meinen Achseln aufstiegen, platzten und spritzten mir heiße Tropfen ins Gesicht. Kjell. Wenn ich an ihn dachte, schwand meine Angst. Er war mein Schutz. Die Ursache für die Angst und der Schutz vor ihr zugleich.

Das weiche Gefühl zwischen meinen Beinen. Sanft. Zögerlich. Wie Kjell. Als würde er sich nicht trauen, mich wirklich zu streicheln. Als rechnete er jeden Moment damit, zurückgewiesen zu werden.

Kjell! Seine Wärme. Seine Nähe beruhigte mich. Und er erregte mich. Jederzeit. Im Supermarkt, auf der Orgelbank, beim Spaziergang im Wind. Angezogen, ungeduscht, im Tiefschlaf, es war mir gleich. Kein Geruch, der mich störte, weder Altersflecken noch Krampfadern konnten mich verstimmen.

Die Erregung kroch in mich zurück, lud mich auf, mein Körper spannte sich. Im Whirlpool! Die Erinnerung kam wieder. Der Junge und der Alte. Der Skin und der Bärtige. Welcher von beiden spielte an mir?

Ich öffnete die Augen und fand mich allein. Erschrocken, erleichtert. Ich richtete mich auf und spürte die Erregung weichen, dann stellte ich mich unter die Dusche und seifte mich ein, als hätte ich in Gülle gelegen.

Im Flug nach Kopenhagen sackten wir in ein tiefes Luftloch ab, und während des Falls wurde mir klar, wie es ausgehen würde. Nicht Kjell änderte seine Pläne, und trotzdem kommen wir nicht zusammen – weil ich mit dem Flugzeug abstürzte.

Ich schloss die Augen und wachte erst auf, als wir hart landeten. Meine Hände schmerzten, so fest hatten sie sich an die Lehnen geklammert. Mir war mulmig. Es dauerte, bis ich registrierte, dass ich tatsächlich angekommen war, in Dänemark, in Kjells Armen, in unserer gemeinsamen Zukunft.

Das war der Tag, an dem wir das Rauchen einstellten. Es ging ganz einfach. Weder er noch ich hatten noch das Bedürfnis.

„Dieses schlechte Leben, wir lassen es einfach hinter uns“, sagte Kjell.

Als ob das Leben an einem Ort festgebunden werden könnte.

Wir putzten, wo seit Jahren nicht mehr geputzt worden war. Obwohl er die Wohnung behalten wollte, sortierte Kjell weiter aus. Die Unentschlossenheit setzte sich fort. Er wollte das eine und das andere. Aber was bedeutete das für mich?

Kleider gingen in die Sammlung. Bücher ins Altpapier. Im Arbeitszimmer hinter der Tür stapelte sich, was mit nach Berlin kommen sollte. Noten. Kleidung. Noten. CDs. Noten.

„Ich will, dass du ein paar Bilder mitnimmst", sagte ich. „Oder Geschirr. Meine Wohnung muss auch deine werden. Es ist wichtig, dass du dich zu Hause fühlst."

Ich hatte Angst, dass er wieder gehen könnte. Als ob Bilder an der Wand daran etwas ändern könnten.

„Söhnschen. Papa hat sich noch nie zu Hause gefühlt", entgegnete Kjell. „Nicht mal in seiner eigenen Wohnung."

Waisenkinder kennen nur Heime, aber kein Zuhause.

Kjell weinte.

„Was ist los?"

„Als ich hier einzog", sagte er, „glaubte ich eine große Zukunft vor mir. Jetzt ist alles vorbei."

Immer wieder seine schwarzen Gedanken, die manchmal so überzeugend vorgetragen wurden. Wie sollte es gehen, wenn er tatsächlich nach Berlin zog und dort krank wurde? Wir mussten den Test machen. Wir mussten endlich wissen, ob er gesund war oder nicht.

Kjell nahm Abschied. Er fuhr mit mir nach Helsingborg. Der Himmel über uns war offen, rundherum drohten schwarze Wolken. Als reisten wir mit offenem Verdeck.

Er wollte mir das Pornokino zeigen, in dem er in den letzten zwanzig Jahren viel Geld gelassen hatte. Und noch viel mehr Zeit. Seine Aufregung stieg mit jedem Meter, mit dem wir uns dem Kino näherten. Bevor wir eintraten, tastete er seine Taschen ab.

„Was suchst du?"

„Zigaretten." Das alte Muster war noch immer intakt. Auf Schwedisch heißt Muster *mönster*.

„Willst du wirklich rauchen?"

Es war ziemlich genau ein halbes Leben her, dass ich diesen Etablissements für immer abgeschworen hatte. Kabinen mit Bildschirmen. Schwarze Wände. UV-Licht. Schlechter Geruch. Mülleimer. Gloryholes. Ich schaute durch eins hindurch. Auf der anderen Seite saß ein Mann, mit der einen Hand onanierend, mit der anderen am Wählknopf. Kjell, ein alter Mann, im Pornokino, dem jungen Fleisch hinterher geifernd.

Kjell war nicht nur der Starke, Schöne, Kuschelige, jünger Wirkende. Er entsprach auch dem gängigen Klischee. Es war an der Zeit, mir das endlich einzugestehen.

Dieser Ausflug verdichtete sich später zu einer erotischen Geschichte, in der sich der Protagonist plötzlich für Pornos interessiert. Er greift durch das Loch hindurch und berührt den Fremden. Geht zu ihm hinüber und hat Sex mit ihm, während sein Freund auf der anderen Seite bleibt und ihm zuschaut. Der eine gibt das Pornokino auf, der andere verfällt. Und verliert seinen Freund dadurch.

„Manchmal glaube ich, dass ich gleich aus einem Traum erwache", wird Kjell später sagen. „Als wäre das alles nicht echt."

Der Weg vom Pornokino hinunter in die Altstadt führte durch einen Friedhof. Kjell erzählte mir die Geschichte von Totte, einer Transe, die einmal bei ihrem Entree in eine Bar gestolpert war, wodurch sich der Inhalt ihrer Handtasche auf dem Boden verstreute. Er half ihr auf die Beine, sammelte ihr Make-up und brachte sie, die von allen ausgelacht worden war, nach Hause. „Er hatte so Angst hier auf dem Friedhof."

„Warum erzählst du mir das?", fragte ich.

„Du sollst alles wissen."

Ich hatte so viele Fragen. „Dann sag mir, was du damals nach deinem Heimflug, als du so spät nach Hause kamst, wirklich gemacht hast?"

„Fängst du schon wieder damit an? Soll das immer so weitergehen?“

„Nein, nein. Vergiss es! Vergiss es einfach.“

Manchmal ist Vergessen der einzige Weg. Und manchmal führt es direkt in die Katastrophe.

Als wir nach Hause kamen, war Matte auf dem Anrufbeantworter. Ein Stottern mit seltsamer Aussprache. Ich verstand nichts.

Kjell war alarmiert. „Matte. Wie geht's?“, fragte er in das Telefon hinein. Er hatte die Mobilnummer gewählt, um Mattes Eltern nicht sprechen zu müssen. Sie hatten Kjell einmal angezeigt, damals, als Matte noch fünfzehn war.

Ich kroch müde zu ihm ins Bett und wollte mich in seine Achsel legen. Er schob mich weg und bedeutete mir, dass das Gespräch gerade seine ganze Aufmerksamkeit erforderte.

„Hast du dir einen runtergeholt? ... Wie viel Schnaps hast du getrunken? ... Schmeiß den Rest weg! ... Aber du hast doch jetzt einen Job ... Nächste Woche Mittwoch ... Nein, kann ich nicht, Matte, mein kleiner Freund ... Ja, das verstehe ich. Aber mein Leben ist jetzt in Berlin.“

Matte hatte sich angeblich Stunden zuvor aufhängen wollen, erklärte Kjell mir, nachdem er aufgelegt hatte. „Ich glaube, wenn ich weggehe, hat er niemanden mehr.“

„Und jetzt?“

„Es ist nicht mein Leben. Mein Leben bist du. Ich hatte Sex mit ihm, mehr nicht.“ Dann nahm er sein Buch und begann zu lesen.

Am Freitagmorgen erwachte Kjell mit Rückenschmerzen. So schlimm, dass es ihm Tränen in die Augen trieb. Dabei hatte er nichts Schweres gehoben.

„Ich kann nicht hingehen“, sagte er. Die Abschiedsparty mit seinen Freunden im Fitnessclub stand auf dem Programm. Männer, mit denen er seit bald einem halben Jahrhundert dreimal die Woche trainierte. Er hatte ihnen Whiskey und belegte Brote versprochen.

„Wenn deine Schmerzen so schlimm sind, fahren wir in die Klinik." Ich war um jeden Anlass froh, ihn untersuchen lassen zu können.

„Nein, ich spreche nicht von meinem Rücken. Meine Freunde sind so neugierig. Sie werden fragen, warum ich ausgerechnet nach Berlin ziehe. Sie haben bestimmt schon gehört, dass du in meinem Leben bist. Sie werden nach dir fragen. Sie wissen nicht, dass ich schwul bin."

„Antworte einfach nicht. Keiner kann dich dazu zwingen."

Ich half ihm beim Duschen, zog ihn an und band ihm die Schuhe zu. Dann fuhr ich ihn in die Stadt, um Sandwiches, *Smörebröd,* für das Abschiedskaffeekränzchen zu kaufen. Er stellte eine Flasche Whiskey dazu. Die nahm er aus seiner Bar. Dann setzte er sich ans Klavier und begann zu singen.

„Es ist schon elf. Du wolltest jetzt schon dort sein."

Er hörte mich nicht. Er spielte. Rachmaninow. Laut. Dramatisch. Schnell.

Um halb zwölf stand er in der Tür. Gebeugt. Schwach. „Ich geh jetzt."

„Deine Haut ist ganz trocken", sagte ich. „Es ist Winter. Es ist kalt. Du musst dein Gesicht eincremen."

„Das mache ich, wenn ich zurückkomme."

Creme war nur etwas für Frauen.

Am Nachmittag rief Kjell Matte an, weil er sich Sorgen machte. Aber der Vietnamese ging nicht ans Telefon. Nicht um fünf. Nicht um sechs. Erst um halb zehn hob jemand ab. „Matte?"

Nein, seine Mutter, die Kjell erzählte, dass Matte versucht hätte, sich mit Tabletten das Leben zu nehmen.

Kjell wollte nach Lund in die Klinik.

Nun würde ich ihn doch noch verlieren.

„Kommst du nicht mit?", fragte er, nachdem er sich die Schuhe angezogen hatte und sah, dass ich wie versteinert an der Tür stand.

Ich schüttelte den Kopf. Ich hatte keine Kraft mehr, enttäuscht zu sein.

„Aber ich brauche dich doch", sagte Kjell und drückte mir den Autoschlüssel in die Hand.

So fuhr ich, aber ich blieb im Wagen. Wartete. Fror. Ging spazieren und steckte mir heimlich eine Zigarette an. Sie schmeckte grauenhaft. Lurvar schaute mich einmal und nur ganz scheel an. Da trat ich sie aus.

Kjell hatte gesagt, dass er die Abreise verschieben wollte.

„Wie lange?"

„Bis Matte wieder auf den Beinen ist."

„Warum ist er nun doch wichtiger als unser Leben?"

„René. Söhnschen. Er hat versucht, sich umzubringen. Ich kenne ihn seit fünf Jahren. Bitte."

Am Samstag fuhren wir dann früh morgens los und kauften verschiedene Sorten eingelegter Hering und vier Kästen Bier.

Meine Aufregung stieg. Ein Spaziergang in Borstahusen. Am Sund entlang. Wie so oft. Wie bald nicht mehr. Hinauf zu unserer Bank. Besetzt. Eine Frau malte.

Kjell ließ erschrocken meine Hand los. Es war noch immer nicht selbstverständlich für ihn. Immer wieder nicht. Dann grüßte er, ging vorüber, vorsichtig den Hügel hinunter auf die Weide und drüben hinauf auf die Anhöhe. Sein Schritt war noch unsicherer, wenn er Rückenschmerzen hatte.

Die Sonne schien. Sie war warm auf meinem Gesicht. Aber die Böen waren scharf wie Scherben.

Ich bemerkte, wie Kjell auf das Meer hinausschaute. Sehnsüchtig. Den Blick in sich aufsaugte. Würde er all das wirklich aufgeben? Wie hatte ich nur glauben können, dass er das könnte? Wie hatte ich nur träumen können, dass unsere Beziehung stärker wäre als fünfundsechzig Jahre Geschichte?

Ich sagte nichts. Wir gingen zurück. Die Frau saß noch immer auf unserem Platz. Wir schauten ihr Bild an. Zwei Menschen spazieren durch die Landschaft. Sie tragen unsere Jacken. Und halten einander an der Hand.

„Warum schaust du mich so an?“, fragte ich Kjell.

„Ich schaue in deine Augen“, erwiderte er. „Wenn ich alt bin, werden sie meine Augen sein. Verstehst du mich?“

Um sechs sollten sie kommen. Seine „Freunde“. Mit denen er Sex gehabt hatte. Über Jahre hinweg. Deren Probleme er sich angehört hatte am Küchentisch. Bei einer Tasse Kaffee. Und die nicht einmal gefragt hatten, ob sie beim Packen helfen können.

Wir hatten das Bier gekühlt, Gläser für die Schnäpse aufgestellt, den Hering in Schüsseln gegeben, Teller bereitgestellt, Gabeln und Servietten herausgelegt. Alles war fertig. Nur ich nicht.

In den vergangenen Monaten hatte es viele Momente gegeben, in denen ich sie kennen lernen wollte, ihnen begegnen, so wie Phobiker ihren Ängsten. Aufzug fahren, obwohl sie sich vor engen Räumen fürchten, um zu erleben, dass sie keinen Schaden davontragen werden. Ich hatte mir seine „Freunde“ vorgestellt. Ihre Körper, ihre Hände, ihre Stimmen. Die Familienväter, Maler, Installateure. Den Witwer mit den beiden Kindern, der sich von Kjell gerne nehmen ließ. Den Polizisten mit dem Hang zur Unterwürfigkeit.

Nun würden sie alle aufmarschieren. Jetzt, wo das alles ein Ende hatte. Was hatte ich da eigentlich zu suchen? Das war nicht meine Party. Ich wollte mich nicht beglotzen lassen und die Kommentare in ihren Augen lesen. „Wegen dem geht er nach Berlin?“ „Sein Schwanz ist wohl kaum so groß wie meiner.“ „Ob der *besökare* aus *Tyskland* auch so gerne hinhält wie ich?“

Worüber sollte ich mit denen reden? Was Kjell für ein guter Liebhaber war? Über die Größe seines Gliedes? Seine Lieblingsstellungen?

Ich konnte an nichts anderes denken. Die Lügen loderten aus der Asche meiner Erinnerungen auf, und meterhohe Flammen fraßen an meiner Zukunft.

„Was ist mit dir los, mein Sohn?", fragte Kjell, der uns gerade einen Whiskey einschenken wollte. Zum Entspannen.

„Ich kann nicht", sagte ich. „Ich kann es einfach nicht." Dann legte ich mich auf dem Sofa zurück, weil ich fürchtete, vor Aufregung umzukippen.

Kjell kniete sich neben mich. Auf sein schlechtes schmerzendes Knie. Mit dem kaputten Rücken. „Komm, mein Söhnschen! Wir machen einen kleinen Ausflug."

„Aber ... deine Party."

Er gab mir einen Kuss, stand auf und zog mich auf die Beine. Dann nahm er seine Geldbörse und fuhr mit mir nach Malmö zum Essen.

Sonntag. Die letzte Messe. Kjell spielte nicht. Er sang nicht mal mit. Aber er nahm die Kommunion.

Dann fuhren wir nach Helsingborg zu dem Chor, den er jahrelang geleitet hatte. Ein Abschiedskaffee mit Gesang. Für ihn.

Ich setzte Kjell vor der Kirche ab. Er stieg die Treppen mit Mühen hinauf, der Wind trug die Stimmen der Sängerinnen zu mir herunter: „Will dein Chauffeur nicht hereinkommen, Kjell-Åke?" „Wer ist das da draußen im Wagen?" „Ja, wer hat Kjell-Åke hergefahren?"

„Mein Sohn", antwortete Kjell, und alle verstummten.

„Wer?", fragte ein schwerhöriger Nachzügler.

„Sein Sohn."

„Kjell-Åke hat einen Sohn?"

Ich streichelte Lurvar über die geschmeidige Flanke, ließ den Wagen an und fuhr hinunter zum Hafen.

Am Montag ging Kjell mit mir erneut ins Reisebüro.

„Wann möchten Sie denn nun fahren?", fragte die Reiseverkaufsfrau. Kjell hatte die Fähre nun schon zweimal umgebucht, sie klang genervt.

„Schaffen wir es, bis morgen früh alles gepackt zu haben?", fragte er mich.

Ich nickte.

Die letzte Nacht in Schweden. Ich lag wach und dachte nach. Kjell atmete unruhig. Er konnte auch nicht schlafen. Taten wir das Richtige? Würde ich morgen früh feststellen, dass ich das alles nur geträumt hatte?

Am Morgen packten wir den Rest in den Wagen. Lurvar immer zwischen unseren Beinen. Aufgeregt tänzelnd. Dann wieder von einer Pfote auf die anderen. Als müsste er mal. Aber frei von Angst. Ein Abenteuer.

Als alles so weit war, weinte Kjell. Schon wieder. Seine Gefühlsschwankungen strengten mich an. Weil ich es noch immer nicht glauben konnte. Weil ich immer noch annahm, es gäbe einen Weg zurück. Und gleichzeitig war mir klar, dass es für ihn nicht einfach sein konnte.

„Willst du noch ein paar Minuten allein hier bleiben?", fragte ich.

„Was soll ich hier noch? Mein Leben in Schweden ist vorbei."

Ich nahm den Schlüssel vom Brett. Wie immer. Aber abschließen wollte ich nicht. Das sollte er selbst tun.

Der Himmel war schwarz, ein ganz anderes Schwarz, als ich es von Deutschland kannte. Oder von Italien. Schwärzer. Tiefer. Dichter. Undurchdringlich.

Um fünf Uhr morgens war die Autobahn völlig frei. Als wären wir allein auf der Welt. Geradewegs nach Süden. Im Film könnte man nun wegzoomen, aus dem Wageninneren heraus durch die Heckscheibe und uns Protagonisten dann aus der Vogelperspektive zeigen, wie der Wagen mit seinen Insassen kleiner und kleiner wird, bis er nur noch ein sich bewegender Punkt auf einer pfeilgeraden Linie ist. Und wenn die Kamera dann anhält, sieht man einen roten Punkt auf der Leinwand senkrecht nach oben wandern. Die Straße als Verbindung zwischen unten und oben, von der Erde in den Himmel, eine Verbindung zwischen den Welten.

Beim Abspann stehen wir dann auf dem Deck der Fähre. Der Wind zerrt an Kjell-Åkes Haar, sein Blick ist nach vorne gerichtet, auf das nahende deutsche Festland. Ich schaue nach hinten, auf

Schweden, das immer kleiner wird und sich von uns entfernt wie die Vergangenheit. Lurvar steht zwischen uns beiden. Unruhe in seinem Blick, den Kopf vom einen zum anderen wendend. Dann legt er sich hin, leckt sich die Lefzen und atmet laut aus.

Ein schönes Ende. Bildhaft. Wäre meine Geschichte mit Kjell doch nur so ausgegangen. Und davor hätte ich noch folgende Episode gesetzt: Thomas verabschiedet sich auf dem Friedhof – vom Grab, von seiner Verlustangst – und holt Håkan dann vom Arzt ab.

„Alles ist in Ordnung, Söhnschen", sagt Håkan. „Der Test war negativ. Hast du die Karten für die Fähre?"

„Du bist so still", sagte ich zu Kjell in den ohrenbetäubenden Lärm des Fahrtwindes hinein. „Was ist los?"

„Ich höre eine Symphonie. Schon seit ich heute Morgen aufgewacht bin."

Kjell ging aufs Deck. Trotz Kälte und Wind. Wie in meiner Vorstellung. Und er blickte nach vorn. Auf die See. Auf das, was uns bevorstand. Aber ich hielt mich nicht an meine eigene Regie. Ich stand zwar auf dem hinteren Teil des Schiffes, aber ich schaute nicht nach hinten, sondern auf ihn. Meinen Mann. Dreiunddreißig Jahre älter. Wir waren wahnsinnig. Aber es war wohl das einzig Richtige.

Die Fähre verließ den Hafen pünktlich um neun. Die Sonne ging gerade auf und ließ die Seitenwand des Oberdecks weiß aufleuchten. Lurvar zitterte. Er fror. Dort, im Windschatten, in der Sonne wäre es warm gewesen. Aber er stand lieber neben mir und fror, als es warm zu haben, dort an der Wand, in der Sonne. Und allein.

7.

höra [ˇhœːra] hören
höra ihop [ˇhœːra iˈhuːp] zusammengehören

In Berlin änderte sich alles. In Schweden hatten wir auf einem Meter vierzig zusammengelegen. Mein Bett war zwei Meter zwanzig lang und ebenso breit. Eine Spielwiese wie die des bayrischen Königs hatte ich mir bauen lassen. Aber Kjell war das zu eng.

In Schweden hatten wir unter einer Decke geschlafen. Zwei Meter mal einen Meter fünfunddreißig. Und nie gefroren. Uns nie darum gestritten. In Deutschland reichten zwei Meter zwanzig mal zwei Meter zwanzig nicht aus.

Und es änderte sich der Sex. Machte sich rar wie ein kränkelnder Freund, der sich schämt. War ich nicht mehr attraktiv? Würde Kjell deswegen bald nach Schweden zurückgehen? Befriedigender Sex sei so wichtig wie frische Luft, eine Art Nahrung, hieß es in einem wissenschaftlichen Artikel, den ich meinen Liebhabern immer als Beweisstück vorgelegt hatte, wenn ich meinen Hunger „draußen" stillen ging. „Es ist nicht gesund, diesen Wunsch zu unterdrücken", sagte ich dazu.

Dabei war ich selbst nicht scharf auf Sex. Ich hatte viel zu viel Angst: dass ich nicht mehr interessant genug wäre, dass Kjell seinen Hunger lieber „draußen“ stillen wollte.

Dann kaufte er das Klavier, und ich begann zu glauben, dass er bleiben würde. Dass dies alles ein gutes Ende nehmen könnte.

Ich arbeitete, durfte wieder übersetzen und beobachtete Kjell über den Computer hinweg. Wie er las. Auf dem Sofa. Oder ruhte. Wenn er schlief, zog er die Zeitung über sich. Wie ein alter Mann. So väterlich.

Lurvar kroch dann an sein Fußende. Wenn beide dann in ihren Träumen zuckten, kam ich nicht umhin, mir vorzustellen, dass sie einander in einer anderen Welt begegnet waren und dort miteinander spielten. Kjell warf die Frisbeescheibe, so wie wir es oft im Tiergarten taten, Lurvar jagte hinterher, fischte sie aus der Luft. Elegant, leicht, der Körper im Flug völlig entspannt, als hätte er die Schwerkraft aufgehoben.

„Pornographie?“ Kjell hatte ein Buch aus meinem Regal genommen und hielt es mir hin. Eine Sammlung meiner Kurzgeschichten.

Ich nickte. „Das ist mein Pseudonym.“

„Du schreibst Pornographie, kritisierst mich aber immer fürs Gucken?“

Ich wollte Einspruch einlegen, erklären, dass das etwas anderes war, weil ich es aus schriftstellerischem Interesse tat. Da hörte ich die Stimme des Therapeuten: „Du hättest auch auf andere Weise an Geld herankommen können.“ Einige seiner Aussagen schossen mir auch fünfzehn Jahre später noch in den Kopf.

Noch vor dem ersten Wort hielt ich die Luft an. Alles Ausreden. Kjell hatte seine, ich hatte meine.

Von Matte hörten wir nichts mehr, aber Anders rief an. Der Mann, der sich von Kjell nehmen ließ, während seine Frau zuschaute. Er hinterließ eine Nachricht auf Kjells Anrufbeantworter. Zwei Monate waren seit dem Umzug vergangen. Zwei Monate Frieden,

Aufgehobensein, Verständnis. Ich hätte ruhiger sein müssen. Es war leichter geworden, aber ich zuckte immer noch, wenn einer dieser Scheinwerfer Kjells Vergangenheit beleuchtete.

„DJ Cheddar macht heute Swinglounge im *SchwuZ*." Tim war am Telefon, er versuchte wieder einmal, mich aus unserer kleinen Bärenhöhle zu locken.

DJ Cheddar hatte ich Monate nicht mehr gesehen. Eine Swinglounge, was für eine coole Idee. Ein paar Caipis trinken, alte Bekannte treffen, ein wenig tanzen, lachen, mir Tims Geschichten anhören, dummes Zeug quatschen, Penni sein.

„Hast du Lust, heute Abend auszugehen?", fragte ich Kjell. „Tim will mit uns in die Disko."

„Nein", antwortete Kjell über die Partitur von *Madama Butterfly* hinweg, ohne aufzuschauen. „Aber geh du ruhig. Ich bin gerne mal einen Abend allein."

Kjell allein lassen? Und riskieren, dass er sich herumtrieb? Pornokino, Internet, Darkrooms. Vielleicht seine alten Sexbuddys anrief, die ihn dann bezirzten und nach Schweden zurücklockten. In sein altes Leben.

„Ich hab gehört, was Kjell gesagt hat." Tim wartete immer noch auf meine Antwort. „Ist doch klasse, so können wir zwei allein eine Sause machen! Wie in alten Zeiten."

„Nein, ich bin zu müde", sagte ich. „Das nächste Mal."

„Penni, du hockst auf ihm drauf wie eine alte Glucke."

Ich hörte Tims Vortrag nicht, denn die Bilder kamen zurück: die Unruhe in Kjells Augen. Das Suchende. Zigaretten an seinen Lippen. Die Filme, die Lügen, das Internet. Nervosität. Anspannung, die ihm das Klavierspielen schwermachte, Unkonzentriertheit, die ihn am Singen hinderte. Sein Unglücklichsein. Wachsender Sexhunger.

Das Häuschen, das wir uns gezimmert hatten, stand noch auf sehr fragilem Fundament.

„Du hast mir nie erzählt, wie du zum Schreiben gekommen bist", sagte Kjell.

„Ich war in einer Theatergruppe ...“, begann ich und dachte an alles, was ich verschwieg. Theaterspielen war Teil der Therapie während meiner Bewährung. „Einmal sollten wir uns in Gegenstände hineinfühlen, sie pantomimisch darstellen. So wie in dem Musical *A Chorus Line*.“

Zu Anfang gab uns der Therapeut Gegenstände vor. Einen Laternenpfahl. Einen Schlitten. Eine Mülltonne. Ich spürte den Unterschied. Ich konnte ihn spüren, aber ich wollte es nicht zeigen.

„Dann forderte er uns auf, etwas zu spielen, was die anderen erraten sollten. Als ich dran war, stellte ich mich ans Fenster und starrte hinaus.“ Trotzig. Weil ich wegwollte und nicht durfte. Wie ein Gefangener. Die Therapie, die Bewährung. Ich sehnte jemanden herbei, der mich an der Hand nahm und erlöste.

„Ein Waisenkind!“, rief einer der straffällig Gewordenen. Einer, der seine Eltern nie kennen gelernt hatte.

Ich wollte lächeln. So tun, als hätte er mich erkannt. Denn wer erkannt wurde, wurde von diesem Affenzirkus erlöst. „Ein Waisenkind!“ traf mich. Ich wollte lächeln, aber „Ein Waisenkind!“ machte mich traurig.

„Ich fand die Perspektive einfach interessant“, erzählte ich Kjell. Das war mein Standardentree in die Talkshowrunden gewesen. Aber es war natürlich mehr als das.

Noten hatte Kjell mitgebracht. Unterwäsche, Noten, Hosen, einen Anorak und noch mehr Noten. Aber Hausschuhe hatte er vergessen. Es war Winter. Und kalt. Wir suchten in der Stadt nach etwas Warmem. Er sah dicke, knöchelhohe Dinger aus Pelzimitat. „Bärenfüße“ nannte ich sie und deutete zum Spaß darauf.

„Bärenfüße“, wiederholte Kjell und ging damit an die Kasse.

Kjell versuchte sich mit der Zeitung, lernte Deutsch durch Politik.

„Zusammengehören. Was hat das mit Hören zu tun?“

Mir war nie aufgefallen, dass das akustische Hören und das Gefühl, Zusammenzugehören, ähnliche sprachliche Wurzeln zu haben scheinen. Hatten die beiden Worte auch inhaltlich etwas miteinander zu tun? Ging das auf die Jagd zurück, bei der Jäger über Laute miteinander kommunizierten? Einander hörten und daher zusammengehörten? Ist das einander Hören Voraussetzung zum Zusammengehören? Gehörte nur zusammen, wer einander hörte? Gewollt, geliebt, gesehen ... gehört?

„Keine Ahnung“, antwortete ich. „Aber im Schwedischen habt ihr die gleiche Konstellation, *höra* und *höra ihop*.“

Manchmal braucht man das Fremde, um das Eigne zu erkennen.

„Im Zoo wurde ein Elefantenkind geboren“, las er mir weiter vor. „Man sucht einen Namen.“

„Ruf an und sag ihnen, sie sollen es Kjell-Åke nennen!“, schlug ich vor. Ich musste an das Kalb denken, das wir im Jahr davor bei einem Spaziergang gefunden hatten. In Järavallen. Auf der Weide vom Meer in den Wald. Neu geboren. Allein gelassen. „Kjell-Åke“ hatte ich es gerufen und zu seiner Mutter geführt, die am anderen Ende der Weide gegrast hatte.

„Aber der Elefant ist ein Mädchen, René.“

„Na und?“

„In Berlin geht alles, was?“

„Sollen wir die Zeitung abonnieren?“, fragte ich ihn.

„Ich glaube, dass ich über kurz oder lang wieder das *Sydsvenska Dagbladet* lesen will.“

Manchmal hing Kjell durch. Es genügte, wenn sein Spiel auf dem Klavier nicht fließen wollte. Wenn er sich nicht entspannen konnte. Wenn er sang und den Ton nicht fand. Den Klang. Den „Hauptklang“, wie er seine Kopfstimme nannte, weil im Schwedischen der Kopf immer noch das Haupt, *huvud*, ist.

Wenn er am Tage schlief, erwachte er oft mit finsteren Gedanken. „Ich bin so müde in meiner Seele“, sagte er dann, und meine Angst war wieder da.

„Willst du nicht mit Lurvar eine Runde drehen?“ Es war besser, wenn ich ihn in solchen Momenten alleine ließ. Der Hund an seiner Seite konnte ihm besser Halt geben.

Manchmal tigerte er auch ohne Grund durch die Wohnung. Wie eingesperrt. Gefangen. Wenn das wilde Tier in ihm ausbrach und reißen wollte. Junges Wild.

Die Dämonen waren mitgereist. Da konnte ich verstehen, warum er früher in solchen Momenten auf die Pirsch ging. Sich notfalls mit Geld einen schnellen Rausch verschaffte. Es ist so viel einfacher, sich zu betäuben.

„Ich kann hier nicht bleiben", sagte er dann schon mal.

„Wo willst du hin?"

„Nach Hause. Wo ich hingehöre. Wo mein Leben ist."

„Aber du sagtest, es sei schlecht gewesen. Du sagtest, du hättest hier erst gelernt, was Leben ist."

„Das ist richtig. Mein Leben war schlecht. Aber es war meins."

Aber wenn er dann Bekannte in Schweden anrief, Leute von der Kirche, Schulfreunde oder die anderen aus dem Fitnessclub, prahlte er damit, wie gut es ihm in Berlin ging. Erzählte vom wahnsinnigen Straßenverkehr und den für ihn ungeheuerlichen Dimensionen dieser Stadt.

Zucker wurde wieder zum Problem. Nachts die Schokoriegel. Dann unruhiger Schlaf. Albträume. Schlechte Stimmung am Tage.

Ich versteckte die Süßigkeiten vor ihm.

Er versteckte sie vor mir.

Die Nachbarn registrierten nach und nach, dass er nun bei mir wohnte. Der Name am Briefkasten. Am Klingelschild. Ihre Blicke. Sein Alter. Ich hörte die Rädchen in ihren Köpfen drehen.

Nach drei Monaten gingen wir zusammen in die Sauna. An einem kalten, verschneiten Märztag. Es war an der Zeit. Es stand einfach an. Für ihn, um festzustellen, wie stark die Dämonen noch waren. Für mich, meinen Monogamiewunsch zu testen, meine Einstellung zu überprüfen.

Kjell guckte. Ich guckte. Der Whirlpool, das Labyrinth, die Gloryholes. Wir gingen zusammen, gingen getrennt, verloren uns aus den Augen.

„Und, wie war's?", fragte ich ihn danach in der Umkleide.

„Ich glaube, Papa hat sein Interesse verloren. Und du?"

Ich hatte das Interesse am Sex mit anderen schon längst verloren. Aber wie ich dann dasaß und die nackten Körper sah, die Erektionen und Balzrituale, entfachte sich Erregung auch in mir.

„Ein finster blickender Ungar und ich verhalfen einander zur Entspannung", sagte ich zu Kjell. Wirklich nahe gekommen war ich dem Fremden nicht, weil es mir unangenehm gewesen wäre.

Kjell schaute mich an. Ein erstarrter, fast entsetzter Blick. „Was?" Und dann, bevor ich verstand, was passierte, knallte er die Tür zu seinem Schließfach zu und ließ mich stehen.

Ich warf mir die Jacke über und lief ihm erstaunt hinterher. „Bist du eifersüchtig?"

„Nein, Papa ist nicht eifersüchtig", sagte er, aber ich sah die Verletzung in seinen Augen.

Da hielt ich ihn fest und umarmte ihn. „Du hast keinen Grund." Und ich sagte die Wahrheit. Es dauerte nicht lange, dann war der harte Glanz aus seinen Augen verschwunden. Sein Zorn hielt nicht lange. Nie so lange wie meiner.

Gemeinsam gingen wir hinaus. Hand in Hand. An der Kasse saß ein alter Bekannter. Von damals, als dies hier noch mein zweites Wohnzimmer war. Wir hatten Sex gehabt, er und ich, und sogar immer mal ein bisschen miteinander geredet.

Als ich ihn sah, ließ ich Kjells Hand los und wechselte ein paar Worte mit dem Kassierer. Smalltalk. Da umarmte Kjell mich von hinten, hielt mich fest und gab mir einen Kuss in den Nacken. Das hatte er noch nie gemacht.

Ich schaute in die Augen des Kassierers. „Warum hat der einen so Alten?", sah ich ihn denken. „Nimmt René jetzt Geld für Sex? Oder kriegt er etwa keinen mehr ab?"

„Das ist Kjell-Åke", sagte ich. „Mein neuer Freund." Ganz gleich, wie viel Coming-outs man schon hinter sich hat, es gibt immer einen nächsten Schritt.

Mit Steve und Gerbert trafen wir uns öfter. Die Minderheit in der Minderheit. Überall sonst wurden wir skeptisch gemustert. Oder gar ausgefragt. Wegen der kulturellen Unterschiede. Weil es doch ein großer Schritt für uns beide gewesen sei zusammenzuziehen. Wegen des unübersehbaren Altersunterschieds. Dabei wollten doch alle nur wissen, ob das mit dem Sex noch klappte.

Selbst Steve. „Und geht er dir schon auf die Nerven?"

„Nein. Gar nicht. Ja, er ist langsamer als Jüngere. Und manchmal muss ich auf ihn warten. Aber weißt du was? Ich musste auch schon auf andere warten, weil sie nicht vom Spiegel wegkamen. Oder vom Fernseher."

„Ich rede vom Sex. René. Hast du inzwischen eine Konkubine?"

Einen anderen nebenher? „Nein." Der Sex war noch immer ein Problem. Kjell konnte mir nicht in die Augen sehen dabei. Und ich merkte, dass er inneren Bildern folgte. Vergangenen oder neuen Fantasien. Aber ich gab nicht auf. Ich wollte nicht aufgeben. Ich hatte jahrelang viel Sex gehabt. Mit Männern, deren Namen ich nicht einmal kannte. Mit Fingern, Händen, sogar ganzen Armen. Gelobt hatte ich sie, sie hatten sich bei mir bedankt. Aber am Ende war es immer nur Sex mit mir selbst.

„Es wird kommen. Du wirst sehen", sagte Steve. „Sex mit anderen, das kommt bei allen früher oder später."

Mit wie wenig geben wir uns eigentlich zufrieden?

Wir luden Freunde ein. Bei einem schwedischen Kaffeekränzchen sollten alle sie kennen lernen, Kjell und Lurvar, meine Familie. Hajo und seine Frau. Guido und David. Steve und Gerbert. Sophie brachte ihre Kinder mit, den Vater ließ sie zu Hause. Tim kam mit André. Wohl aus Trotz. Ein süßer Kerl.

„Was meinst du, was sie über Papa denken?", fragte mich Kjell am Abend, als die Spülmaschine seufzend ihre Arbeit aufnahm.

„Ist mir egal", sagte ich und ließ mich erschöpft aufs Sofa fallen. „Sollen wir ein wenig fernsehen?"

„Nein", erwiderte Kjell. „Fernsehen hat mich noch nie interessiert."

Wie oft hatte ich nachts in Schweden angerufen und Kjell angeblich vom Fernseher weggeholt. Manchmal hatte er mir gar die Handlung des Films geschildert.

Die Lügen verblassen, aber sie bleiben immer da.

„Wofür hattest du dann einen Fernseher?"

„Für die Pornos."

Wenigstens sprach er mittlerweile darüber.

„Sex war wohl ein Fulltimejob."

„Es war nie so schlimm, wie du immer gedacht hast."

„Du schreibst unsere Geschichte auf, nicht wahr?", fragte Kjell.

Ich nickte. Mit ein wenig Scham. Denn ich hatte den Figuren andere Namen gegeben, ich hatte Orte und Lebensgeschichten verändert, aber ich musste dennoch die Wahrheit schreiben.

„Wie wird sie ausgehen?"

„Gut. Natürlich gut." Ich wollte Håkan zu Thomas nach Berlin ziehen lassen. Sie sollten sich einen Hund anschaffen. Håkan wird seine Vergangenheit überwinden und Thomas die seine. Der eine mit Hilfe des anderen. Der Blinde führt den Lahmen.

Ich wollte, dass die Geschichte so endete. Für mich. Aber während ich das sagte, im Moment, als meine Ohren die Worte vernahmen, wurde mir klar, dass sie so nicht enden konnte. Nicht enden durfte. Das Leben von solchen Menschen geht nie gut aus. Das würde mir kein Leser abnehmen.

Da beschloss ich, die Geschichte nicht weiterzuschreiben. Sie einfach zu vergessen.

Als ob das so einfach wäre. *Killing My Daddy* war längst geschrieben. Wenn auch nicht auf Papier. Das hätte ich schon wissen können. Auch Kjell wusste es, denn er sagte, ganz ruhig, mit demütiger Selbstverständlichkeit: „Es wird einmal das letzte Kapitel kommen, das weißt du."

Natürlich gibt es immer irgendwann ein letztes Kapitel. Mit dem Titel *Vergänglichkeit*. Es kommt in jedem Leben. Nur hätte ich mir gewünscht, dass es etwas länger hätte auf sich warten lassen.

8.

glömma [ˇgløma] vergessen
gömma [ˇjøma] verstecken, verbergen

Das Fieber stieg schnell. Innerhalb von zwei Stunden konnte Kjell nicht mehr ohne meine Hilfe aus dem Bett. In der ersten Nacht musste ich es dreimal frisch beziehen, weil er so schwitzte. Und die Rückenschmerzen setzten wieder ein; sie kamen nun immer häufiger.

„Jetzt ist es vorbei", flüsterte er heiser um drei Uhr morgens. Ich wusste nicht, ob er träumte oder wachte.

Tabletten halfen nicht, so rief ich den Notarzt.

„Ihr Vater?"

Diesmal nickte ich nur. Es konnte mir nur dienlich sein. Wegen der Schweigepflicht.

„Vielleicht eine Grippe", sagte der Arzt. Die gehe gerade um. Mit Verdacht auf Lungenentzündung. Mit Antibiotikum und Schmerzmitteln würde sich Kjells Gesundheitszustand bessern, „und dann sollten Sie Ihren Vater unbedingt so schnell wie möglich richtig untersuchen lassen."

Die Medikamente schlugen an. Eines gegen Nervenschmerzen und Fieber, ein Antibiotikum und eins gegen den Durchfall. Zwei

Tage und zwei Nächte hielt ich an Kjells Bett Wache, flößte ihm Tee ein, weil er nicht trinken wollte, deckte ihn zu, wenn er sich freistrampelte, half ihm auf die Toilette. Er war kaum ansprechbar.

Tim veranlasste, dass Kjell geröntgt wurde. Die Lunge wegen der Möglichkeit einer Entzündung, den Rücken und den Unterbauch wegen der Schmerzen. Ohne Befund. Auch sein Blut zeigte außer den allgemeinen Entzündungszeichen nichts. „Kein Wert, der nicht wunderbar in der Mitte läge. Der alte Schwede wird hundert. Wenn du ihn nicht vorher vor lauter Eifersucht umbringst."

Ich schaute Kjell an, der auf dem Stuhl saß. Eingefallen, grau. Es war kaum vorstellbar.

Ich brauchte drei tiefe Atemzüge, bis ich es herausbrachte. „Kann man davon ausgehen, dass er kein HIV hat?"

Kjell schaute kurz auf, fiel aber noch vor Tims Antwort wieder in sich zusammen.

„Das beweist das leider nicht. Du kannst auch mit HIV hervorragende Blutwerte haben. Besteht denn ein Risiko?"

Da stand Kjell auf. „Ich muss mich hinlegen", sagte er und nahm mich an der Hand.

„Nein. Eigentlich nicht", antwortete ich.

„Warum machst du dir dann Sorgen?"

Ein Taxi brachte uns nach Hause. Ich zog Kjell aus und half ihm ins Bett. Er hatte nicht mal die Kraft, sich richtig hinzulegen.

Ich zog die Decke über ihn und schlug sie unter den Füßen ein, dann schloss ich die Vorhänge. Da schnarchte er schon.

Ich konnte nicht mehr warten. Nun musste ich endlich wissen, woran ich war.

Geschafft. Wo ist der Filzstift? In der Jackentasche. Gut.

„Komm, Lurvar!" Er springt über mich hinweg aus der Tür. Präzise. Wie eine Gazelle. Bleibt auf dem Landepunkt stehen. Wartet.

Knirschen unter meinen Sohlen. Wie reißendes Fleisch. Es durchzuckt mich. Ich höre nicht hin.

Die Leine. Ich führe Lurvar über die Straße, damit er pinkeln kann. Dann schließe ich ihn im Wagen ein. Sie würden mich vermutlich hängen, wenn ich ihn mit auf den Friedhof nähme.

Ich komme auf den Hauptweg und sehe die geballte Endlichkeit vor mir. Eine Startbahn für die Seelen, es erschreckt mich jedes Mal. Sophie sagte einmal, dass der Tod auch eine große Chance sei, wenn man ihn akzeptiert. Wenn man sich der Endlichkeit seiner Lebensspanne wirklich bewusst wäre, würde man nicht so viel Zeit verplempern.

„Aber wenn man Angst hat vor dem Tod?"

„Genau das meine ich", erklärte sie. „Damit verplempert man Zeit. Es gibt kaum eine sinnlosere Angst. Denn es ist wenig sinnvoll, Angst vor etwas zu haben, das garantiert eintreten wird."

Den Tod habe ich nie verstanden. In meinem Freundeskreis ist noch niemand gestorben. Ich habe mich immer gefragt, wie das wohl wäre. Wie sich das anfühlen würde, wenn plötzlich jemand einfach nicht mehr da ist.

Kjell war mehrmals abgereist, ein kleiner Tod jedes Mal. Ich habe dann auf seinem Kissen geschlafen. Ein T-Shirt oder seine Unterwäsche mit ins Bett genommen und meine Nase hineingesteckt. Aber der Geruch verflog bald. Dann lag da nur noch Stoff. Lebendig blieb Kjell nur aufgrund meiner Erinnerung. Aufgrund meines Glaubens, dass wir uns wiedersehen würden. Oder mit seiner Stimme am anderen Ende des Telefons.

Kjell hatte genaue Vorstellungen, wie er begraben werden wollte. Und sie mit dem Beerdigungsinstitut abgesprochen, das zwischen seiner Hausbank und dem Supermarkt liegt, in dem er immer Fleisch eingekauft hat, weil es dort am billigsten war.

Sollten nicht die Hinterbliebenen entscheiden, wie man beerdigt wird? Sie müssen damit leben: mit dem Verlust und dem Urteil, das die Gemeinde über sie fällen wird. Offenbar hatte Kjell niemanden gehabt, dem er das hätte überlassen wollen. Dem er überhaupt das Interesse an seiner Beerdigung zugetraut hätte.

„Önskad, älskad, sedd ..." sollte auf dem Grabstein sein, eine Zeile aus einem Psalm. „Gewollt, geliebt, gesehen ..." Ich hätte noch

andere Partizipien hinzufügen können: gehört, gerochen, geliebt, gefühlt, gekannt, geschätzt, getragen ... Aber das wollte ich nicht in den Stein ritzen lassen, um das Original nicht zu verfälschen.

Ein besonderes Grab sollte es trotzdem werden, was nicht einfach ist, in einem von einer Religion geprägten Land wie Schweden, deren zentrales Anliegen zu sein scheint, der Lebensfreude abzuschwören: kalte, schmucklose Kirchen, betonierte Vorgärten, die regelmäßig mit Unkrautvernichtungsmitteln besprüht werden, damit kein Grashalm mit seinem frivolen Grün die eintönig grauen Fassaden in Frage stellen könnte.

Allein die Weihnachtsbeleuchtung. Eine Nachtfahrt durch Malmö wird im Dezember zu einer Reise durch Ostberlin mit staatlich verordnetem Fensterschmuck. Sieben elektrische Kerzen in jedem Fenster. Wenn es bunt blinkt, wird die Nase gerümpft: Ausländer. Schlimmer noch: Einwanderer. Die, die das Geld wegnehmen und die Kriminalität ins Land bringen.

So aktiv, wie Lustfeindlichkeit betrieben wird, muss man die Zustandsbeschreibung „grau" einer aktiveren Wortgruppe zuordnen und ein Verb daraus machen: grauen – selbst als Substantiv geeignet.

Natürlich werden die Friedhöfe da nicht ausgenommen. Die Bäume sind auf Gleichmaß gestutzt, so dass sie in Haltung allenfalls von den Soldaten der chinesischen Armee übertroffen werden. Zur Grünflächenüberwachung werden Golfrasenexperten herangezogen. Kein Unkraut, kein Moos, noch nicht einmal Klee traut sich, ein Köpfchen der Sonne entgegenzurecken. Und auf den Gräbern Kieselsteine. Schon eine Vase mit frischen Blumen gilt als gewagt.

Ich ließ mir damals die Friedhofsatzung geben und studierte sie, dann kaufte ich das Grab für Kjell. Und bezahlte für fünfundzwanzig Jahre im Voraus.

In Erinnerung an meine Kindertage wählte ich eine bayrische Bepflanzung, wie ich sie vom Grab meines Großvaters kannte. Bunt, üppig, katholisch. Ich brachte sogar Blumen aus Berlin mit, weil mir die Auswahl der Geschäfte im Umland nicht genügte.

Es war, als hätte ich eine Skulptur von einem nackten Mann aufgestellt. Mitten auf dieser grauen Startbahn. Kjells Grab. Ein Blickfang. Wie eine Bremse für die glatte Hinfälligkeit. Eine Hürde gegen das graue Vergessen. Es war eigensinnig. Es war extrem egoistisch. Vielleicht sogar unfair. Aber ich habe das gebraucht.

Man rebellierte. Ich wurde von der Friedhofsverwaltung per Einschreiben geladen, und die Herrschaften, die mich empfingen, machten schon in ihrer Kleidung deutlich, dass sie mir keine Chance lassen wollten. Sieben Männer und eine Frau saßen mir gegenüber. Alle in verblichenem Schwarz. Keiner hatte auch nur einen Hauch Farbe in seinem Resthaar vorzuweisen.

Ich wurde geladen, um gerichtet zu werden. Aber ich war darauf vorbereitet. So wie man Vertreter am Telefon abwimmelt, berief ich mich auf die Statuten, beantwortete keine Fragen, ging auf keine Angriffe ein.

Sie entließen mich mit der Drohung: „Wir sind uns sicher, dass Sie uns richtig verstanden haben.“ Ich hatte, aber ich änderte nichts.

Ich rechnete damit, dass meiner kleinen Oase „etwas zustoßen“ könnte. So was sah man im Fernsehen. In Filmen, die auf entlegenen Dörfern spielen. Aber so weit gingen sie nicht. Ich wurde einfach gemieden. Ignoriert. Wie der Tod. Als hätte das Kjells Grab unsichtbar gemacht. Man konnte es vergessen, man konnte es ignorieren, aber übersehen konnte man es nicht.

Önskad, älskad, sedd. Dass Kjell sich gewünscht und geliebt fühlte, dafür konnte ich nicht sorgen, aber dass man ihn sehen wird. Zumindest nach seinem Tod.

Ich knie am frisch bepflanzten Grab nieder. Alles ist angelegt. In den nächsten Monaten werden die kleinen Knospen farbenfrohe Blüten hervorbringen.

Wofür das alles?

Wofür so eine Vater-Sohn-Beziehung? Wofür die Lügen? Der Verrat? Das ganze Leid? Und dann der Tod?

„Warum willst du eigentlich ein Söhnchen haben?“, fragte ich Kjell.

„Wenn man älter wird, wünscht man sich eben ein Söhnschen", antwortete er.

Vater, Sohn. Er war meine Zukunft. Und das Stoppschild zugleich. Habe ich gedacht. Gehofft. Als ich begann zu verstehen. Dabei hatte ich Kjell längst überholt.

Im Gesundheitsamt rief man uns einzeln zum Arzt. Kjell ging als erster. Zitterig. Bleich. Die Pupillen weit. Ich gab ihm einen Kuss. „Ich lass dich nicht allein, wenn du mich nicht allein lässt." Ein Schwur. Romeo und Julia.

Ich blätterte in Broschüren. Türkische, polnische, tschechische, französische gab es, aber keine schwedischen. Wie würde ich Kjell das alles erklären, was er wissen musste? Wie die Waschzettel dieser Medikamente übersetzen, die Überlebenshandbüchern gleichkamen?

Hatte ich mit dem Test das Richtige getan? Was, wenn er mit der Wahrheit nicht fertig werden würde? Aber ich musste es wissen. Ich hatte keine Angst vor seinem Positivsein, das hatte ich mit Ben schon bewiesen. Aber vor dem, was Kjell jedes Mal beteuert hatte, wenn es um den Test ging. „Wenn ich positiv bin, will ich keine Minute mehr leben." Ich hatte Angst, mich auf jemanden einzulassen, der im entscheidenden Moment die Flucht antreten würde. Die endgültige.

Als Kjell zurückkam, schob er den Ärmel seines Pullovers nach unten, ich half ihm in den Anorak. Ende März. Sonnig, aber viel zu kalt.

Ich ging auf das Arztzimmer zu. Kjell hielt mich fest, schaute mir in die Augen. Kein Schwur. Auch Kjell war keine Julia. Er würde so wenig um uns kämpfen, wie Giancarlo es getan hatte.

Während mir der Arzt Blut abnahm, fragte er mich, wann ich mich zum letzten Mal hatte testen lassen und ob ich über die Übertragungswege Bescheid wüsste. „Sollen wir Sie auch auf Syphilis und Hepatitis untersuchen?"

„Ich hatte letzten Sommer eine Hepatitis."

„Weiß Ihr Partner davon?"

„Ja, natürlich!"
„Als ich ihn nach Risikokontakten fragte, schüttelte er nur den Kopf. Daraus schließe ich, dass er es nicht weiß."
Kjell musste es vergessen haben. Oder verdrängt.

Ich nehme den Filzstift aus der Tasche und schaue mich um. Um diese Uhrzeit ist kaum jemand auf dem Friedhof. Die alten kommen morgens, die Jungen erst nach der Arbeit.
Papa Björn, schreibe ich auf den Grabstein. Mit rosa Marker. Auf den roten gesprenkelten Marmor. Niemand wird es sehen. Nur ich weiß, dass es dort steht. Eine Verbindung, die uns nichts und niemand mehr nehmen kann. Auch wenn uns alles andere trennt.
Dann gehe ich zurück zum Wagen und fahre in die Stadt.

„Hast du es Olle gesagt?", fragte ich Kjell. Nachts, in seinen Armen. Nach unserem Gebet.
„Was?"
„Dass wir uns testen lassen." Ich dachte, dass er vielleicht mit seinem besten Freund darüber sprechen würde. Jemand würde uns helfen müssen. Ich befürchtete, ihn nicht alleine auffangen zu können.
„*Oh nej*. Du bist der Einzige, dem ich vertraue. Du bist der Einzige, den ich habe."

Das bevorstehende Testergebnis warf seine Schatten voraus.
„Am Dienstag werden wir sehen, wie der Rest unseres Lebens aussieht. Ob es einen Rest gibt."
Jeden Tag hatte Kjell mindestens einen Kommentar dieser Art. Seine Angst war groß. Ich würde stark sein müssen. Aber wir mussten es wissen. Falls er wirklich ganz umziehen würde, braucht er eine Krankenversicherung in Deutschland. Ein positives Testergebnis hätte Auswirkungen auf alles gehabt.
Dienstagmittag war es dann soweit. Die Sonne schien. „Für uns", sagte ich und gab Kjell einen Kuss. „Das Wetter ist das gute Omen. Hast du den Zettel mit deiner Kontrollnummer?"

Kjell wendete sich ab, setzte sich ans Klavier und begann zu spielen.

„Kjell? Kjell!"

Er überspielte seine Angst mit Mozart-Sonaten. Ihm fehlte die Kraft. Aids war keine Krankheit. Es war ein Beweis, dass er sich schmutzig und schlecht verhalten hatte. Es war eine Frage der Schuld. „Wenn ich positiv wäre, würde ich keine Sekunde mehr leben wollen." Vielleicht war das ernster für ihn, als ich angenommen hatte.

„Das ist doch albern", versuchte ich ihn zu überzeugen. „Wir sollten die Wahrheit kennen. Es ist heute kein Todesurteil mehr. Die Nebenwirkungen der Medikamente sind nicht mehr so schlimm."

Als ich das sagte, blitzte ein Bild vor meinem inneren Auge auf. Im *Prinzknecht* von dem Treppchen hinten links Richtung Ausgang aufgenommen: die Theke, der Gang, die Männer. Wenn es dort voll ist, sieht man viele Gesichter, die von den Medikamenten gezeichnet sind. Manchmal die Hälfte der Anwesenden. Tiefe Furchen neben den Mundwinkeln, Dellen an den Schläfen, die Haut so seltsam gespannt. Nacken. Venen auf den abgemagerten Armen.

Die Wahrscheinlichkeit, dass Kjell-Åke das blühte, war groß. Ich würde damit leben müssen. Ich würde es wollen. Auch wenn es mich traurig machte. Aber würde Kjell, nach allem, was er in seinem Leben schon ertragen hatte, nun auch das noch ertragen?

„Ich kenne Leute, die seit zwanzig Jahren positiv sind und noch immer keine Symptome haben", legte ich nach.

Er hörte nicht. Er spielte und spielte. Er war einfach nicht fähig, dem in die Augen zu schauen.

Ich hätte es darauf beruhen lassen sollen. Unser schönes, kurzes Leben genießen. Und hoffen, dass keine bösen Überraschungen über uns hereinbrechen. Vergessen, dass es Aids gibt. Und bei jeder Grippe, Lungenentzündung oder Lymphknotenschwellung die Zähne zusammenbeißen. Aids verbannen. Das ging. Ich wusste, dass es ging. Viele schafften das.

Ich gab Kjell einen Kuss. Er schlang seine Arme um meine Hüften und hielt mich fest. Ich streichelte seinen Kopf, küsste die

Stelle, wo das Haar sich zu lichten begann, und versuchte es ein letztes Mal. „Komm mit!"

Er zögerte. Ich spürte, dass er zögerte. Aber dann küsste er meinen Bauch und wendete sich wieder Mozart zu.

Ich werde direkt vor dem Eingang parken. Ich manövriere den Wagen durch die enge Einfahrt, vorbei am Schild *Zufahrt nur für Berechtigte* und parke direkt vor dem *Församlingshem*.

In der Küche brennt Neonlicht. Durch das gekippte Fenster dringt das Klappern von Metall, aber sehen kann ich nichts. Drinnen durchquert jemand den Gang.

Das ist noch nicht das Ende. Die Geschichte mit Thomas und Håkan hat noch kein Ende. Hier kann sie nicht enden.

Mit diesem Satz hast du mich lange genug dran gekriegt, setze ich dieser Stimme in meinem Kopf entgegen. Dem Schriftsteller, der keiner ist und dennoch in einer Tour Geschichten erfindet. Das Leben ist kein Roman. Es schließt keine Handlungsbögen. Das kannst nur du selbst.

Ich stütze den Kopf auf das Lenkrad. Er ist plötzlich so schwer.

„Du bist so dramatisch, Söhnschen", höre ich Kjell sagen. *„Min författare."*

Die Zweifel legen sich wie ein Mantel über meine Schultern. Was ist wahr? Was ist erfunden? Was ist richtig? Was falsch? Wann muss man bleiben? Wann muss man gehen?

Kjell kommt aus dem Gemeindehaus. Er strahlt. Sein Gesicht glänzt wie immer nach einem gelungenen Auftritt. Er sieht den Wagen, kommt auf uns zu ... „Söhnschen. Söhnschen!" Er klopft mit dem Zeigefinger ans Fenster.

Lurvar bellt und jault. Er kratzt mit den Pfoten an der Scheibe. Sie beschlägt von seinem Atem. Von seiner Erregung. Dann dreht er sich im Kreise und bellt noch wilder.

„Söhnschen, wo bist du?"

Was für ein seltsames Echo.

„Hallo, Söhnschen. Ist alles okay mit dir?"

„Ich hab dich so vermisst, Papa. Ich hab dich so vermisst." Ich möchte in seine Arme fallen. Seine Kraft, seine Wärme spüren. Aber ich kann mich nicht bewegen.

„Söhnschen, wo bist du?" Seine Stimme klingt ferner. Das Echo wird stärker. Kjells Lächeln eine Fratze.

„Söhnschen!" Das Klopfen seines Zeigefingers gegen die Fensterscheibe wird zum Hämmern. Ich halte mir die Ohren zu, dann schrecke ich hoch. In meinem Kopf dreht sich alles, es dauert einen Moment, bis ich wach bin, bis der Traum in meinem Kopf verhallt.

Lurvar schläft neben mir auf dem Beifahrersitz. Seine Lefzen zucken im Gleichklang mit seinen Pfoten, als jagten Stromstöße durch seinen gehetzten Leib. Er fletscht die Zähne. Jagd. Flucht.

Ich lege meine Hand auf seine bebende Flanke. Es ist sechzehn Uhr. Es wird Zeit.

„Hej, Lurvar lille."

Er schreckt hoch und schaut mich mit weiten Pupillen an. Dann wedelt er mit dem Schwanz, leckt sich das Maul und dreht sich auf den Rücken, damit ich seinen Bauch streicheln kann.

„Tack för allt." Ich wende mich ab. Lurvars Blick kann mich nicht halten, darf mich nicht halten. Ich muss gegen. Jetzt.

Ich stelle den Brief vor den Tachometer und lege den Wohnungsschlüssel davor. Den Autoschlüssel lasse ich stecken.

Handy, Portemonnaie, Wohnungsschlüssel von Berlin, ich hab alles. Rucksack, Reisetasche. Lurvars Blick begegne ich nicht. Ich schlage die Autotür zu und gehe. Nicht umdrehen! Nur nicht umdrehen!

Als ich am Ende des Parkplatzes durch die Büsche trete, bleibe ich stehen und drehe mich nun doch um. Lurvars fragende Augen. Ich weiche ihnen aus.

Ich sollte warten, damit niemand auf die Idee kommt, den Wagen zu stehlen. Der Zug kurz vor siebzehn Uhr reicht. Ich kann auch noch den nächsten Bus abwarten.

Nein, warte nicht! Du sollst gehen. Lurvar sitzt doch im Wagen. Niemand wird sich trauen. Aber ...

Ich kam mir so gewieft vor, als ich im Gesundheitsamt Kjells Kontrollnummer statt der meinen abgab.

„Negativ!"

Kurz und knapp.

„Ist das Ergebnis sicher?"

„Sie scheinen überrascht zu sein. Ich möchte Ihnen nicht zu nahe treten, aber beim letzten Mal sagten Sie, dass Sie Sex nur ganz safe praktizieren. Verstehen Sie, ich sage das nur, weil ich Ihnen dringend raten möchte, Ihr Risikoverhalten zu überdenken. Wenn Sie den Virus erst mal haben, geht er nicht wieder weg."

Erst da wurde mir klar, was ich gesagt hatte. „Oh, das tue ich. Ich … ähm. So ein Test ist trotzdem immer ein Stress."

„Ich verstehe." Der Arzt nahm seine Unterlagen wieder auf und las weiter. „Wie ich sehe, hatten Sie eine Syphilis und Hepatitis. Beide, A und B. In ihrem Alter nicht …"

„Hepatitis?" Kjell hatte also doch eine Hepatitis gehabt. Mir lief es abwechselnd heiß und kalt den Rücken herunter.

Der Arzt kniff die Augen zusammen. „Sie sagten doch, dass Sie letzten Sommer eine hatten."

Meine Gedanken überschlugen sich. Ich musste diesem Arztautomaten entkommen, der auf mich einredete. Ich nahm den Befund …

„Nein, nein, den müssen wir hier behalten. Aber Sie haben ja die Kontrollnummer, mit der Sie ihn zehn Jahre lang bei uns einsehen können."

Ich steckte die Nummer schnell in mein Portemonnaie. „Ach, ich sehe gerade, ich hab Ihnen den falschen Zettel gegeben." Ich hielt dem Arzt meine Nummer hin. „Ich habe die 515, nicht die 514. Sehen Sie? Es steht sogar mein Name drauf."

Er nahm mir die beiden Zettel aus der Hand und musterte mich mit zusammengekniffenen Augen. Er versuchte wohl, sich zu erinnern. Da er mir das Blut nach Kjell-Åke abgenommen hatte, war die Sache klar.

„Sie wissen, dass Sie soeben gegen das Gesetz verstoßen haben. Sie hatten kein Recht, das Testergebnis Ihres Freundes gegen seinen Willen in Erfahrung zu bringen."

Welches Recht ich hatte, ging ihn gar nichts an. Ich lächelte. „Das war wirklich keine Absicht. Er ist nur so schusselig, dass ich immer all seine Papiere verwalten muss. Und da habe ich wohl den falschen herausgenommen. Tut mir wirklich Leid."

Was sollte er schon tun? Mir mein Ergebnis verweigern? Auf welcher Basis?

Der Arzt ging kopfschüttelnd an den Archivschrank.

Kjell hatte mich also auch wegen der Hepatitis belogen. Selbst da noch, als alles Spitz auf Knopf stand. Als ich ihm die Beziehung bereits aufgekündigt hatte. Wie konnte er nur mit sich selbst leben? Wie konnte er mit so einer Lüge leben? Dürfte ich seiner Liebe vertrauen, wenn er für seine Geilheit in Kauf nimmt, dass ich krank werde?

Ein grauer DIN-A-4-Bogen bremste meinen Gedankenstrom. Mein Blick erfasste sofort, worauf es ankam. Der Blick des Arztes war ernst. Gefasst. Stark. Meiner verschwamm. Als würde etwas in meinem Kopf auseinander brechen.

„Das scheint ein ziemlicher Schock für Sie zu sein." Seine Stimme drang wie durch Nebel zu mir.

Ich brauchte eine Weile, um zu verstehen.

„Die Infektion könnte natürlich auch beruflich bedingt sein. Haben Sie mit HIV-Patienten zu tun? Sind Sie Zahnarzt oder Krankenpfleger?"

Ich schaute ihn an. Verhöhnte er mich? Da lag ein seltsames Grinsen auf seinen Lippen.

„Nein, nein ... Ich ..." Die Hepatitis. „Du weißt, dass du dich zumindest theoretisch auch mit HIV hast anstecken können", hatte Hajo nach der Hepatitis gesagt. „Der Virus ist mit seinen Eintrittspforten nicht wählerisch."

Kjell-Åke! Ich hab die ganze Zeit über gewusst, dass er unsafen Sex praktizierte. Seit unserer ersten Begegnung auf Gran Canaria. Wo er alles von mir gierig verschlungen hatte. Es war riskant gewesen, Sex mit ihm zu haben. Den Sex, den wir hatten. Wieso hatte ich das nicht eher kapiert? Aber nein, Kjell war ja nicht positiv. „Ist der Test sicher?"

„Wie ich schon sagte, in 97% der Fälle bestätigt sich das Ergebnis. Aber wir werden zur Sicherheit natürlich eine weitere Blutprobe abnehmen."

„Nein, ich meine ..." Ich zog den anderen Zettel wieder aus meiner Geldbörse und starrte darauf. Kein Name.

Ich riss dem Arzt den anderen aus der Hand. Hatte ich sie vertauscht? Aber nein, ich hatte meinen Namen gleich nach dem Besuch neben die Nummer geschrieben.

„Vielleicht haben Sie die Blutproben vertauscht ..."

„Sicher nicht, aber es kann natürlich mal vorkommen, dass im Labor ein Fehler unterläuft. Ausschließen kann man das nie. Aber ..."

An den Rest kann ich mich nicht mehr erinnern. Schweißperlen, die mir vom Gesicht tropften, Frösteln, Pulsrasen.

„Ein Kreislaufversagen", sagte der Arzt und führte mich auf die Liege, legte ein Kissen unter meine Beine. „Sie sollten sich nicht aufregen. Ich weiß, das ist leichter gesagt als getan. Wir werden nun erst mal überprüfen, ob das Testergebnis vielleicht doch falsch war. Und falls Sie positiv sein sollten ..." Er betonte dieses „sollten", um den Konditional zu unterstreichen, und stimmte einen Vortrag über die unglaublichen Fortschritte der Medizin an.

Obwohl ich in einer Großstadt aufgewachsen war, hatte ich mich mit Aids kaum beschäftigt. Ich wusste das Wichtigste. Das weiß jeder. An Informationen mangelt es nicht. Sondern an mangelnder Betroffenheit. Am kollektiven Aufatmen. Als die Berichte der „heilsamen" Cocktails die Runde machten, nahm ich natürlich Anteil. Erst durch Ben fühlte ich mich betroffen. Verschlang all die guten Nachrichten über die unheilbare Krankheit. Ich hatte mich sicher gefühlt. Es gab Medizin, Hoffnung, Mut. Alles sei nicht mehr so schlimm wie früher, hieß es.

Aber zwischen „nicht mehr so schlimm" und „gut" liegen Welten. Zumindest an dem Tag, an dem man erfährt, dass es einem in Zukunft nicht mehr gut gehen wird, sondern nur noch „nicht mehr so schlimm".

Der Arzt nahm mir erneut Blut ab, klebte eine Nummer auf das Röhrchen und drückte mir einen weiteren Zettel in die Hand. Er tat das alles sehr behutsam, ich bekam nur Bruchstücke davon mit. Der Nebel in meinem Kopf hatte sich verdichtet, seine feuchte Kühle sich auf meine Lungen gelegt und mir das Atmen schwer gemacht. Zettel, Nummern, Röhrchen, ich klammerte mich an jedes Detail, um den Irrtum zu finden. Es musste sich doch um einen Fehler handeln.

„Können Sie mit Ihrem Freund darüber sprechen?"

Kjell ... Kjell. Ihn wird der Schlag treffen. Seine Welt wird zusammenbrechen. Er hatte alles aufgegeben. Sein „altes, schlechtes Leben". Ich war seine Stütze, ihm näher als sein bester Freund Olle. Das hatte er noch Tage zuvor gesagt. Der Mensch, der ihm eine Tür zu einer neuen, besseren Welt geöffnet hatte. Der Einzige, dem er vertraute. Sein Messias. Und nun sollte dieser Messias ihm sagen, dass er seine Gesundheit aufs Spiel gesetzt hatte. Fast zwei Jahre lang. Dass er ihm die Perspektive einer lebensbedrohlichen Krankheit bescherte. Dass der oh, so junge Messias vielleicht doch vor dem ach, so Alten sterben könnte.

Der Arzt fragte nach meinen Sexpraktiken. Für statistische Zwecke. „Sie müssen diese Frage natürlich nicht beantworten, aber es würde uns helfen."

Ich hatte viel Sex gehabt, ja, aber ich hatte nie rumgevögelt. Nie unter Drogen oder im Rausch. Unsafe gab es bei mir nicht. Ich würde nie unsafe mit einem Fremden Sex haben. Passiv? Nein, nie. Wirklich nicht.

„Benutzen Sie Kondome beim Oralverkehr?"

Ich sah, dass er mir nicht glaubte.

„Das nun nicht. Aber ich lasse niemals zu, dass jemand in meinen Mund ..." Während ich das sagte, sah ich Bilder von Kjell und mir. Nicht beim ersten Mal. Auch beim zweiten oder dritten Mal nicht. Aber nachdem er mir gesagt hatte, dass er nur mich liebte. Dass er nur mit mir zusammen sein wollte. Da hätte ich mich infizieren können. Bis ich herausfand, dass er mich betrog. Aber Kjell war ja nicht positiv. Er nicht. Sondern ich.

„Wenn es tatsächlich zu keinen offensichtlich unsafen Kontakten gekommen ist ..."

Er glaubte mir immer noch nicht.

„... dann zählen Sie vermutlich zu jenen ganz seltenen Fällen, die sich durch bloßen Oralverkehr infizieren. In der Harnröhre verbliebenes Sperma genügt leider."

Nein, er glaubte mir tatsächlich nicht.

Kjell musste auf mich gewartet haben, denn als ich die Tür öffnete, stand er schon da und schloss mich in die Arme, noch bevor ich die Wohnung betreten hatte. Er drückte mich so fest an sich, dass mir die Luft wegblieb. Er zitterte. Er zitterte mehr als ich.

„Wenn ich krank bin, dann schweige einfach. Sag nichts!", flüsterte er.

Meine Gedankenmühlen mahlten langsam. Es dauerte, bis ich verstand. Er musste bemerkt haben, dass ich seine Nummer mitgenommen hatte. Oder hatte er das sogar von mir erwartet?

„Es ist alles okay", sagte ich und schob uns beide in die Wohnung. „Du bist gesund."

„Du meinst ...?" Er ging auf Abstand und schaute mir in die Augen. „Du meinst ...?"

„Dein Ergebnis war negativ. Du hast kein HIV. Wenn du nicht wieder anfängst rumzuvögeln, wirst du kein Aids kriegen", sagte ich.

Kjell überhörte meinen boshaften Kommentar. Meine unterschwellige Drohung.

„Ich bin gesund!" Er trat zurück und drehte sich im Kreise. „Ich bin gesund! Ich bin gesund!" Dann lachte er, nahm mich wieder in die Arme und sang so laut, dass mein Körper bebte: „Du bist die Ruh', der Frieden mild, die Sehnsucht du, und was sie stillt. Ich weihe dir voll Lust und Schmerz zur Wohnung hier, mein Aug' und Herz, mein Aug' und Herz."

Aber da war es schon passiert. Diese seltsame Lähmung hatte mich befallen. Tief innen. Gut kaschiert von einem Zusammenspiel aus trainierter Mimik und Gesten. Als ob meine Welt stehen geblieben wäre. Lächeln. Schuhe ausziehen. Kaffee kochen.

Ich wollte Kjell sagen, dass ich vermutlich positiv war, aber ich konnte nicht. Es ging einfach nicht. Es war eine Unfähigkeit, keine Entscheidung.

„Damit hast du wohl nicht gerechnet, was?", fragte ich, sobald er zur Ruhe gekommen war. Mein Zorn hatte doch noch ein Ventil gefunden. Mein Gott, wie hatte er gelebt. Was hatte er sich alles erlaubt. Wie viele hundertmal hatte er riskiert, sich zu infizieren, und war mit ein paar Jahren Angst davongekommen. Und ich? Ich hatte immer aufgepasst.

Kjell schaute mich mit seinen großen Augen an. Seine Freude war mit einem Schlag zu Schmerz geronnen. „Zweifle nicht!", sagte er. „Das ist jetzt alles vorbei. Ich werde nie wieder meine Gesundheit riskieren. Unsere Gesundheit."

„Wenn ich es hätte, würde ich schon nicht mehr leben", sagte er. In der folgenden Woche hatte er fast jeden Tag so einen Kommentar.

„Was hättest du denn getan?"

„Ich wäre vom Balkon gesprungen. Hier vorne." Er zeigte es mir. Vierter Stock. Auf den Gehweg. Ja, das hätte vermutlich gereicht.

„Zumindest wäre ich nach Schweden zurückgegangen. Ich hätte dir niemals zugemutet, mit dieser Krankheit leben zu müssen."

Seine Worte trafen mich wie Gewehrsalven. Ich hatte mir vorgenommen, ihn langsam an meinen Immunstatus zu gewöhnen. Um den Schock zu mindern. Aber ich wusste nicht, wie. Nicht, solange er so redete.

„Es wird nur getestet, ob du mit dem Virus Kontakt hattest", erklärte ich ihm. „Aids nennt man das erst, wenn die Krankheit ausbricht."

Er schaute mich seltsam an. „Wieso bist du so gereizt?"

„Ich mag einfach nicht, wenn du so negativ daherredest. Wir müssen positiv denken." An diesem Satz verschluckte ich mich fast. Seine Doppeldeutigkeit manövrierte mich in einen Zustand geteilter Realität. Das Letzte, was ich wollte, war daran zu denken, dass ich *vielleicht* positiv war. Es konnte doch nicht positiv sein, positiv zu sein.

Sich in solchen Gedankennetzen zu verheddern half.

„Warum hast du mir es nicht gleich gesagt?", fragte Kjell. Warm, beschützend.

„Solange ich nicht sicher war, wollte ich dich nicht beunruhigen. Es hätte dir nur unnötig Angst gemacht."

„Aber wir haben einander doch versprochen zusammenzuhalten, ganz gleich, was passiert."

Ich sah diese Unterhaltung vor meinem inneren Auge. Am Tage im Fitnessstudio, abends in seinen Armen. Vor dem Gebet. Nach dem Gebet. Ich hörte ihn das sagen, aber ich glaubte nicht, dass er so damit umgehen würde. Es war mein Wunschtraum, mehr nicht. Kjell wäre niemals in der Lage, das zu verkraften, daran bestand für mich kein Zweifel.

„Wie geht es Ihnen?", fragte der Arzt bei meinem zweiten Besuch. Er hatte mir einen Termin gegeben, obwohl das im Gesundheitsamt sonst nicht üblich ist. Alle müssen warten. Ich war nun privilegiert. Was für ein Privileg!

„Eben habe ich mich übergeben. Können das schon die ersten Symptome sein?"

„Bestimmt sind Sie nur aufgeregt. Ich sehe das an Ihren Augen." Er nahm meine Hand. Seine war so warm.

„Das bleibe ich auch, solange Sie mir nicht sagen, dass das letzte Ergebnis ein Fehler war."

Er nahm das Blatt Papier vom Schreibtisch, dieses graue, große, schreckliche Blatt. „Leider nicht."

Leider nicht. Das war's also. Leider nicht, waren dann die Worte, die mein Schicksal besiegeln sollten. Als hätte ich ein Los gekauft. *Leider nicht*. Verloren!

„Sie sollten bald einen Termin bei einem HIV-Spezialisten in Anspruch nehmen. Der wird Ihr Blut genau untersuchen und mit Ihnen Therapiemöglichkeiten besprechen."

„Was wären denn Anzeichen?"

„Vor allem Ihre Blutwerte. Viruslast. Helferzellen. Solange die im grünen Bereich sind, ist keine Therapie notwendig."

„Und körperliche Symptome?"

„Oft sind es kleinere Krankheiten, die einfach nicht ausheilen wollen. Ausschlag, Pilzinfektionen, Zahnfleischbluten ..."

Zahnfleischbluten.

„Haben Sie mit Ihrem Freund schon darüber gesprochen?"

Kjell-Åke kommt aus dem *Församlingshem*. Gelassenen Schrittes. Die Party scheint gut gelaufen zu sein. Sicher hatte es viel Alkohol gegeben, daran habe ich gar nicht gedacht.

Seine Augen sind auf den Boden geheftet. Wie immer in Gedanken. Er ist drauf und dran, am Wagen vorbeizulaufen, aber da bellt Lurvar ihn an. Kjell schreckt auf. Bleibt stehen. Verwunderung in seinem Gesicht. Ein Lächeln. Er schaut sich um. Bückt sich, um in das Wageninnere hineinzugucken. Richtet sich auf. Schaut sich um. Wartet. Ein Blick auf die Uhr.

Natürlich musste ich es ihm sagen. Die Zeit drängte sogar. Ein paar Monate wollte er mit mir in Berlin „probeleben" und sich dann für oder gegen den endgültigen Umzug entscheiden. Mit seinem Testergebnis stand sein Beschluss nun plötzlich fest. „Jetzt, wo ich gesund bin, kann ich ja bleiben."

Kjells Makler hatte vier ernsthafte Interessenten für die Wohnung. In der darauf folgenden Woche wollte Kjell mit mir nach Schweden fahren. Alles Wichtige nach Berlin schaffen. Die restlichen Noten holen. Ein paar Elektrogeräte, den Computer. Weg mit alten Möbeln und Versicherungen, weg mit der Vergangenheit. „Mein Leben beginnt jetzt neu."

Ich musste es Kjell sagen, bevor er die Wohnung aufgab. Damit er nicht alles verlor. Auf heimatlichem Boden würde er es leichter verkraften.

Kjell wartet. Vermutlich denkt er, dass ich ihn im *Församlingshem* suche. Ich könnte auch auf die Toilette gegangen sein. Mir fällt ein, wenn er die Tür zum Wagen öffnet, wird Lurvar herausspringen und nach einer kurzen Begrüßung zu mir herüberjagen. Kjell wird mich sehen. Das darf nicht geschehen. Das darf auf keinen Fall geschehen.

Ich schleiche rückwärts aus den Büschen heraus, strauchle, falle, schaue vorsichtig auf. Kjell blickt in meine Richtung. Forscht. Er kann mich nicht entdecken. Ich warte, sehe Lurvars fragenden Blick durch die Heckscheibe, atme flach. Die Welt steht still.

„Wieso hast du mich eigentlich nicht gefragt, wie mein Testergebnis ausgefallen ist?" Ein Vorwurf. Es war feige von mir, Kjell so gegen den Karren zu fahren.

„Was würdest du sagen, wenn ich positiv wäre?" Was für eine alberne Frage. Und wie rhetorisch.

„Ich wollte dir nur sagen, dass ich positiv bin." Das war zu lapidar. So konnte ich es ihm unmöglich beibringen.

In Schweden bekam ich in den Nächten kaum ein Auge zu, und auch tagsüber kreisten meine Gedanken nur um die Frage, wie ich es ihm sagen sollte. Ich behauptete, dass ich joggen wollte, fuhr zum Friedhof und bepflanzte das Grab frisch. Ich hoffte, dadurch meine Gedanken zu sortieren.

Wenn Kjell die Wohnung wirklich verkaufen und ganz nach Berlin gehen würde, hätte das die Pflege des Grabes unnötig gemacht. Aber unter diesen Umständen ...

„Was ist los mit dir, mein Sohn?"

„Ich bin in dieser Geschichte, weißt du. Der neue Roman. Es gibt so Phasen ..."

„Unsere Geschichte. Wie soll sie eigentlich heißen?"

Killing My Daddy. Im Lichte der letzten Nachrichten kam diesem Titel eine ganz neue Bedeutung zu. Konnte sich Kjell bei mir angesteckt haben? Ich rechnete zurück. In den letzten drei Monaten ... Oder galten immer noch sechs?

„Ich ... ich hab noch keinen Titel. Die Geschichte ist ... noch nicht fertig. Ich sammle noch. Sollen wir Olle zum Abendessen einladen?" Kjell wird Hilfe brauchen.

Heute Mittag um zwölf sollte der Notartermin für den Verkauf der Wohnung stattfinden. Und ich hatte am Morgen immer noch keinen Weg gefunden, wie ich es ihm beibringen konnte. Aber Kjell musste bald gehen, um die Freunde im Club bei einem kleinen Umtrunk zu treffen. Von dort zum Notar und gleich darauf zum Buffet im *Församlingshem,* wo er dann auch ein kleines Konzert geben wird.

Kjell war aufgeregt. Die Kirchengemeinde und sein alter Chor. Sie hatten alle zusammengetrommelt. Sein Besuch „Zu Hause“ war sogar in der Zeitung angekündigt worden.

Ich musste es ihm sagen. Dort, beim Frühstück. Sonst war es zu spät.

„Ich habe damals auf dem Gesundheitsamt noch etwas erfahren.“ Nach Tagen der Wortfindung war das das Beste, was mir einfiel. Ich musste mich anstrengen, die Worte kämpften gegen meine Lippen.

Kjell schaute von seinem Haferbrei auf. Seine Augen waren weit, sein Blick starr. Ich wusste, dass ich nun schnell sprechen musste, damit ich es herausbrachte, sonst war alles vertan. „Du hast doch eine Hepatitis gehabt.“

Kjell fiel der Löffel aus der Hand, dann sank er in sich zusammen. „Oh, mein Gott. Ich wusste, dass du es herausfinden würdest.“ Er hielt sich die Hand vor die Augen und drehte seinen Oberkörper zur Wand.

Seine Reaktion elektrisierte mich. „Du hast also tatsächlich gelogen?“ Ich hatte es gewusst und gleichzeitig so unglaublich gefunden, dass mich sein Geständnis wie eine Ohrfeige traf. Es wollte mir immer noch nicht in den Kopf.

„Ich habe mich so geschämt. Ich wollte es dir sagen, aber ich habe mich so geschämt, mein Söhnschen. Papa hat dich krank gemacht. Ich wollte das nicht. Verstehst du? Das war nicht meine Absicht.“

Er wimmerte in seine Hände hinein. Sein Körper wand sich. Ich konnte sehen, wie sehr ihn das bedrängte.

Hepatitis bekommt man nicht durchs Händeschütteln. Die Mails, die ich abgefangen hatte. *Meinen Hintern habe ich schon rasiert.* Der Russe am Flughafen. *Möchtest du, dass ich ihn dir vorher auslecke?* Die Männer vom Strand, Yngve mit den Dildos, die Anrufe, Matte,

Anders und seine Freundin … diese Bilder hagelten auf mich ein, als würde alles noch einmal geschehen.

„Jetzt habe ich meine Chance verpatzt."

Das war nicht *eine* Chance. So viele hatte ich ihm gegeben. Wieder und wieder. Und jede Lüge, jeden Betrug vergeben. Zumindest dachte ich das. Glaubte ich, dass ich dazu in der Lage wäre. Ich war es nicht. Ich konnte ihm nicht vergeben. Ich konnte die Vergangenheit nicht vergessen. Sie wirkte immer noch. Unüberwindlich.

„Jetzt ist es vorbei", weinte er. „Jetzt ist es endgültig vorbei." Dann stand er auf und ging. Den Wohnungsschlüssel ließ er hängen.

Kjell schaut noch einmal auf die Uhr, dann geht er zurück ins *Församlingshem*.

Zu gehen ist das Beste, was ich tun kann. Er wird mich vermissen. Ein, zwei Wochen vielleicht. Aber es wird ihm nicht schwer fallen, seine alten Kontakte zu reaktivieren. Es ist Frühling. Bald ist es wieder Zeit für den Strand. Und das Pornokino wird es sicher noch geben. Und Kopenhagen. Und die Saunen in aller Welt. Es ist das Beste für ihn.

Ich rapple mich auf, raffe meine Sachen zusammen und laufe. Laufe, so schnell ich kann. Zum Bus, der mich zum Bahnhof bringt. Zug nach Dänemark. Flugzeug. Berlin. Ich kenne diese Strecke. Ich habe sie viele Male bereist, gesehen, gehört, gerochen, gefühlt. Heute ist alles anders. Nicht neu. Als läge ein schmieriger Film über allem. Seit ich weiß, dass ich positiv bin, hat die Welt die Klarheit verloren, die Schärfe. Als verschwämmen die Konturen. Nichts riecht mehr. Die Geräusche sind schallgedämpft. Ich trete in ein Vakuum. Meine Gefühle sind müde. Retardiert. Jeder Reiz braucht Minuten, bis er von meinen Sinnen in mein Erleben vordringt. Und selbst dann berührt er mich kaum.

Ich schaue hinunter auf das Leuchten der Stadt. Die Anschnallzeichen blinken. Eine Durchsage, die ich nicht verstehe. Beim besten Willen nicht. Wir kreisen. Landeanflug auf Berlin. Ich kriege kein Zuhausegefühl.

Die Passagiere drängen nach draußen. Dabei müssen am Förderband sowieso alle warten. Es sei denn, man hat kein Gepäck. So wie ich. Damals. Mehr als ein Jahr nach unserem Kennenlernen. Die Hepatitis überwunden, die Lügen verziehen, die Hoffnung auf eine gemeinsame Zukunft neu erwacht. „Kann ich meinen Laptop hier lassen?", hatte ich Kjell gefragt.

Er schaute auf. Verwirrt. Überrascht.

„Ich bin doch in zwei Wochen wieder hier."

Seine Augen strahlten. Es war ein Anfang. Einer von vielen.

„Und meine Zahnbürste?"

Er nickte.

„Und meine Hose? Die Schuhe? Wäsche, Bücher, meine Reisetasche?"

Kjell lachte und nahm mich in seine Arme. „Warum fliegst du überhaupt weg? Bleib doch einfach hier! Bleib bei mir!"

Im Laufe der Monate und trotz aller Wirren wurde Schweden ein zweites Zuhause. Ein Zuhause in der Fremde. Von da an spazierte ich an denen vorüber, die am Gepäckband auf ihre Koffer warteten. Stolz. Lächelnd. Vorbei die Zeit des touristischen Pendelns. Kopenhagen gehörte mir. Schweden gehörte mir. Wo auch immer ich ging und stand, war ich zu Hause.

Manchmal hetzte ich auch. Weil der Zug am Abend nur alle zwanzig Minuten fährt. Über die Brücke. Über den Sund. Nach Schweden. In die Arme meines Geliebten. Es war ein Film, ein langer, romantischer Streifen, der sich manchmal so anfühlte, als würde er nie enden. Als setzte er die Naturgesetze außer Kraft.

Zwanzig Minuten konnten so unerträglich lang sein, so lang wie die endlosen Gänge, der mühsame Weg durch die flanierenden Menschen, die sich die Stunden des Wartens mit einem Einkaufsbummel versüßten. Manchmal jagte ich nur so durch den Zoll zum Ticketschalter. Schnell, schnell. Wieso dauert das denn so lange? Auch wenn der Zug noch gar nicht fuhr.

„Vergessen Sie das Aussteigen nicht!"

Ich schaue in die Augen eines Stewards. Jung. Lächelnd. Schrecklich schwul. Das Flugzeug ist leer. Ich nehme meinen Rucksack und haste den Gang hinunter, vorbei am Co-Piloten und einer freundlich lächelnden Stewardess aus der eisernen Höhle hinaus in die warme, regnerische Nacht. Kerosin. Ich rieche. Ich rieche wieder. Der Regen hautwarm. Kleine Böen springen mir ins Gesicht. Ich soll hier nicht sein. Ich bin nicht mehr willkommen.

Am Gepäckband stehen sie und telefonieren. Mit ihren Liebsten. Mit Eltern, mit Freunden, mit jemandem. Ich sollte auch telefonieren. „Haben Sie jemanden, mit dem Sie darüber sprechen können?" Jemandem sagen, dass ich ...

„Dieses Wissen ist ein Horror", erklärte mir Ben damals. Er hatte seit zwei Jahren gewusst, dass er positiv war, und musste schon Medikamente nehmen, weil seine Blutwerte so schlecht waren. „Du weißt nicht, mit wem du darüber sprechen kannst. Wem kannst du trauen? Wer kann mit der Information umgehen? Es geht nicht nur um dich. Es geht auch um die anderen. Ob sie damit fertig werden. Und wieder um dich, denn du musst ihre Reaktion aushalten. Ihre Fragen. Ihr Unverständnis. Ihre Vorwürfe. Ihre Tränen. Ihre Ablehnung. Oder schlimmer noch, ihr Mitleid."

Ich habe nicht die Kraft, jemandem etwas zu erklären. Jemanden zu beruhigen, der Angst hat. Ich habe selber Angst. Ich bin derjenige, der Hilfe braucht.

Der Virus sortiert. Es wirkt schon jetzt.

Soll ich Sophie anrufen? Meine Hohepriesterin. Sie hat mir immer alles erzählt. Aber wenn ich dann zu ihr gehe, und sie die Kinder von mir fernhält? „Komm, krabble nicht auf Onkel René herum, er ist müde." Das würde ich nicht ertragen.

Oder lieber Tim? Meinen Freund, meinen Arzt, meinen Vertrauten.

Wenn die Verlage erfahren, dass ich krank bin, wird das meine Chancen auf Veröffentlichung mindern. Die Zeiten der Solidarität sind vorüber. „Tut uns Leid, aber Ihr Roman passt nicht in unser Programm."

„Aber meinen letzten haben Sie doch gut verkauft."

„Wir haben vor, unser Programm ab dem nächsten Herbst etwas zu ändern. Wir können Ihr Manuskript gerne hier behalten und dann noch einmal darüber konferieren. Falls Sie das möchten."

Ich weiß, wie die Welt funktioniert.

Aber es wäre noch schlimmer, wenn sie ehrlich wären. „Wir publizieren keine Romane von Aids-Kranken. Das könnte unserem Image als Familienverlag schaden."

„Aber Sie können mich doch jetzt nicht einfach so fallen lassen."

„*Sie* haben sich infiziert. Es waren *Sie*, der sich infiziert hat. Zu einer Zeit, als Sie schon alle Informationen über den Virus hatten. *Sie* hätten es verhindern können. Nur *Sie*. Es war kein Unfall. Sie wissen, dass es kein Unfall war."

„Aber ich wollte das nicht. Ich gehöre nicht zu denen, die blind herumvögeln und denen egal ist, was passiert. Ich habe es doch nur aus Liebe getan."

„Kann ich Ihnen helfen?" Verschwommen. Alles ist verschwommen. Aber ich höre deutlich. Eine Hand auf meiner Schulter. Eine Frau. Besorgter Blick. Ich möchte ihr in die Arme fallen, aber ich kann mich zurückhalten. Ich kann mich halten. Ich kann.

Das Gesicht verschwindet aus meinem Blickfeld, und alles wird grau. Der Boden. Wieder klarer. Die Augen trocknen.

Meine Reisetasche fährt einsam auf dem Förderband im Kreis. Ich halte das Mobiltelefon in der Hand. 8276. Falsch. 8726. Falsch. Der PIN-Code. Ich muss mich doch an den PIN erinnern. Jetzt. Das Netz baut sich auf. Ich wähle.

„Hajo?" Scheiß-AB! „Hajo. Ich weiß, es ist spät, aber ich flehe dich an, nimm ab! Ich brauche dich. Ich steh am Flughafen und ..." Meine Stimme versagt. Ich kriege mit, was ich tue, schaue mich um. Köpfe, Hände, Körper. Alles verschwimmt. Wieder alles verschwommen.

Das Telefon vibriert. SMS. Wieder und wieder. Die Mobilbox. Es kann nur Kjell sein. Er hat den Brief gelesen. Nun weiß er Bescheid. Ich schalte das Telefon aus und laufe meiner Reisetasche hinterher. Aufrecht. Prall steht sie da. Fast ein wenig stolz. Tapferkeit, die mir fehlt. Ich nehme sie vom Band und stopfe das Telefon zuunterst. Es ist ausgeschaltet. Aber trotzdem.

Warme Luft und Kerosin. Die Nacht duftet. Ich rieche immer noch. Berlin bereitet sich auf den süßen Schlaf vor, und ich gehe zur S-Bahn. Kjell und ich haben so gelacht, als wir hier zum ersten Mal gingen. Immer wieder gelacht. Alles fühlte sich sonderbar an. Ich war verliebt. Ich wollte ihn. Aber es fühlte sich sonderbar an. Lachen half. Wir waren einfach nur albern.

Die feuchte Luft in meinem Gesicht. Guido sollte ich anrufen. David ist positiv. Seit sechzehn Jahren. Er wird es verkraften. Aber Guido hat es geschafft, trotz positivem Freund negativ zu bleiben. Und er hat mich damals vor Ben gewarnt. „Ich würde mich nie wieder mit einem Positiven einlassen."

„Wie kann man Liebe abschalten?", habe ich ihn damals gefragt. „Zeig mir den Knopf, und ich drücke drauf", habe ich gesagt. Ich hätte nicht drauf gedrückt. Ich wollte Ben. Ich wollte ihn für immer.

„Wie konntest du dich nur infizieren?", wird Guido fragen. Zu Recht. Wie konnte ich nur? Und wenn ich ihm die Wahrheit sage, wird er mich für verrückt erklären. Nein, ich kann es ihm unmöglich sagen.

Ben sollte ich anrufen. Er weiß, wie man sich fühlt. Was man durchmacht in den ersten Wochen und Monaten. Er brauchte zwei Jahre, um seine Krankheit zu akzeptieren.

Aber wer weiß, ob er noch in der Senefelderstraße wohnt? Wer weiß, ob er noch in München wohnt? Wer weiß, ob er überhaupt noch lebt? Es ist anderthalb Jahre her, dass ich das letzte Mal mit ihm gesprochen habe.

Ich gehe in die Unterführung hinunter, tauche in den Geruch von Frittierfett ein. Wie vertraut. Das grelle Licht schmerzt in meinen Augen. Ich wanke durch den Tunnel und hangele mich die Treppe zum Bahnsteig hinauf. Erinnerungen. Überall Erinnerungen.

Die Bahn. Die Sitze. Knie an Knie. Die Nähe. Die Wärme. Sein Lächeln. Streicheln in der Öffentlichkeit, kann man das? Darf man das? Das ist Berlin! *Berlin*!

Auf ewig wollte ich mit ihm verbunden sein. Aber immer diese Auseinandersetzungen. Diese beängstigenden Auseinandersetzungen, in denen er mich von sich stieß. Wegen Kleinigkeiten. Weil ich an einer traurigen Stelle in einem Film lachte. Als die Hauptdarstellerin von *Wunsch und Wirklichkeit* auf dem Armenfriedhof beigesetzt wird, damit der Pfarrer, mit dem sie Kinder hatte, immer in ihrer Nähe sein kann. Liebe, die in die Katastrophe führt.

Es war Silvester. Unser erstes gemeinsames. Eine Dreiviertelstunde vor dem Feuerwerk. Vor dem neuen Jahr, für das ich mir vor allem eins wünschte: es mit Ben gemeinsam zu verbringen. Ob in München oder Berlin oder sonst wo in der Welt, war egal.

Ich war so gerührt, fast hätte ich geschluchzt. Aber ich schämte mich vor Ben, überspielte meine Gefühle und lachte. Nur ein wenig. Kicherte. Kurz.

„Wieso lachst du?“ Er war immer gleich so aggressiv.

Ich zuckte mit den Schultern.

„Du entwertest meine Gefühle. Du hast mir die Chance genommen zu fühlen, was ich fühle. Das ist unverschämt, weißt du das?“

„Schatz, es war mir bloß unangenehm zu heulen. Das war nicht böse gemeint. Tut mir Leid.“

„Tut dir Leid? Du meinst, es wäre mit einem ‚Tut mir Leid‘ getan? Das hat mich verletzt. Du bist respektlos. Verletzend.“

Er war genauso gerührt wie ich und überspielte seine Tränen genau wie ich. Nur nicht mit Lachen, sondern mit Wut. Er wollte mich allein lassen. Kurz vor dem neuen Jahr. Er wollte weg und mich alleine lassen. Zur Strafe.

Ich hielt ihn fest. „Ben, meine Güte. Gleich beginnt das Feuerwerk. Lass uns den Champagner aufmachen und das neue Jahr mit einem Lachen beginnen.“

„Nein, so billig kommst du nicht davon. Erst verletzt du meine Gefühle, und dann erwartest du, dass ich dir einfach so verzeihe.“ Er entriss sich meiner Umarmung und lief ins Wohnzimmer, wo wir nur wenige Stunden zuvor unsere Kleider am Boden hatten liegen lassen. Unser Ringen war noch darin zu spüren. Unser Kampf. Die Hitze, der Schweiß. Das musste er doch spüren.

Er zog sich an. Ich lief zu ihm. „Geh nicht!" Ich bat, ich bettelte, ich flehte.

Schöneweide. Jemand steigt zu. Glänzendes, schwarzes Haar voller Gel. Schwarze Augen. Dunkle Haut. Er fixiert mich, lächelt. Eine Geste aus einer anderen Zeit. Ich spüre Spannung in meinem Gesicht. Ich lächle. Warum lächle ich?

Er stellt sich so, dass er mir ins Gesicht schauen kann. Seine Zähne blitzen, in seinen Augen ist ein silberner Stich.

Ich wende mich ab. Zwinge das Lächeln aus meinem Gesicht. Es gehört nicht mir. Ich versuche in die Nacht hinauszuschauen, aber die Reflektion auf der Scheibe ist zu stark. Ich sehe ihn immer noch. Sein Körper war warm, er glühte vor Wut. Ich zog Ben zu mir heran, drückte ihn gegen mich. Er wehrte sich, schlug um sich, ich hielt ihn fester. Drückte. Hielt. Sein Widerstand brach. Ich hielt weiter. Drückte fester. Bis er sich öffnete. Ben wurde weich, sein Zorn verglühte. Der plötzlich so unüberwindlich erschienene Abstand schwand mit jedem Zentimeter, den ich in ihn eindrang.

„Nach diesem Augenblick sehne ich mich seit zwei Jahren", schluchzte er, während ich ihn hielt, meine Unterarme feucht vom Schweiß seiner Achseln. Mein Gesicht feucht von seinen Tränen. Geliebt zu werden. Von jemandem gehalten zu werden, der nicht auf das Stigma schielt, der den Aussätzigen in die Welt der Unversehrten zurückführt. Ich habe das gut verstanden. Ich hatte den Virus nicht, aber ich habe Bens Sehnsucht genau gekannt.

Ich kann mich doch unmöglich dabei angesteckt haben.

Ich lehne die Stirn gegen die kühle Scheibe. Das Vibrieren setzt sich in meinem ganzen Körper fort. Übelkeit. Die Dusche. Heißes Wasser auf unseren Körpern, das prickelnde Gefühl. Unsere Häupter belebt, erregt. Seife. Das seidige Gefühl fremder Hände auf der Haut. Körperliche Nähe war uns beiden wichtig. Es ist einfach passiert. Sein glitschig warmer Körper … Ich hatte das nicht geplant. Und er wehrte sich nicht. Ließ sich gegen die kühlen Fliesen pressen. Er war so heiß, so heiß. Er hungerte danach.

Wir wollten uns doch nur nahe sein. Die Distanz überwinden. Ich wollte ihm meine Liebe beweisen.

Nein!

Ich presse mein Gesicht gegen die Scheibe, um einen Schmerz zu spüren. Aber das Bild geht nicht weg. Das Tuch in Bens Hand. Mit dem er sich danach abgewischt hatte. Blut. Die Weichheit in seinen Augen erstarrte. Sein Blick wurde so kalt, so eisig, so hart.

Ich nahm es ihm aus der Hand und warf es zu Boden. Zog die dicke Decke über uns und nahm ihn, der weinte, in die Arme. „Es war schön“, flüsterte ich. „Oder nicht?“ Spürte die Wärme. Seine. Unsere. Steckte meine Nase in sein Haar und sog seinen Duft in mich ein. Wartete, bis er sich beruhigt hatte. Bis er eingeschlafen war.

Dann schlich ich ins Bad und wusch mich. Nahm Seife und schrubbte. Der Schaum in meinen Händen war weiß. Kein bisschen rot. Es klebte kein Blut an mir. Ich schrubbte. Fest. Schnell und fest. Mir war ein wenig übel. Ich hielt inne, stützte mich am Waschbecken ab, atmete, wartete. Dann schaute ich in den Spiegel. Dort sah ich Ben. Hinter mir. Draußen auf dem Gang. Er hatte mich beobachtet.

Und trotzdem haben wir uns getrennt. Nicht gleich. Aber nach und nach. Jeden Tag ein bisschen mehr. Meine Beweise waren ihm nie genug. Ich konnte ihn nicht überzeugen. Weil sich Liebe nicht beweisen lässt.

Das Vibrieren schmerzt. Meine Wange ist eisig. Ich massiere sie, schaue auf, suche den dunklen Mitreisenden.

„Auf immer und ewig!“, sagte Ben, als er mir den Ring an den Finger steckte. Ich sollte ihn anrufen und ihm sagen, dass wir es geschafft haben. Vielleicht nicht auf ewig. Aber zumindest, bis dass der Tod uns scheidet. Polemik liegt so nah.

„Du bist so dramatisch, Söhnschen!“

„Wie soll ich in dieser Situation gelassen bleiben, Papa?“

Kjell wird mich verstehen. Er wird erleichtert sein.

Der Tod. Von Anfang an.

Ich hole das Mobiltelefon aus der Reisetasche, schalte es an und suche die Nummer von Ben aus dem Telefonbuch. Das Display blinkt. *SMS-Speicher voll. Bitte löschen. Weitere SMS warten.*

Ben sollte es erfahren. Es ist eine Sache zwischen ihm und mir. Vor zwei Jahren wollte er mich noch zurück. Um alles in der Welt.

Vielleicht ist es ihm aber auch egal. Vielleicht war ich ihm die ganze Zeit egal. Er wollte doch nur … jemanden, der ihn aus der Hölle holt. Aus seinem Waisenhaus. Wer, war unwichtig. Ich kam einfach zum richtigen Zeitpunkt. Zum falschen. Es wird ihn nicht interessieren, was mit mir geschehen ist.

Früher habe ich das Rattern der alten S-Bahnen so geliebt. Ein Überbleibsel aus meiner Kindheit. Der Blick nach draußen, die Erschütterungen im Körper. Das war eines meiner vielen Zuhausegefühle. Und wenn der Gasometer in mein Blickfeld kam, machte mein Herz einen Sprung. Oft drückte ich mir die Nase an der Scheibe platt. „Gleich, René, gleich", sagte mein Vater. Er muss das Beben in meiner Seele gespürt haben. Und dann sah ich ihn, dieses riesige Monster, das wie eine Spinne auf Schöneberg sitzt. Nachts glühen ihre vielen Augen. Klein und rot. Wegen des Flughafens in Tempelhof. So wie jetzt.

Die abgetretene Treppe. Der Beton schwarz vor Dreck. Meine Tasche schwer. Hätte ich nur den Rollkoffer genommen! Und mit der nächsten Treppe auf die Straße hinunter. Hier reißt der Verkehr nie ab. Sie rasen. Auch nachts. Ein paar schnelle Schritte, und alles wäre vorüber. Ausgestanden.

Aber die Geschichte hat noch kein Ende. Ich muss noch was erledigen.

Die Luft ist feucht. Aber es regnet nicht mehr. Die Straße beginnt zu trocknen. Modergeruch. Berlin. Berlin. Wo ich in meinem Leben auch gewesen bin, immer hatte ich Sehnsucht, zurückzukehren.

Vor allem in der Nacht. Wenn sich ihr Atem verlangsamt und die Augen der Häuser sich schließen. Ich liebte es, in Wohnzimmerfenster hineinzuspähen. Fremdes Leben auszukundschaften. Die Möbel, die Farben, das Fernsehprogramm. Nach einem verglühten Sexabenteuer loderten dann noch einmal Flammen in mir auf. Dann war Leben in mir. Ich liebte Berlin am Morgen, schlich mich hinaus in den Tag, der noch keiner war, um im Tiergarten zu joggen, noch bevor die Sonne die Entscheidung getroffen hat, ob sie aufgehen will oder nicht.

Unsere ... *meine* Wohnung. Leer und still. Das hektische Blinken des Telefons, das mich auf die Anrufliste aufmerksam machen will. Gespenstisch. Das Licht schalte ich nicht an. Ich habe Angst vor dem, was ich sehen könnte.

Wenn ich nach langer Zeit zurückkomme, ist es immer so, als hätten die Möbel während meiner Abwesenheit den Atem angehalten. Ich mache dann überall Licht. So dass sie mich sehen können. Wenn ich dann an den Regalen vorbeigehe und die Buchrücken streichle, spüre ich, wie ihre Angst vergeht. Ich klopfe auf die Tischplatte, versetze dem Sofa einen kumpelhaften Tritt und lehne mich mit dem Rücken an den schweren Schrank. Fenster auf, Bier aus dem Kühlschrank, Musik. Leben bis in die letzten Ecken. Der Computer kriegt einen Kuss. Nur die Garderobe beachte ich nicht. Die Post ... Sie muss warten. Das war unser Ritual. Die Möbel und ich.

Ich stelle die Reisetasche ins Dunkle und den Rucksack darauf. Dann taste ich mich durch den Gang vor in die Küche. Die Straßenlaterne wirft ein helles Fenster über die Gläser auf dem Regal. Weiß und kalt. Kein herzlicher Empfang.

Überall tiefe Schatten, lauernde Gestalten, bereit, mich anzuspringen. Das Klavier. Das Regal mit den Noten. Die Büste von Bach. Das Foto von mir darüber. Seine Holzkiste mit den Wertsachen. Die Tonschale, die er vor fünfzig Jahren aus der Türkei mitgebracht hatte. Die Bärenfüße-Hausschuhe.

Ich kann unmöglich ins Schlafzimmer gehen. Seine Wäsche. Das Bett riecht noch nach ihm. Nach uns. Nach Sex. Nach Umarmungen. Nach geviertelten Äpfeln. Nach Einschlafen und Aufstehen. Nach gemeinsamen Träumen. Nach Zukunft.

Das Telefon läutet. Es ist Kjell. Es kann nur Kjell sein.

Ich halte mir die Ohren zu und warte, bis es verklingt. Dann laufe ich ins Wohnzimmer wie durch ein Minenfeld, voller Anspannung, voller Angst, mit dem nächsten Schritt zu explodieren, ziehe den Stecker aus der Wand und laufe zurück in die Küche. Lehne mich ans Fensterbrett. Schaue hinaus. Ich kann unmöglich hier bleiben.

„Wenn ich es habe, will ich keinen Moment mehr leben."

„Aber Papa, die Zeiten haben sich geändert. Heute kann man das behandeln." Ich hatte von der Krankheit gesprochen. Von den Viren. Von den Helferzellen. Von der Infektionsanfälligkeit. Keine Sekunde hatte ich an das schlechte Gewissen gedacht.

„Die Option, sich das Leben zu nehmen, steht Ihnen natürlich immer offen." Der Arzt. Ein Versprechen.

„In die Severinstraße."

„Wo iss 'n ditt?"

„Buckow."

„Jottchen, da war ick ja noch nie. Fahr ick Britzer, Gutschmidt?"

„Nee. Mariendorfer Damm, Marienfelder Chaussee, Johannisthaler."

Vaters Stimme klingt drohend. Als wäre das ein Klingelstreich.

„Ich bin's, René."

„Was machst du hier?"

„Ich bin gerade spazieren gegangen, und da dachte ich, schauste mal rein."

„Um zwei in der Nacht! Sag mal, spinnst du oder bist du auf Drogen?"

„Verdammt, mach die Tür auf!"

Das Summen ist neu. Neue Klingelanlage. Veränderung. Ich bin jedes Mal erleichtert. Die Fliesen an der Wand. Der Aufzug. Als sich die Aufzugtür hinter mir schließt, dasselbe hydraulische Ächzen. Wie können sie seit fünfunddreißig Jahren hier leben?

Vater schnürt den Morgenrock zu. Er steht im Gang, das Haar zerzaust und grau. Die nackten Füße stecken in diesen schrecklichen Lederpantoffeln, die nur Väter tragen. Ich sollte Mitleid mit ihm haben.

„Was um Himmels willen treibt dich mitten in der Nacht …"

„Sollen wir das im Treppenhaus besprechen?"

Er wendet sich ab und geht in die Wohnung. Keine Umarmung. Er hat es nie gewagt, mich anzufassen.

Ich folge ihm in dieses kleine, dunkle Loch. Der Duft von Kohlrouladen. Kindheit, Unschuld. Ich rieche Verrat.

„René!" Mutter mit dem lang gezogenen Ausruf meines Namens. Sie zupft an den Seiten ihres Morgenrocks, als hätte sie Angst, dass ich wieder an ihre Brust wollte. Mit einem schnellen Griff schließt sie die Wohnzimmertür hinter sich. „Ist alles in Ordnung?"

Ich gehe an ihr vorbei direkt ins Esszimmer. An den Tatort, zurück zu dem Moment, der mein Leben verändert hat.

Sie folgen mir. Wie Schüler auf dem Weg zum Direktor. Um den Verweis abzuholen.

„Mach endlich den Mund auf!" Er versucht es mit Zorn.

„Wieso habt ihr mir damals Giancarlo weggenommen?"

Sie schauen einander an. Ich kann den Blick nicht deuten.

„Nun kommt mir nicht mit ‚Wer ist Giancarlo?'! Dafür hab ich keine Zeit."

Vater schaut zu Boden.

„Das war doch nur eine pubertäre Fantasie", sagt meine Mutter.

„Die pubertäre Fantasie hat mir gezeigt, dass es zwischen Menschen auch Wärme geben kann."

„Wärme?"

„Sch, nicht so laut!" Vater denkt an die Nachbarn.

„Jeden Tropfen Herzblut hab ich dir gegeben." Sie zischt. Das ist Zorn. Sie hat ihn auch. Wenn auch nie gezeigt. „Wenn ich nicht gekocht oder mich um den Haushalt gekümmert habe, habe ich jede freie Minute mit dir verbracht. Stundenlang haben wir gespielt. Gemalt. Gelesen."

„Nun werd nicht pathetisch! Bist du nie auf die Idee gekommen, dass ein Junge Freunde braucht?"

„Freunde. Ph! Ich habe einen Einser-Schüler aus dir gemacht. Freunde helfen dir wenig, wenn du dir deinen Lebensunterhalt verdienen musst."

„Für dein Unglück musste ich herhalten." Julie-Marie. Ich konnte noch immer nicht über meine Schwester sprechen. Die Fragen stellen, die längst hätten gestellt werden müssen. Welche Farbe hatte ihr Haar? Wie klang ihre Stimme? Warum ist sie nur drei Jahre alt geworden? Warum haben wir nie über sie gesprochen? Warum können wir auch jetzt nicht über sie reden?

„Mein Unglück?"

„Schrei doch nicht so!" Vater denkt immer noch an die Nachbarn.

„Andere Eltern schicken ihre Kinder auf die Straße." Sie presst nun ihre Stimme. „Du kannst von Glück reden, dass ich mich so gekümmert habe."

„Du siehst, was dabei herausgekommen ist."

„Daran ist Italien Schuld. Als du zurückkamst, warst du völlig verändert. Das Einzige, was du mir vorhalten kannst, ist, dass ich dich hab gehen lassen."

„In Italien habe ich gelernt, was Familie ist. Was Zusammengehörigkeit bedeutet. Das hat mich verändert. Als ich wiederkam, sah ich die Kälte in unserem Haus. Die Kälte zwischen euch. Zwischen uns."

Vater weiß, wovon ich spreche. Deshalb ist er so schweigsam.

„Kälte? Du bist kalt. In den letzten siebzehn Jahren haben wir entweder über die Polizei von dir gehört oder wenn du in den Talkshows Lügen verbreitet hast. Kommst mit einem alten Mann hierher und sagst kein Wort, wer das ist. Kälte? Du willst mir etwas von Kälte erzählen? Und die Hepatitis. Wir wussten danach nicht mal, was wir mit dem Geschirr anfangen sollen."

Ich kann ihr nichts entgegensetzen. Hat sie etwa Recht? Sie haben mich aufgezogen, sich um mich gekümmert. Essen, Kleidung, Wohnung. Mir hatte es nie an etwas gefehlt. Außer an Wärme. Und Liebe.

„Sie haben sicher nur das Beste gewollt", sagte der Therapeut. „Warum auch nicht?"

Ja, warum auch nicht? Was hätten sie davon, mir vorsätzlich Böses zu wollen? Diesen Menschen sollte ich mich näher fühlen als allen anderen. Aber ich hatte nur böse Worte für sie. Fremden aber bin ich hinterhergelaufen. Hatte Mitgefühl mit ihnen. Sex. Mit den Toms, Michaels und Peters dieser Welt. Ihnen die Liebe versprochen, ihren Schwüren geglaubt. Michael, Marcus, Claude. Menschen, denen ich heute nicht mal mehr etwas zu sagen habe. Hatte ich ihnen je etwas zu sagen? Hatte mich wirklich Liebe mit ihnen verbunden? War das Liebe, wenn Ben ungeschützten Sex mit mir zuließ? Wenn er meine Gesundheit auf so gravierende Weise in Gefahr brachte?

Wer liebt, teilt alles. Auch das ist nur ein Mythos. Wie lange hatte diese „Liebe" gedauert? Und wie wenig Liebe brachte ich für mich selbst auf, wenn ich für die Liebe eines anderen meine Gesundheit so aufs Spiel setzte?

Ich verkaufe mich immer noch. Nur nicht mehr für Geld.

Ich komme mir so verloren vor. Ich schaue meine Eltern an. Die ich lange Jahre nur als „die" Eltern bezeichnet hatte. Weil ich nicht wollte, dass sie „meine" waren. Dabei hätte ich so gerne Eltern gehabt. Ich hätte Eltern gebraucht. „Ich habe Aids. Ich habe mich infiziert."

„Was?" Mein Vater. Endlich spricht er.

Beider Blick ist starr.

„Junge ..." Mutter hält die Hand vor den Mund und streckt die andere nach mir aus. Vater hält sie zurück.

„Bist du jetzt völlig durchgedreht?" Nun schreit er, springt auf. „Jahrelang nur Beleidigungen und Verletzungen, und jetzt kommst du damit an?"

Es fällt mir schwer zu atmen.

„Um halb drei in der Nacht." Er fährt sich durchs Haar. Dreht sich weg. Schaut mich an. „Geh nach Hause!"

Mutter weint. Sie weint wirklich.

„Hast du mich nicht gehört? Geh nach Hause!" Er zeigt zur Tür, und ich gehe. Laufe, nehme nicht den Aufzug, sondern die Treppen. Sechs Etagen. Haste vor zum Taxistand an den *Gropius-Passagen*. Renne, bis der ganze Körper schmerzt. So wie damals. Als ich mit ein paar Kröten in der Tasche und meinem Reisepass den Bus zur Grenze nahm. Und an der Straße den Daumen raushielt. Zwei Tage Odyssee, dann war ich in Italien. Übermüdet. Hungrig. Ungewaschen.

Geld ist heute kein Problem. Hungrig bin ich immer noch.

„Der billigste Flug, den ich Ihnen anbieten kann, kostet sechshunderteinunddreißig Euro."

„Ich brauche nicht den billigsten. Ich brauche nur den schnellsten."

Es ist vier Uhr früh. Die Maschine geht in knapp zweieinhalb Stunden. Zweieinhalb Stunden warten. Warten, warten. Seit Tagen nur noch warten. Auf den richtigen Zeitpunkt, es Kjell-Åke zu sagen. Auf den Moment, an dem ich gehen kann, auf den Bus, auf den Zug, auf das Flugzeug, aufs Ankommen. Warten, warten, warten.

Ich muss schlafen. Ich muss mich irgendwo hinsetzen und die Augen schließen. Aber wie stelle ich sicher, dass ich den Flug nicht verpasse? Weckfunktion im Handy.

Das Display ist dunkel. Wenn ich es einschalte, wird es läuten. Bestimmt versucht Kjell noch immer, mich zu erreichen. Ich weiß, dass er das tut.

„Ich habe Aids." Wie konnte ich ihnen das nur sagen? Warum war mir Ben zu halten so wichtig, dass ich alles dafür tat? Und Kjell? Lügen, Verletzungen, Schmerzen.

Nun hatte ich das Schlüsselwort, das mir den Weg zeigen würde: Positiv.

Hitze im Körper, Härte auf meiner Schulter. Ich schaue auf. Ein Sicherheitsbeamter. Meine Augen sind verklebt. Er hat mich mit einem Schlagstock geweckt. „Sie können hier nicht schlafen."

„Wie spät ist es?"

„Kurz nach sechs."

Ich rapple mich auf und streiche meine Kleider glatt.

„Das ist kein Schlafplatz."

Ich zeige ihm mein Flugticket. Business. Die Härte weicht aus seinem Gesicht. „Wieso setzen Sie sich nicht in die Lounge?" Seine Stimme klingt versöhnlich. Ich habe keine Antwort. Schlaftrunken suche ich nach den Schildern, die mir den Weg zum Abflugschalter weisen.

Ich habe Augenringe. Mein Gesicht ist fahl. Und der rote Fleck auf meiner Wange ... Fängt es etwa schon an?

Neonlicht ist schrecklich. Direkt von oben. Da hat jeder Augenringe. Aber selbst wenn ich mich zurücklehne, sehe ich nicht besser aus.

Ben musste schon ein Jahr nach der Infektion mit den Medikamenten anfangen. Er hatte sich eine aggressive Variante eingefangen. Und ich habe dieselbe. Seit mindestens zwei Jahren. Ergo müsste es sich bei mir langsam bemerkbar machen. Mein Zahnfleisch blutete schon seit über einem halben Jahr.

Wieso starrt der mich so an?

Ich starre zurück. In den Spiegel. Auf den Mann, der hinter mir steht und mir in die Augen schaut. Sieht er es mir etwa an?

Er richtet seine Krawatte und geht. Die Tür schlägt zu, das dumpfe Echo des Alleinseins.

Ich wasche mir das Gesicht und befeuchte das verlegte Haar, dann trockne ich mich ab. Nun ist mein Hemd feucht. Als hätte ich mich übergeben.

Meine Bordkarte verschwindet in dem schmalen Schlund des Geräts. Die Abfertigungsgehilfin hält mir den Abschnitt hin und lächelt.

Anstehen vor dem Flieger. Lächelnde Stewardessen und Stewards. 3 C. Ich setze mich. Alle schauen mich an. Ich sehe schrecklich aus. Verschlafen, unausgeschlafen. Ungewaschen. Aber ich habe ein Businessclassticket. Und kein Gepäck. Wie ein Geschäftsmann. Ich habe etwas zu erledigen.

„Avanti, avanti!" Der Taxifahrer lässt sich von meinem Geldschein locken. Mit der Fahrt nach Trient verdient er sein Tagessoll. Nur wie soll ich die hundert Kilometer überstehen? Hundert Kilometer Verrat. Hundert Kilometer Erinnerungen. Den steilen Berg nach Pergine hinauf durch den Tunnel, zwischen den Bergen hindurch in die Täler. Mit den Rädern zur alten Brücke. Der Duft von Salbei und Lavendel, plötzliche Kühle auf den nackten, dünnen Schenkeln. Zwanzig Meter Feuchtigkeit, dann wieder Hitze und der süße Tannenduft. Als führen wir durch Gespenster. Jeder Meter hatte seinen eigenen Charakter.

Ich radelte mit Giancarlo um die Wette. Durch die Serpentinen entlang des Lago di Levico, der tief unter uns lag. Hinunter in den Kurort, der dem Anschein nach in den fünfziger Jahren aus dem Boden gestampft worden war. Zu seiner Cousine, der das Strandbad gehörte. Mit dem Boot hinaus in den See. Die Kälte selbst im Sommer. Seine Haut. Die Augen so unergründlich wie das Wasser. Seine Hände. Es war wie Magie.

Ich öffne das Fenster einen Spalt. Der ohrenbetäubende Fahrtwind. Es riecht frisch. Undefinierbar. Nach gewesenem Sommer. Nach Vergangenem. Obwohl es erst April ist.

Natürlich ist es Wahnsinn. Giancarlo konnte es sonst wohin verschlagen haben. Er könnte studieren. Er könnte sogar in Berlin leben, ohne dass ich eine Ahnung davon habe. Aber ich musste es wenigstens versuchen.

Ich starre hinaus, und die Gewächse auf dem Mittelstreifen verschmelzen zu einer einzigen graugrünen Schliere. Aber mein Auge versucht immer wieder, etwas genau zu sehen. Etwas zu fixieren.

Die Landschaft scheint so fern. Nichts Vertrautes mehr, obwohl ich hier so oft gefahren bin. Als hätte sie mit mir nichts zu tun. Dabei nahm hier alles seinen Anfang. Das erste Streicheln, der erste Kuss, der erste Orgasmus. Unsere Briefe. Zu Buchstaben verdichtete Sehnsucht. Sie hat uns verraten. Meine Eltern hätten den Brief nicht öffnen dürfen. Es gibt Gesetze, die einen vor so etwas schützen. Aber bewahren können sie einen vor nichts. Seine Herzen-Aufkleber haben uns verraten. Sie konnten kein Italienisch.

Sie verstanden nichts von dem, was uns verband. Was unsere Gefühle füreinander besiegelt hatte.

Ich lief damals um mein Leben. Zur U-Bahn, zur Telefonzelle. „Maria? *Posso parlare con Giancarlo*?" Er sei nicht da, behauptete seine Mutter. Ihre Stimme war kühl und abweisend. Sie war nicht mehr die Mutter, die mein blutendes Knie verbunden hatte und den Schmutz aus meiner Wunde am Kopf gewaschen. Ich hatte das Rennen verloren. Der Kies in der Kurve war mir zum Verhängnis geworden. Aber geweint hatte ich nicht. Das Herz hatte mir im Hals gepocht. Vor Stolz.

Wann er denn wiederkäme? Wann ich mit ihm sprechen könnte? Da entstand eine seltsame Pause. Ich hörte Geräusche. Schweres Schlucken? Dann war die Leitung unterbrochen.

Ich wechselte Geld und rief wieder an. Aber keiner nahm ab. Es musste doch jemand zu Hause sein. Fünf Kinder. Es war immer jemand zu Hause.

Sie war eingeweiht. Giancarlos Eltern wussten Bescheid.

„Dove?", fragt der Taxifahrer. „Wohin genau?"

„So nahe wie möglich an den Dom." Ich wollte nicht vor der Bar aussteigen. Vor Giancarlos Augen. Ich musste mich anschleichen. So wie damals. Es war Nacht. Sylvia schrie auf, als ich neben ihr am Bett stand. „Schschsch." Giancarlos andere Schwestern schliefen fest. „Ich will nur wissen, wo Giancarlo ist."

„Das darf ich dir nicht sagen."

Ich kniete mich neben das Bett und kam ihrem Gesicht sehr nah. „Doch, das musst du sogar."

„Geh weg! Sonst schrei ich."

„Tu das nicht!"

Sie schrie.

Was war geschehen? Wieso verhinderte die Welt, dass ich Giancarlo wiedersah? Was war falsch an meiner Liebe?

Die Polizei suchte mich. Ich entkam. Zweimal. Nur weil ich Trient kannte. Jeden Winkel im Spiel erkundet hatte. Sie hatten keine Chance. Nicht gegen junge Beine. Nicht gegen Romeo. Ich musste Giancarlo finden.

Sie hatten ihn zu seinem Onkel verbannt. In die Weinberge nach Asiago. Ein Schulfreund verriet es mir, nachdem ich ihm in einer engen Gasse die Klinge meines Schweizer Messers an die Kehle gedrückt hatte.

Ich kämpfte mich auf einem gestohlenen Rad den Berg hinauf. Der Kies so trocken unter den Reifen, Staub in meinem Mund. Mein Schweiß bitter. Ich hätte keine Kraft mehr haben dürfen – seit Tagen ohne Schlaf, die langen Wege –, aber da war eine seltsame Kraft in mir, die es davor nie gegeben hatte.

Mein Geist war gespannt und wach. Ich wusste, was zu tun war. Ich wollte warten, bis es Nacht wurde. Mich zu ihm schleichen, damit mich niemand sah. Damit niemand unsere Flucht verhindern konnte. Aber da sah ich ihn. Zu früh. Allein zwischen den Reben. Den Kopf auf die Arme gestützt.

„Giancarlo! Giancarlo!" Ich konnte nicht an mich halten. Seine nackte Haut. Braun. Glänzend. Er wirkte so matt. Ich sah es aus dieser Entfernung.

Er schaute auf. Sprang auf die Beine, tat zwei Schritte auf mich zu und …

„Ecco, signore. Piazza del Duomo."

Viel hat sich verändert. Die Wärme auf meinem schmutzigen Gesicht. Nun komme ich zum zweiten Mal ungewaschen und ohne Gepäck, aber mit einer großen Last.

Ich bezahle. Der Boden ist hart. Ich spüre die Wärme von den Pflastersteinen aufsteigen. Die Sonne steht senkrecht und brennt.

Das Plätschern des Neptunbrunnens. Versöhnlich. Zaghaft. Demütig. Das Gemälde an der Fassade des *Caffé Italia* hatte ich ganz vergessen. An die Balkone kann ich mich erinnern. Über dem Portal des Doms die große Rosette. *Ruota della fortuna*. Glücksrad. Wenn ich nur daran drehen könnte. Gegen den Uhrzeigersinn. Drei Jahre zurück. Nein, siebzehn. Oder vierunddreißig. Und mir ein anderes Leben aussuchen.

Die Bar ist brechend voll. Sie stehen Schlange, um an ihren Cappuccino zu kommen. Und während der eine Gast geht und der andere noch nicht nachgerückt ist, sehe ich ihn. Giancarlo. Sehe, wie er nickt, um dem Kunden zu bedeuten, dass er seine Bestellung verstanden hat, ohne ihn dabei eines Blickes zu würdigen. Dann schaut er doch auf. Sagt etwas. Kurzes. Lächelt. Seine schönen, weißen Zähne blitzen. Die hatte ich ganz vergessen.

Da steht eine junge Frau hinter der Theke. Mit blondem, mähnigen Haar. Wie von dieser französischen Schauspielerin aus den siebziger Jahren. Sie nimmt eine Flasche Pfirsichsaft aus dem Regal und drängt sich hinter Giancarlo vorbei, umfasst seine Hüften, küsst seine Schulter. Er bleibt völlig unberührt.

Hatte er geheiratet?

Vielleicht sollte ich hineingehen und ihn vor den Augen aller küssen. Mich auf die Theke stellen und unsere Geschichte erzählen. Von seinem Eigensinn. Und dem Wunsch zu flüchten. Diese kleine Welt zu verlassen, um mit mir glücklich zu werden. Davon, wie langsam er küsste, langsamer als die Freundin von Sophie, die französische Küsse „Zungenroller" nannte. Wie er die Zunge zwischen Zahnfleisch und Zähne schob und mich stillhalten hieß, während er an meiner Wange zum Kinn hinunterleckte und meinen Hals mit Küssen übersäte.

Oder sollte ich ihn an der Hand herausziehen? „Giancarlo! Giancarlo! Wir müssen fliehen."

Er schreckte hoch. Sprang auf die Beine. Ich rannte den sandigen Hügel hinauf. „Komm schon! Sie sind hinter mir her. Wir haben keine Zeit."

Das wäre seine Chance gewesen. Nun ist er doch nicht rausgekommen aus seinem Nest. Er ist hier geblieben und hat das Geschäft der Eltern übernommen. Wie man das so macht. Nur Quiches liegen keine mehr in der Auslage. Plastiktafeln, die Hamburger anpreisen, hängen nun neben der Tür. Mikrowellenfertig. Und das Caffé-Schild ist neu.

Ich könnte ihn auch verprügeln. Ohne Vorwarnung. Lächeln, bis ich ihm gegenüberstehe, und ihn dann ungespitzt in den Boden schlagen. Es wäre nur fair.

Er hat mich gesehen. Nur einen Moment, bevor er die nächsten Unterteller auf die Theke stellt. Nein, er erkennt mich nicht. An der seither vergangenen Zeit wird es nicht liegen.

Ich werde mich einfach setzen und warten, in der Sonne, bis er kommt. Er wird kommen. Das ist er mir schuldig.

Eine Zigeunerin legt einen Zettel vor mir auf den Tisch. Ihre Leidensgeschichte in schlechtem Italienisch. Dann legt sie einen Stoffbären daneben. Als Geschenk. Sie will Geld. Ich verneine. Wie man das hier macht. Ein erhobener Zeigefinger, den man kurz tanzen lässt. Gespitzte Lippen, durch die man wie beim Begrüßungskuss ein wenig Luft einsaugt, gerade genug, dass ein Geräusch entsteht, und dabei den Kopf fast unmerklich schütteln. Dann schaue ich über ihre Schulter hinweg. Auf das Portal der Santa Maria Maggiore. Ich erinnere mich, wie sehr sie mich damals beeindruckte. Die dicken Säulen. Das Kreuzgewölbe. Das Schachbrettmuster auf dem Boden. Und ganz hinten, das Licht hinter dem Altar, so dass man geblendet wird. Vom Heiligen Geist. Der Maria schwängerte. Als ob jemand einfach so schwanger werden könnte.

Es war mehr als die Erinnerung an *Der Name der Rose*. Die Geschichte in dieser Kirche war fühlbar. Abrufbar. Gespeichert in Vibrationen. Mittelalter in jedem Atemzug.

Wir jagten durch den Wald. Giancarlo versuchte mich zu fangen. Aber ich war zu schnell. Mein Hemd zerriss. Ich spürte ein Brennen, dort, wo der Ast mich gestreift hatte. Die Unachtsamkeit hatte mich eine Ohrfeige gekostet. Ich tastete. Warm. Nass. Es war Blut. Strauchwerk wollte mich halten, aber mein Fuß entriss sich den Fesseln. Dann wieder stabiler Lauf. Das Knacken der Zweige unter seinen Füßen klang ferner und ferner. Ich war schneller. Ich war schneller.

Auf der Lichtung blieb ich dann stehen. Lachend. Stützte mich auf die Knie. Die Seite stach. Ich atmete durch. Holte Luft. Mein Mund schmeckte sauer. Der Speichel war zäh. Blut tropfte auf ein junges, grünes Blatt.

Giancarlo hechelte auf mich zu. Er strauchelte. Ich fing ihn, der größer, älter war. Wir legten uns im hellen Licht auf die Rücken.

Auf das Laub. Auf den feuchten, duftenden Boden. Die Körper schmerzten.

„Du blutest."

„Ich weiß."

Dann küsste er meine Wunde. Reinigte sie mit seiner Zunge. Wasser gab es nicht. Wir waren jung.

Giancarlo! Er kommt auf mich zu. Die Nase, die schwarzen Locken, sein Machismo hat sich verstärkt. Gleich wird er sich zu mir setzen und mich fragen, wie es mir ergangen ist.

„Großartig", werde ich antworten. „Ich habe unzählige Male versucht, eine Beziehung einzugehen, was aber nie hingehauen hat, und als dann endlich der Mann meiner Träume kam, hätte ich ihn fast umgebracht."

„Ah gut. Und was machst du sonst so?"

„Och, eigentlich nicht viel. Ich hab einen Roman geschrieben. Ist sogar verfilmt worden. Aber wenn man von den paar Pornogeschichten mal absieht, hab ich seither nichts mehr auf die Reihe gebracht."

„Du hättest doch eine Fortsetzung schreiben können."

„Meine Waisenkinder waren erwachsen und kämpften sich durchs Leben. Sie hatten ihre Vergangenheit verdrängt und wollten nicht daran erinnert werden."

„Aber es kamen doch sicher neue Kinder ins Waisenhaus."

„Nein, es wurde leerer und leerer. Von Jahr zu Jahr verwahrloste es. Jedes Mal, wenn ich es besuchte, waren mehr Fensterscheiben eingeschmissen. Die Feuchtigkeit fraß an den Möbeln, der Modergeruch nahm überhand. Es war so kalt, dass das Wasser in den Leitungen gefror. Und bei meinem letzten Besuch hatten sich dann bereits Gespenster eingenistet."

„Tja, Heime soll man eben niemals unbewohnt lassen. Die Leere ist eine Einladung für die übelsten Kreaturen."

Giancarlo hat gerade den letzten Stuhl vom Nebentisch genommen und wischt mit dem Schwammtuch über die Platte. Seine vollen Locken. An den Schläfen schon leicht ergraut. Er muss schon sechsunddreißig sein. Vermutlich hat er auch fünf Kinder.

Wie seine Eltern. Ich wollte ihn halten, aber ich konnte nicht. Ich konnte mich nicht mehr bewegen. Nur schreien. Die Polizisten hatten mich fest im Griff. Sein Onkel zielte mit der Schrotflinte auf mich.

Unsere Blicke treffen sich. „Warum hilfst du mir nicht?“, fragte ich. Er stand wie versteinert. Da waren Tränen in seinen Augen, aber er tat nichts. Er sagte ...

Ich erinnere mich an den Klang seiner Stimme. Dieses sanfte Vibrato.

„*Self service, signore*“, wiederholt er.

Sein Blick. Diese schwarzen Augen und der silberne Glanz darin. Die Mündung der Flinte. Auf mich gerichtet. Ich schaute in den Tod.

„*Javisst.*“ Ich wollte Italienisch sprechen, aber ich sagte es auf Schwedisch. Meine Kiefer hatten sich daran gewöhnt.

Giancarlo schaut noch einmal auf. Konsterniert. Sein Blick. Die Flinte. Erkennt er mich? Dann geht er zurück in die Bar. Ich schaue ihm hinterher. Die Jeans, ein tiefes Dunkelblau, sitzen eng. Er hat noch immer einen unglaublichen Körper.

Selbstbedienung. Das habe ich nicht gewusst.

Ich stehe auf und gehe, nicht ohne ein ordentliches Trinkgeld zu hinterlassen.

Stephan Niederwieser

Eine Wohnung mitten in der Stadt

Roman. 395 Seiten. Serie Piper

Bernhard wünscht sich nichts mehr vom Leben als eine harmonische Beziehung, Ruhe und viel Zeit zum Lesen. Seinem Freund Edvard dagegen kann es nicht turbulent genug zugehen. Als dessen Neffe plötzlich vor der Tür steht und sich auch noch Bernhards Mutter für längere Zeit bei den beiden einquartiert, kommt es zu vielen Konflikten, die nicht ohne Komik verlaufen ...

Mit Wärme und Humor beschreibt Stephan Niederwieser die Höhen und Tiefen von zwischenmenschlichen und gleichgeschlechtlichen Beziehungen.

»Eine zeitgemäße Geschichte, in der man garantiert jemanden wiedertrifft.«

Bayerischer Rundfunk

Stephan Niederwieser

An einem Mittwoch im September

Roman. 333 Seiten. Serie Piper

Das ungleiche Paar Bernhard und Edvard löst eine Lawine der Emotionen aus, als es seine Beziehung besiegelt und Edvard seinem Geliebten einen goldenen Ring an den Finger steckt. Sie haben den gesamten Freundeskreis dazu eingeladen: Nicht nur Bernhards Familie, sondern auch einen bisexuellen Stricher und den leicht gealterten Grand-Seigneur, der für seine Lover zum Abschied immer einen Gugelhupf bäckt. Sie alle sind aufs engste miteinander verwoben und sehen sich nun vor eine neue Situation gestellt ... Eine abenteuerliche Verwicklungsgeschichte aus der Feder des Erfolgsautors Stephan Niederwieser.

»Ein magisches Buch über die Kraft, der sich am Ende kein Mensch entziehen kann: Liebe.«

Elle

SERIE PIPER